dtv

Andreas
Schimmelbusch

HABE NICHTS MEHR AUSSER MIR

STORYS

dtv

Ausführliche Informationen über unsere Autoren und Bücher
www.dtv.de

MIX
Papier aus verantwortungsvollen Quellen
FSC® C083411

Originalausgabe 2017

Umschlaggestaltung: Wildes Blut, Atelier für Gestaltung,
Stephanie Weischer unter Verwendung
von Fotos von plainpicture und gettyimages
Gesetzt aus der Aldus und Futura
Satz: Greiner & Reichel, Köln
Druck und Bindung: CPI books GmbH
Gedruckt auf säurefreiem, chlorfrei gebleichtem Papier
Printed in Germany · ISBN 978-3-423-28132-4

Es sind Leute, die, um das Leben leben zu können, was ihnen erstrebenswert erscheint, sich halt in Rollen begeben, die eigentlich nicht die ihren sind, das ist natürlich etwas Trauriges oder auch etwas Schönes.

Rainer Werner Fassbinder

Inhalt

HEUTE NOCH ODER MORGEN SCHON

Sie geht einfach, verbringt den Vormittag noch am Wasserfall, kommt zurück, packt ihr Zeug, packt sein Zeug, packt alles zusammen, und verschwindet einfach, das muss man sich erst mal vorstellen.

Der Concierge hatte mich schon bei meiner Ankunft als Eindringling entlarvt, mir ein, relativ gesehen, schlechtes Zimmer zugeteilt, und zum Abendessen die Pylsur-Bude am Hafen ans Herz gelegt, wo ich mir erst zwei und dann noch mal zwei auf den Punkt gebrühte Würstchen mit allem – diversen Soßen, rohen Zwiebeln, geröstetem Speck – bestellte, ich ließ es mir schmecken, aber das konnte der Concierge natürlich nicht wissen, dass ich mich oft wochenlang nur von Junkfood ernährte, nicht weil mir das nötige Kleingeld zum Gourmettempel fehlte, es klingelte wie immer in der Kasse, sondern aus Langeweile, Hass und Aggression, aus Depression und Leerlauf, Trauer und Faulheit, wegen der ganzen Scheiße, meinem verschissenen Scheißleben, aber lecker war dieser Norsensenf, nicht ganz scharf, aber ganz süß auch wieder nicht, und dazu die gesichtslosen Hotdogs und das Viking aus dem Plastikbecher, der halbe Liter, die Festivalschorle, so wie man es am liebsten hat, aber das konnte er schließlich nicht wissen, der Concierge, dass er mir mein wunderschönes erstes Essen an dem wunderschönen ersten Abend meiner wunderschönen ersten Ferienwoche –

womöglich schon seit Jahren – nicht etwa versaut, sondern überhaupt erst ermöglicht hatte. Oder doch?

Woher wissen Sie das so genau?, fragte ich ihn. Das ist schließlich mein Job, alles zu wissen, erwiderte er. Der Concierge wollte mir eigentlich keine Auskunft geben, und nichts verpflichtete ihn dazu, außer dass er hier eine Story witterte, die er wohl mit ein paar spitzfindigen Bemerkungen – wie ein allwissender Erzählguru – einleiten wollte, mich deswegen halbwegs brauchte, damit ich später auch bezeugen konnte, ja, mit dem Concierge ging es los, er war von Anfang an ganz nah an der Story dran, verlor als Erster ein Wort darüber. An Kate kommt man schwer vorbei, sagte er jetzt. Und schon war ich mittendrin.

Wieso das?, fragte ich. Sie ist, wie man so schön sagt, ein Blickfang, sagte er, etwas ganz Besonderes. Sagt man das?, fragte ich weiter.

Der Tourist in mir tat naiv, ich wusste ja schließlich, um wen es ging, kannte Kate flüchtig, hatte ein, zwei Worte mit ihr gewechselt, ein gekrächztes Hallo vielleicht, hatte mich ihr aber immerhin vorgestellt, wusste also, wieso man es bestimmt schwer hatte mit dieser entrückten Figur, trotzdem, der Concierge sollte ruhig weitererzählen, denn während er sich jetzt um Kopf und Kragen redete, schoss ich mich perspektivisch auf seine Praktikantin ein, die im Büro hinter der Rezeption Mikado spielte, jedoch viel lieber auf den Bahamas wäre. Das mit den Bahamas war nicht nur so dahingesagt, sie wollte tatsächlich dorthin, das hatte sie mir gestern erzählt, wir hatten uns mit ihrer Freundin, einer Biologiestudentin, in einer Bar getroffen, die dem verschwommenen Leadsänger einer britischen Band anteilweise gehörte, aber als sie mir dann sagte, ich will auswandern, dahin, wo's warm ist, saßen wir schon bei mir im Hotel vor der Minibar, und machten uns an.

Bine, wie sie hieß, verdiente sich mit dem Sommerjob genügend Asche für ihr Flugticket nach Nassau. Sie war eine gute Mitarbeiterin, so stellte sie es mir jedenfalls dar. Das mit dem Mikado macht dem gar nichts, sagte sie. Anscheinend hatte der Concierge ihr am Anfang des Sommers aufgetragen, ihm bei der Arbeit über die Schulter zu gucken, da kannst du etwas lernen, und das tat sie dann auch, schaute ihm zu, wie er an der Rezeption werkelte, sah ihn meist leider nur von hinten, er hat einen ziemlichen Flacharsch, sagte sie mir, während sie sich an dem Reißverschluss einer ihrer eher klobigen Lederstiefel zu schaffen machte. Sie hatte sich in letzter Zeit wohl erstaunlich wenig Gedanken über eine ernsthafte Beziehung mit einem Mann wie mir gemacht.

Ich bin gerne unverantwortlich, sagte sie mir dann auch, als wir fertig waren, und ich bedankte mich artig für ihre Worte, die ich gerade – aus unerfindlichen Gründen – als Kompliment ansah.

Man könnte jetzt tangential abdriften, das Thema wechseln, sich mit einer Flasche Brennivín in das Dunkel der Hotelbar begeben, und sich darüber Gedanken machen, warum Bine so gerne unverantwortlich war, inwiefern das mit ihrem Exfreund, einem Arschloch von Fotografen, zusammenhing, aber da Bine hier eher als Nebenfigur auftrat, die erst viel später richtig ins Spiel einsteigen würde, riss ich mich jetzt wieder von ihr los, und lauschte erneut dem Concierge, der immer noch voll in Fahrt war.

Manchen steht das halt, sagte er gerade, manchen wiederum nicht, aber ihr, sagte er, kam mir dabei unangenehm nah – sein Atem stank nach getrocknetem Salzfisch –, er flüsterte ganz schwül, ihr steht das einfach. Was?, fragte ich. Die kurzen Haare. Aber Sie sagten doch vorhin, die wären lang, die Haare, l-lang und feuerrot. Kurz ist das neue L-lang, erwiderte der Concierge l-lapidar, da ging mir plötzlich ein L-licht auf. Sie hat sie sich geschnitten, sagte ich jetzt, daraufhin schnaubte der Concierge despektierlich, eben, heute Morgen, sagte ich noch, dann mischte sich Bine von hinten wieder ein, hatte Kate anscheinend den ein oder anderen Friseur empfohlen, und schon wieder befand ich mich auf dem Holzweg direkt hin zum Schauplatz einer unspektakulären Nebenhandlung, nämlich der Beziehung oder, besser, Nichtbeziehung zwischen Bine und Kate, deshalb brauchte ich schleunigst eine kurze zeitliche Synopsis, bedeutete das dem Concierge auch, keine Details, ich bitte Sie, nur den groben, äußeren Rahmen. Ich schmeichelte ihm.

Er räusperte sich genüsslich, ließ sich aber nicht lange bitten, meine Damen und Herren, vor einer Woche kommen die beiden hier an, sagte er, und heute Morgen reist sie einigermaßen überstürzt ab, nimmt alles mit, auch alles von ihm, hinterlässt das Zimmer in einem gnadenlosen Zustand, und ihm einen Zettel, auf dem eine Adresse steht. Und die wäre?, fragte ich sofort. Der Concierge schaute sich dämlich konspirativ in der gähnend leeren Lobby des Hotels um, rückte näher, wurde plötzlich ganz heiser, flüsterte wieder, das weiß nur ich, sagte er. Ich nickte. Sein Atem stank immer noch.

Ist das nicht gegen die Vorschriften?, fragte ich ihn, einfach so. Was? Dass Sie überhaupt mit mir reden. Der Concierge wischte sich den Sabber aus der Fresse. Wovon reden Sie?, wollte er wissen. Recht auf Privatsphäre, großes Einmaleins der Hotelbranche, Kodex des Rezeptionisten. Ich bin kein Rezeptionist, meinte der Concierge. Mein Fehler, gab ich scheinheilig zu. Bine kicherte. Der Concierge schmollte. Wollen Sie nun hören, wie es weitergeht, oder nicht?, ging er mich an, vollends angetan von sich selbst. Ich nickte wieder, war langsam außer mir. Bine und ich hatten gestern mehrmals, sozusagen zum Abschied, die Nacht zum Tag gemacht, er sollte gefälligst machen, ich wollte mich hinlegen, musste morgen ganz in der Früh nach Keflavík, in ein paar Stunden schon, den Flug verpasste man immer, aber jetzt machte er auf einmal, jetzt ging es endlich weiter. Ihr Typ, fing er an. Johnny?, fragte ich, aber wer denn sonst. Genau der, fuhr er fort, kommt eine halbe Stunde später hier rein, geht hoch ins Zimmer, ich denke natürlich, er weiß alles, aber er weiß anscheinend gar nichts, haben Sie meine Freundin gesehen?, fragt er mich, als er wieder herunterkommt, Kate, Fragezeichen.

Der Concierge hielt jetzt inne – fand den kleinen verbalen Schnörkel am Ende seiner Ausführung vielleicht besonders gut –, mir lief dabei der kalte Schweiß von der Stirn, Folgen von gestern. Und weiter?, wollte ich wissen, drängelte, bekam aber erst mal keine Antwort. Wie viel?, fragte er dann. Was, wie viel?, schoss ich zurück. Wie viel ist Ihnen das Ende wert?, fragte er. Ich stockte.

Schon beim Hinflug hatte ich nämlich mein Auge auf das sündhaft teure Parfum eines äußerst hochnäsigen Designers geworfen, Extreme hieß es, der Name gefiel mir, sollte endlich Programm werden, hatte jedoch beschlossen, erst auf dem Rückweg zuzuschlagen, man wusste ja nie, schließlich konnte immer etwas dazwischenkommen.

Eine Nacht im Hotel Búdir womöglich, dieser verwunschenen Bleibe irgendwo in den südlichen Lavafeldern. Einmal zu tief ins Glas geguckt. Ein feines Lammessen mit der Freundin einer Biologiestudentin mit anschließendem Liebestaumel – in Anführungsstrichen, nicht der Taumel, die Liebe natürlich. Oder jetzt halt dieser blöde Rezeptionist, der vor mir ganz ungeniert die Hand aufhielt. Ich fluchte, aber es half alles nichts, also schob ich ihm hundert amerikanische Dollar rüber, die er naserümpfend akzeptierte.

Und?, fragte ich, ich gab ihm den Zettel mit der Adresse, erwiderte er. Und dann?, das konnte doch nicht wahr sein, wie der sich bitten ließ. Er schaute sich noch mal um, und weiter?, schubste ich ihn an, und weg war er, sagte er, sonst gar nichts?, fragte ich weiter, der Concierge schüttelte den Kopf, aber das wollte ich natürlich nicht wahrhaben – dafür hatte ich doch nicht eine C-Note hingeblättert – und hatte es plötzlich sehr eilig.

Im Aufzug sah ich durch ein kleines, rundes Fenster die Stockwerke vorbeirauschen, Sekunden später dann zuerst die stämmigen Beine, danach die wenig entwaffnende Korpulenz und, oben angekommen, das leicht vorwurfsvolle Antlitz der Zimmerdame. Sie wartete schon, wusste, ich konnte nicht anders, wartete nur darauf. Ich hatte sie bereits vorhin darum gebeten, mal schnuppern zu dürfen, in dem Zimmer, wo Kate mit Johnny knapp eine Woche lang gehaust hatte, sie hatte es also – war sie doch, einmal mehr, auf ein saftiges Trinkgeld aus – noch nicht sauber gemacht.

Während sie jetzt zum wiederholten Male das Treppengeländer polierte, trat ich ein. Das Zimmer roch gut, ein Frauenduft, womöglich Unisex. Ich begab mich zunächst auf den Balkon, der einzige im ganzen Haus, den – das hatte der Concierge ausdrücklich betont – nur die richtigen Leute zu Gesicht bekamen. Ich schaute in die Ferne.

Hier war ich also richtig, ganz oben, unter mir lag ein von Bars und Lokalen gesäumter Platz, wo es schon losging mit dem Wochenende, an dem die Isländer gerne brutal unterwegs waren, links die kleine Kirche, in der vier Frauen gerade ein impromptu Konzert gaben, zu sphärischen Klängen sangen, ich bin eine Eule, eine So-sommereule, meinte ich zu verstehen, dahinter dann der stadteigene See, in dem die Enten und Schwäne zu der Musik andächtig ihre Runden drehten, aber davon hatte man, wenn mal von Island die Rede war, bestimmt schon gehört, von diesem Zauber, rechts dann der Hafen, an dem es bekanntlich sehr gute Brühwürste gab, siehe oben, die Trinker demnach bis spät in die Nacht Schlange standen, und dahinter die schier unendliche Weite dieses Landes, dieser Insel, aber davon hatte ich mittlerweile auch genügend mitgekriegt, trotzdem kam mir die Gegenwart in diesem Moment von dem Balkon aus plötzlich ganz unverbindlich vor, im selben Moment jedoch auch gefährlich präsent. So geht es also auch, dachte ich mir.

Jedenfalls hatten die beiden im Zimmer das vollendete Chaos hinterlassen. Überall lag zerknülltes Papier, Johnny schrieb, standen überfüllte Aschenbecher, häuften sich die leeren Bierdosen, da ein vergessener Seidenschal, dort ein zerrissener Slip, achtlos, verwöhnt, wir haben's ja. Sie wollten nicht, dass ich ihnen das Bett frisch überziehe, sagte jemand. Die Zimmerdame stand plötzlich hinter mir. Und, was dachten Sie sich dabei?, fragte ich sie. Ich weiß nicht, vielleicht konnten sie sich gut riechen, sagte sie, dann bäumte sie sich vor mir auf. Die beiden grüßten immer zuerst, Leute von Welt, sie waren unheimlich vornehm, sagte sie, blieb dann demonstrativ im Zimmer stehen. Es würde im Dutyfree nicht mal mehr für ein Mitbringsel oder einen Wikingerpulli oder eine Pulle Reyka reichen. Meine Informantin erhielt nun ihre Gage, ich verabschiedete mich, ohne mit der Zunge zu schnalzen, wollte ebenfalls vornehm wirken, schlich jetzt den Korridor entlang, kurvte um die ein oder andere Ecke, mein Zimmer – Betonung auf mein – ging natürlich nach hinten raus.

Hier war nichts mit unverbindlicher Gegenwart, mit gemeingefährlichem Präsens, hier kam es mir wieder vor, als hätte ich alles schon hinter mir. Als wäre mir alles schon vergangen. Ich schmiss die Schuhe gegen die Wand, legte mich aufs Bett, schloss die Augen, versuchte zu schlafen, hatte mir in der Apotek, einem Laden gleich nebenan, der seinem Namen alle Ehre machte, den halben Nachmittag einen hinter die Binde gekippt, das machte halt müde, dann auch noch die oben erwähnte Sache mit Bine, Abschied etc., aber schlafen konnte ich trotzdem nicht.

Nein, keine Sorge, sagte ich mir, sie wird dich schon wecken, hat es versprochen, du wirst nicht verschlafen, sagte ich mir im Halbschlaf, trotzdem bekommst du immer noch kein Auge zu, denn was ist, wenn du etwas vergessen hast, oder deine Nachforschungen waren einfach ungenügend, oder jemand hat dir womöglich mit böser Absicht etwas vorenthalten?

Keine Panik, ruhig Blut, sagte ich mir, und setzte mich in dem dürftigen Einzelbett auf. Du hast schließlich in den letzten Tagen jeden in Kate und Johnnys Dunstkreis regelrecht ausgequetscht, konntest nicht anders, musstest alles wissen, der Urlaub musste sich ja lohnen, hast schließlich dafür einen ganzen Monatslohn weggehauen, wenn nicht gleich zwei, also, aber es hat sich doch gelohnt, sagte ich mir zuletzt, und das stimmte sogar, und plötzlich wurde ich ganz ruhig, denn eins wusste ich doch mit hundertprozentiger Sicherheit – oder nicht? –, und zwar:

Ich war eingeweiht:

Für alle, die es wissen wollen oder gar müssen, noch mal von vorn:

Wie alles anfing:

Kate und Johnny nahmen also vor genau sieben Tagen den Flybus in die Stadt, vom Flughafen dauerte das ca. vierzig Minuten, im Taxi ging es vielleicht schneller, aber der Bus war romantischer, vielmehr, reeller, wenn man die beiden überhaupt je als reell unterwegs bezeichnen konnte. Sie buchten sich ins Hotel Borg ein, im Bezirk 101 gelegen, dem hippen Teil der Stadt, Downtown, wo sonst, ich wohnte ja auch da.

Sofort nach ihrer Ankunft – man hatte ihnen noch einen Fruchtkorb aufs Zimmer gebracht – schlief Johnny auf dem Sofa ein, den Kopf nach hinten gelegt, schnarchte leise, mit einer Dose Bier in der Hand, das hatte mir die Zimmerdame bereits erzählt, während Kate, aber hier hatte sie kurz innegehalten, woraufhin ich natürlich schnell ungeduldig wurde und sofort fragte, und?, wo war sie?, wo war Kate?

Die Lady war draußen, sie stand auf dem Balkon und rauchte, es umgab sie ein unverhältnismäßig dichter Schwaden, sagte die Zimmerdame. Gerade war ich am Gehen, da kam sie wieder ins Zimmer und stellte sich mir vor. Aber nicht etwa, indem sie mir die Hand reichte oder sogar ein paar Scheine, sondern lieber die indische – in Anführungsstrichen – Zigarette zuschob, die sie sich draußen vorsichtshalber schon mal angesteckt hatte und die wir zusammen gleich vollends cashten, um uns dann gemeinsam über den Fruchtkorb herzumachen. Ja, ich erinnerte mich noch genau an den exakten Wortlaut der Zimmerdame, auch mehr als grob an den weiteren Verlauf dieses ersten Tages der beiden, die relevanten Infos wurden mir nach und nach zugetragen:

Den frühen Abend verbrachten Kate und Johnny oben im Zimmer, womöglich im Bett, der Kellner nämlich, der ihnen ein spätes Abendessen servierte, hatte später zu berichten, die beiden waren völlig aufgedreht, konnten nicht voneinander lassen, nahmen ihn gar nicht mehr wahr, wirkten irgendwie erhaben, das waren seine Worte, grenzenlos, animalisch.

Kurz vor Mitternacht sah der Concierge die beiden dann das Hotel verlassen, gegen vier Uhr morgens – er war noch im Dienst, hatte dem Nachtportier freigegeben, wollte sich das nicht entgehen lassen – kamen sie zurück, beide dicht. Der Concierge gab Johnny den schweren, altmodischen Schlüssel, meine Frau ist schwanger, sagte dieser plötzlich, zeigte sich bereits hier ungemein offenherzig, aber Kate protestierte, schwanger werden, das habe ich gesagt, nicht schwanger, nicht, dass ich es bin, dass ich es werden will. Der Concierge tat seine Pflicht, freute sich mit, herzlichen Glückwunsch, hierauf reagierten die beiden aber nicht, denn sie küsste gerade sein Ohr, flüsterte ihm dabei etwas zu, streichelte ihn, nahm seine Hand an sich, machte sich mit dem Mund an seinen Fingerkuppen zu schaffen, entschuldigte sich dann, verzeihen Sie, ich und mein Mann, wir müssen jetzt hoch.

Der Concierge tat, was er sich – gemäß Kodex – längst angeeignet hatte, gratulierte seinen Gästen abermals, aber diese fuhren bereits Aufzug. Kate drückte – wie immer – den richtigen Knopf, die Tür ging zu, der Zug war abgefahren.

Und da kann ich jetzt noch so lange hier unten in der leerenden Gähne ausharren, sagte sich der Concierge in diesem Moment – das beichtete er mir später in einer übertrieben egomanischen Phase sogar gratis –, aber die kommen nicht wieder, bleiben oben, setzen sich jetzt bestimmt nicht gleich gegenüber der Rezeption auf einen der Plüschsessel und gehen sich an die Wäsche, nur um mir eine gemäße Show zu bieten. Der Concierge trug es jedenfalls mit Fassung, blieb schön am Boden – heute gab es leider nichts mehr zu gucken –, fand sich damit ab, weiter im Text.

Am nächsten Morgen war dann Bine dran. Ihr Chef schlief aus, erschöpft von den Strapazen der gestrigen Nacht, und sie war ganz allein, als sich voll zu früh, das was ihre Formulierung, ein Gast beschwerte, ein mürrischer Vorstand, obere Mittelschicht, wurde auf einmal patzig. Im Zimmer nebenan sei es die ganze Nacht lang heiß hergegangen, das Ganze sei nicht zu billigen, das war seine Formulierung. Bine entschuldigte sich in aller Form, das musste sie, das waren – laut Einmaleins – die Regeln, aber weil sie dabei wieder unterschwellig kicherte, nahm ihr der Vorstand die Entschuldigung nicht ab, wollte sich bei ihrem Vorgesetzten beschweren.

Mist, blöder, sagte Bine daraufhin, hatte sich nämlich in diesem Moment beim Mikado mal wieder erfolgreich selbst besiegt. Was die Beschwerde anging, war sie ihr ganz egal, denn mittlerweile kannte sie ihren Chef. Der würde sich die Beanstandungen dieses Spielverderbers zwar erst mal anhören, ganz Dienst nach Vorschrift, ihn jedoch keineswegs ernst nehmen, das wäre ihm entschieden zu kleinlich, denn er stilisierte sich gern als jemand, der das Big Picture stets im Blick hatte, deshalb kannte er auch keinerlei Pardon für so einen bornierten Kleingeist aus der unteren Oberschicht.

Sie haben durchgevögelt, schob mir Bine ganz lapidar herüber, sobald sie mit ihrer Schicht fertig war. Toll, meinte ich. Was findest du toll?, das verstand sie nicht. Ich finde die beiden toll. Und warum? Anreisen, schlafen, ausgehen, saufen, küssen, vögeln, leben, was?, fragte sie, ankommen, schlummern, feiern, trinken, knutschen, ficken, sagte ich, leben, sagte ich, und das auch noch, mehr oder weniger, inkognito, das ist toll. Leben, sagte ich noch mal. Ja, ich weiß, was das heißt, sagte Bine, schien auf einmal missmutig. Das kann doch jeder, sagte sie, da ist doch nichts dabei, das haben wir doch auch, sogar mehrere Nächte hintereinander.

Ja, aber, sagte ich – obwohl ich Leute grundsätzlich nicht ausstehen konnte, die zu allem erst mal Ja, aber sagten –, Kate und Johnny kennen sich nicht erst seit gestern.

Bine schmollte auf einmal, das kannte ich noch gar nicht an ihr, hatte sie sich wohl doch etwas von ihrem Vorgesetzten abgeguckt, nicht doch. Fakt aber war, dass sie das alles gar nicht wissen konnte, ich war schließlich der Einzige, der wusste, was es zu wissen gab, über die beiden.

Die Zimmerdame hatte mir zum Beispiel verraten, dass sie sich schon vor ungefähr dreieinhalb Jahren lieben gelernt hatten, das hatte Kate ihr am dritten oder vierten Tag ihres Aufenthalts im trunkenen Zustand anvertraut, ebenfalls, dass im Bett alles immer noch so lief wie am ersten Tag, ein Gespräch unter Frauen, während Johnny nebenan duschte. Danach hatte sich Kate anscheinend, ohne noch ein weiteres Wort zu verlieren, an ihre Stimmübungen gemacht. Was für

Übungen?, fragte ich. Sie wiederholte immer denselben Satz, sagte sie, sang ihn lauthals vor sich hin. Was war das denn für ein Satz? Hier zögerte die Zimmerdame mal wieder, wollte gesagten Satz wohl für sich behalten – quasi als Souvenir – oder wollte mehr Geld, aber das machte nichts, ich wusste bereits, welcher es war, konnte es mir schon denken, soweit schätzte ich Kate nämlich mittlerweile ein, dass sie immerzu mit der Liebe kokettierte, die Liebe in Person war, was auch immer das hieß. Bine hatte Kates Satz mit mir auch benutzt, gestern Nacht, mehrmals, aber das nur nebenbei, weil Kate den Satz bestimmt ganz anders sagte. I-I-lo-ov-you-ou-ou-ou-ou, dachte ich mir.

Nach getaner Arbeit, und nachdem sie Johnny nach seiner Dusche wieder schmutzig gemacht hatte, war der Zimmerkellner hoch aufs Zimmer gekommen, hatte den beiden Bloody Marys serviert, hatte einen unpassenden Witz gerissen, von wegen Johnny hätte nun bestimmt alle Hände voll zu tun, bei vier Marys und einer Kate, alle drei hatten sich auf verkaterte Weise darüber amüsiert, so jedenfalls hatte es der Kellner seiner Kollegin weitergegeben.

Bis in den späten Nachmittag hinein verweilten Kate und Johnny dann hinter verschlossener Tür, gingen bestimmt wieder ins Bett, süffelten ausgiebig, schauten sich tief in die Augen, und munkelten über ihre nächsten Schritte. Dachte ich mir.

Am frühen Abend verließen sie, laut Concierge, gemeinsam das Hotel, kurze Zeit später kam Johnny jedoch allein zurück.

Ich fasste es nicht.

Saß nämlich gerade in meinem Zimmer vor der Minibar,

die Bine und ich zuletzt restlos geplündert hatten, und es gab nur noch lauwarmen Gin, vielleicht hatte der Kühlschrank ein Loch. Obwohl ich sonst keinen Gin trank, weil ich von Natur aus schon depressiv genug war, goss ich mir jetzt einen Gin and Tonic ein und nahm einen müden Schluck.

Ab morgen sitzt du wieder im Büro. Und was hast du jetzt davon? Und was dann?, und wie geht es dann weiter? Gut erholt, aber weiter wie bisher? Fragen über Fragen. Ich trank wieder, dann machte ich eine kurze Pause, tief ausatmen, dann noch einen Schluck, das Glas war leer, aber ich spürte mich immer noch, das würde sich nie ändern. Du weißt vielleicht alles, aber was hast du eigentlich hier gemacht, hast du überhaupt etwas gemacht? Langsam wurden mir die Fragen zu doof.

Ich hatte mir – wie gesagt – eine Woche freigenommen, was ich zu Hause, im Büro, so trieb, das tat nichts zur Sache, weil es nichts bedeutete, zusammenfassend war bloß zu sagen, dass ich die ganzen Bälle, die mir ständig zugespielt wurden, niemals fallen ließ, schließlich könnten sie ja kaputtgehen, das alles natürlich im übertragenen Sinne.

Jedenfalls war ich nach Island gefahren, davon schwärmte ja bekanntlich derzeit jeder, das grandiose Naturspektakel, die hübschen Elfen, die überaus trinkfesten, leicht debilen Isländer, die einem beim Anstehen vor der Barínn schon mal den Ellbogen in die Magengrube rammten, das Hotel kannte ich aus einem Reisemagazin, auch Englisch sprach dort jeder mit einem charmant verspielten Akzent.

Ich hatte mir ein Auto gemietet. Sightseeing betrieben. War abgetaucht in die Blue Lagoon an einem regnerischen Tag, die Digitalanzeige am anderen Ende des trüben, milchigen Wassers war nicht mehr zu sehen, die blauen Ziffern auf geschwärztem Hintergrund, hinter dem immer noch die Sonne schien, obwohl ich ja wusste, es war schon spät, es war sehr, sehr spät, aber trotzdem, mitten im Sommer war es hier sehr, sehr lange immer sehr, sehr hell, aber das wusste ja mittlerweile auch jeder, trotzdem sah ich jetzt nichts mehr, obwohl ich doch immer Ausschau hielt, suchte, reiste, die ganze Zeit den Impuls hatte, den Ball endlich fallen zu lassen, damit er kaputtging, damit ich kaputtging, vielleicht wieder genesen konnte.

Vielleicht half sie mir ja dabei, diese Frau, die gerade auf mich zu schwamm, die kurz lächelte – mich liebte – und dann verschwand, ich fand sie nicht wieder, sie war mir abhanden gekommen, vielleicht war sie auch nie dagewesen, jedenfalls sah ich sie nicht mehr, taugte nämlich nicht als Augenzeuge, war auf einmal der Angeklagte, wurde verdächtigt, überhaupt nichts zu wissen, aber eins wusste ich ganz bestimmt, es war später als spät, anders, es war höchste Zeit.

Nachdem ich mir dann diesen pseudoexistenziellen Mist unter der kalten Dusche gründlich aus dem Kopf gebraust hatte, fuhr ich meist wieder in die Stadt, allein im Bus mit den anderen Fahrgästen, allein mit denen, alleiner ging es nicht. Entsetzliche Trauer wurde nun abgelöst von blankem Entsetzen, abgelöst von sträflicher Langeweile, abgelöst von einer leisen Euphorie, die sich unangemeldet immer mal wieder zu Wort meldete, zuletzt noch abgelöst von der Liebe, großgeschrieben, die man vielleicht fühlte und spüren konnte, die man wollte und wollen wollte, die nicht da war, aber trotzdem immerzu präsent, abgelöst von der Realität, dem gegenwärtigen Tag, an dem ich Johnny im Restaurant des

Hotels antraf, wo er an der Bar an einem kleinen Carlsberg nippte.

Hi, sagte er, sagte es, als wolle er es schnellstmöglich gesagt haben, es aus dem Weg schaffen, mich loswerden.

Ich nickte, setzte mich in seiner Nähe auf einen Hocker, bestellte auch.

Später erfuhr ich dann, dass Johnny, nachdem er vorhin selbst ins Hotel zurückgekehrt war – Kate und er hatten unten am Hafen Rentierburger gefrühstückt, danach wollte sie in den Süden, sich einen aktiven Vulkan anschauen, Hekla hieß er, galt sagenumwoben als das Tor zur Hölle –, sich von unten erst mal jemanden hoch ins Zimmer kommen ließ, um die Fenster komplett abzudunkeln.

Es gab dafür spezielle Rollos, das war hier so üblich in den Sommermonaten, damit man nachts überhaupt schlafen konnte.

Nachmittags war es weniger üblich, aber Johnny wollte seine Ruhe, das übermäßige Licht störte ihn, denn für gewöhnlich saß er nach dem Lunch drei bis vier Stunden am Schreibtisch und feilte an seiner Karriere.

Heute war ihm aber nicht danach, mit anderen Worten, er war abgelenkt, wie man so schön sagt, blockiert, anders ausgedrückt, ihm fehlte die notwendige Inspiration, deshalb zog er sich ein frisches Hemd an, nahm den Aufzug nach unten, stellte sich an den Tresen und kam mit demselben Kellner überein, der mir jetzt auch ein Carlsberg hinstellte. Das beste Bier der Welt, sagte der Kellner. Wahrscheinlich, sagte ich. Dann gab ich ihm ein saftiges Trinkgeld, ich hatte schließlich großen Durst, aber der Kellner verschmähte meine Generosität. Das macht man hier nicht, sagte Johnny. Nur wusste ich zu diesem Zeitpunkt natürlich noch gar nicht, dass er Johnny hieß, sondern nur, dass er ein knitterfreies Hemd mit hochgestecktem Kragen trug und einen angenehm penetranten Frauenduft verströmte. Was?, fragte ich nach. Hierzulande ist alles im Preis inbegriffen, erwiderte er. Und warf mir dabei einen merkwürdigen Blick zu, den ich bestimmt falsch interpretierte.

Sind Sie schon länger hier?, fragte er dann. Ich schüttelte den Kopf. Sie etwa? Er nickte. Wir sind schon fast eine Woche hier.

Johnny hatte volles Haar und feste Lippen, er konnte sich bestimmt sehen lassen, ging damit aber nicht hausieren, mir gefiel das. Und was machen Sie hier?, fragte ich. Johnny grinste. Wir kommen runter. Wir haben nicht viel Zeit, fügte er hinzu. Ich verstand ihn nicht gleich, was Johnny anscheinend nicht entging, aber auf einmal war er nicht mehr bei mir.

Eine junge Frau betrat gerade das Hotel, sie kam direkt auf mich zu. Ich fuhr mir schnell durchs Haar und setzte eine nonchalante Miene auf, aber die Frau nahm mich gar nicht erst zur Kenntnis.

Johnny küsste sie prompt auf den Mund, das war sie natürlich, das war Kate, er stellte mich ihr vor, ich krächzte ein paar Worte, wollte höflich sein, aber Kate wollte nichts trinken, zupfte sich an ihrem Rockzipfel, das war wohl ein Code der beiden, denn Johnny ließ sein Carlsberg stehen, um dann mit der wahrscheinlich schönsten Frau der Welt im Aufzug zu verschwinden.

Ich hielt mich an meinem Glas fest. Junge, Junge. Der Urlaub war jedenfalls gerettet. Ich würde mich einfach an die beiden dranhängen.

An der Rezeption erfuhr ich eher zufällig, dass Kate und Johnny vorhatten, am nächsten Tag aufs Land zu fahren, fischen, sagte mir der Concierge, kam nicht umhin, mir prahlerisch Bilder der pittoresken Fischerhütte, die er ihnen für die eine Nacht – oder auch länger – zur Verfügung gestellt hatte, vorzuführen, obwohl er sonst nicht so drauf war, sich über die Gewohnheiten anderer Gäste vor anderen Gästen auszulassen, was er mir dann auch unmissverständlich klarmachte, die Bilder mit einem grobschlächtigen Tastendruck kurzerhand verschwinden ließ, aber ich wusste es natürlich besser. Denn fischen gehen würden die beiden bestimmt nicht, jedoch behielt ich diese Information feinsäuberlich für mich, schließlich gingen den Concierge meine eigenen, intimsten Erkenntnisse ebenfalls nichts an.

Behutsam vertiefte ich mich in meine Gedanken. Ich sah die beiden nämlich schon vor mir.

Johnny würde sie gleich nach der Ankunft an besagter Hütte fragen, und jetzt?, was machen wir jetzt?, weil er davon ausging, sie hätte sich bestimmt etwas ausgedacht, aber dem war nicht so, Kate hatte nichts geplant, also würde er erst mal runter ans Wasser, um sich eher halbherzig an einer Angel zu versuchen. Kannst du das überhaupt?, ruft Kate ihm noch nach, dann setzt sie sich auf einen Felsen, sondiert die Lage. Irgendwann bringt sie ihm ein kaltes Bier.

Johnny hat sich der Angel längst entledigt, sitzt am Fluss im Gras, denkt sich vielleicht, eines Tages saß ich am Fluss im Gras, neben mir die nagelneue Rute, da gesellte sich plötzlich eine Frau zu mir, aber ich kannte sie schon, es war meine eigene, die heute jedoch bestimmt etwas im Schilde führte, mir nämlich ungefragt ein kaltes Bier mitbrachte.

Johnny ist überrascht, trotzdem greift er nach der Dose, aber Kate weicht ihm aus, öffnet die Dose jetzt selbst, nimmt einen Schluck, lecker, schaumbetont, aber sie verzieht unversehens die Miene, denn Kate trinkt kein Bier. Gib schon her, sagt Johnny. Er streckt schon wieder die Hand nach der Dose aus. Sag was Liebes, Johnny, sagt Kate. Dieser versucht es mit einem Lächeln. Sag Zuckerhäschen. Bestimmt haben die beiden ganz übertriebene Kosenamen. Johnny murmelt daraufhin etwas in seinen Bart, was Kate jedoch anscheinend nicht zufriedenstellt. Sag mein Küken, sagt sie.

Später in der kleinen Fischerhütte haben sie dann, obwohl Johnny nichts gefangen hat, trotzdem genug zu essen, danach machen sie Liebe, wobei eine schlecht platzierte Stehlampe zu Bruch geht. Nichts kaputt, flunkert Kate, lacht und setzt sich dabei nach oben auf eines der Stockbetten, in denen die Angler saisonbedingt ihren Rausch ausschlafen. Langweile ich dich, Johnny?, fragt sie. Die Frage kommt ihm gleich bekannt vor, nein, sagt er vorsichtig, weil ich mich verändern werde, sagt sie dann, aber die kurze Szene hat sie ganz klar aus einem Buch, aus dem Garten Eden, aus dem sich die beiden kurz vor Antritt ihrer Reise noch vorgelesen hatten.

Johnny weiß in diesem Moment nicht, was er denken soll. Was soll man auch denken, wenn eine Frau, an der man nichts auszusetzen hat, einem – allem Anschein nach – folgenschwere Konsequenzen ankündigt?

Daraufhin steigt Kate wieder aus dem Bett und legt ihre Arme um Johnny, der mit dem Rücken zu ihr am Fenster steht. Es wird dir gefallen, sagt sie.

Ich gehe jetzt schlafen, sagt Johnny, vielleicht weil er Kates potenzielles Vorhaben – egal, was es sein wird – nicht gutheißt, das tragische Ende des eben zitierten Romans noch vor Augen hat, oder einfach, weil ihm bewusst ist, dass Kate bereits übermorgen abreisen muss, ihre Proben hatten begonnen, während er selbst noch ein paar Wochen verharren würde, um der eigenen Arbeit nachzuhängen. Und da soll diese Nacht doch lieber eine geruhsame werden, denkt er sich, während er in dasselbe Bett klettert, welches Kate gerade verlassen hat, am späten Abend bin ich jetzt müde und wünsche mir und hoffe, dass diese Nacht hier in dieser Hütte unter diesem geborgten Himmel mit dieser Frau, die vorhin noch so lustvoll einen staubtrockenen Lampenschirm zertreten hat, einträchtig verläuft, dass nichts weiter kaputtgeht, und dass diese Frau, von der ich schon so viel weiß, zu mir kommt, mich nicht zu lange im Dunkeln lässt. Das denkt sich Johnny, während er langsam wegdöst.

Und Kate? Wer weiß. Vielleicht tut sie ihm diesen Gefallen, vielleicht auch nicht, vielleicht bleibt sie die ganze Nacht – es ist hier wieder einmal rund um die Uhr hell – draußen auf ihrem moosigen Felsbett sitzen, raucht, heckt aus, plant hier und jetzt womöglich ihren baldigen Höllenritt.

Es war frühmorgens.

Ich saß anscheinend immer noch am Tresen, und war so daneben, dass ich jedem, der es hören wollte, alles erzählte, alles, was ich wusste, aber zum Glück hörte keiner mehr zu. Ob ich geschlafen hatte und, wenn ja, wo, war nicht mehr mit hochprozentiger Sicherheit zu ermitteln. Auch nicht, was ich in den – mittlerweile – zwei Nächten sonst so getrieben hatte. Später entdeckte ich in meinem Zimmer keinerlei Spuren, die auf etwas Außergewöhnliches hinwiesen, aber was hieß das schon. Jedenfalls frühstückte ich gerade und schmeckte Johnny komischerweise immer noch in meinem Bier.

Als die beiden kurz danach im Hotel einliefen, nahmen sie kommentarlos den Aufzug, während ich ihnen auf den Treppen bis ganz nach obenhin nachstieg. An ihrer Zimmertür hing erwartungsgemäß die rote Karte, aber ich klopfte trotzdem an. Es dauerte nicht lange, da öffnete Johnny die Tür, er trug einen Slip, wisperte, aber nicht in meine Richtung, sah mich nicht mal an, schaute nach hinten, sah etwas, was ich nicht sah, keine Ahnung, wer das ist, sagte er, dann war er plötzlich wieder bei mir. Erinnerst du dich?, fragte ich, aber es war hoffnungslos. Johnny musterte mich von oben bis unten, zeigte keinerlei Reaktion, rümpfte nicht mal die Nase, dabei wusste ich schließlich, dass ich bis zum Himmel stank. Bitte nicht stören, sagte er dann, zeigte freundlicherweise sogar auf die Karte, die seit ihrer Ankunft an dem Türknauf der Suite baumelte.

Erst heiß, dann kalt, das war mein Rücken, das kam vom Alkohol. Was willst du?, er. Ich wollte, ich. Einen Drink?, er, und als ich daraufhin nickte, war er schon drauf und dran, mich reinzulassen, als sie ihn zurück ins Zimmer rief, so lauthals fluchte, dass er keine andere Wahl hatte, als mich stehenzulassen, er lächelte noch ein letztes Mal, dann ging die Tür zu. Auf dem Weg nach unten roch es im Aufzug nach Kate, man spürte noch ihre Präsenz, hatte jedoch das dunkle Gefühl, dass ihre Stimme eben das letzte Lebenszeichen war, was man je von ihr erhalten sollte.

Ich fasste es nicht.

Dachte nach. Warum man die ganze Zeit Gin saufen musste – die Rapper mit Saft, die neuen Briten leichtfüßig aus Tassen von Wedgwood –, das sollte mir mal einer erklären, denn Gin war ein Downer, und ich, von Haus aus eher unglücklich veranlagt, hatte mir wohl eine der restlichen Fläschchen zu viel gegeben, was meiner schlechten Laune dann auch keinen Abbruch tat, im Gegenteil.

Seit heute Mittag waren Kate und Johnny, wie gleich anfangs erwähnt, verschwunden.

Ich hatte ihren Abgang – so früh ließ der Kater ein Aufstehen meinerseits nicht zu – natürlich verpasst, bekam meine Infos also wieder bloß aus zweiter Hand.

Anstatt zum Flughafen war Kate mit dem Auto zu Edward, der ihr – dank Bine – mit seinen Scherenhänden half, ihren hüttennah ausgeheckten Plan in die Tat umzusetzen.

Als sie ins Hotel zurückkam, strahlte sie übers ganze Gesicht, das war dem Concierge gleich aufgefallen, obwohl er sie zuerst fast verwechselt hatte, das ist doch die Seberg, aber dann erkannte er Kate auf einmal, bitte vielmals um Entschuldigung.

Kurz danach ließ sie sich jemanden hoch aufs Zimmer kommen, um ihr beim Packen zu helfen, einigen Berichten zufolge – die ich gerade nicht mehr zuordnen konnte – war sie zu diesem Zeitpunkt hochgradig nervös und deshalb selbst nicht imstande dazu. Unten beglich sie die Rechnung, auch die ihres Mannes, hinterließ den mittlerweile berüchtigten Zettel und verschwand.

Irgendwann kam dann auch Johnny zurück ins Hotel. Er hatte eine heftige Fahne. Morgens war er, nachdem er sich von Kate – wie gewohnt – verabschiedet hatte, runter an den Hafen, hatte gegessen – vier mit allem und extra Speck – und getrunken und wollte danach eigentlich zurück ins Hotel, um mit der Arbeit anzufangen, das steckte er jedenfalls dem Budenbesitzer – den ich mittlerweile gut kannte –, nachdem ihn dieser, wahrscheinlich wegen seines verwegenen Äußeren, gefragt hatte, sind Sie Schriftsteller?

Johnny verweigerte ihm hierauf nicht die Antwort, ins Hotel zurück ging er auch nicht, sondern blieb erst mal sitzen und suchte äußerst gepflegt den Absturz.

Er beobachtete dabei in aller Ruhe das Treiben auf der Hauptstraße des kleinen Städtchens, ein Typ spielte beherzt Gitarre. Das Land der tausend Bands, sagte der Besitzer nebenbei, und Johnny schloss kurz die Augen, öffnete sie dann wieder.

Sein Getränk stand immer noch da, er trank zu Ende, bestellte von Neuem, obwohl er das nicht musste, denn der Besitzer ließ sein Glas nie leer ausgehen, sorgte stets für genügend Nachschub.

Dann schaute sich Johnny plötzlich um, als wollte er nicht, dass sich ihm jemand unbemerkt näherte. Er schüttelte den Kopf. Hatte vielleicht so ein merkwürdiges Gefühl. So einfach geht das bestimmt nicht über die Bühne, sagte er laut vor sich hin. Nein, sagte er, und stand auf.

Schwankte, laut Besitzer, ein starker Wind wehte vom Meer. Zahlte, Haare zu Berge, weg war er.

Als Johnny kurz danach ins Hotel zurückkam, ließ sich der Concierge, der sich gerade erst überaus hoffärtig von Kate verabschiedet hatte, nichts anmerken. Es gab nämlich, besonders in Hotels dieser Preiskategorie, bestimmte Regeln und Standards, die Gäste durften keinesfalls vor Augen aller ins offene Messer laufen, sollten selbst – oben, im stillen Kämmerchen – draufkommen, dass ihnen die Frau mit Sack und Pack ausgebüxt war, mussten stets die Möglichkeit haben, sich vorher zu beruhigen, um nicht vollständig das Gesicht zu verlieren.

Jedenfalls kam Johnny nach ein paar kurzen Minuten wieder herunter. In der Suite war er auf die Zimmerdame getroffen, die gerade das Bett überzog, und hatte sich, ohne die Miene zu verziehen, wieder verabschiedet. Hat sie eine Nachricht hinterlassen?, fragte er an der Rezeption, nahm den Zettel an sich, nickte, der Concierge machte einen Knicks, hob dann plötzlich die Hand, wollte anscheinend mit Johnny einschlagen, aber dieser lächelte nur und nahm sich vor dem Hotel eher widerwillig ein Taxi. Der Concierge nannte sein Verhalten gefasst, von oben herab, die Ruhe in Person, merkwürdig, sagte er noch, merkwürdig, wiederholte der Concierge, das sagte er noch, sagte der Concierge, das war sein letztes Wort.

Ich öffnete die Augen. Bei mir klopfte es an der Tür. Das war mein Weckruf.

Bine küsste mich zur Begrüßung auf den Mund, wollte mir auch mit dem Koffer helfen, aber das ging schon, ich schleifte ihn lieber selbst den Gang entlang, die Rollen waren kaputt.

Im Aufzug roch es bloß noch nach Aufzug. Und auch Bine holte mich partout auf den Boden der Tatsachen zurück. Sehen wir uns wieder?, fragte sie. Ich stieß unten die Türe des Aufzugs auf, nahm ein paar lange Schritte, aber Bine war mir auf den Fersen, das hier war ihr Terrain, sie ließ sich nicht so einfach abschütteln. Warum denn?, fragte ich sie, auf etwas Besseres kam ich gerade nicht. Du liebst mich, sagte sie. Nicht wirklich, dachte ich mir, war mir aber darüber nicht im Klaren. Ja, ich hatte es ihr auch gesagt, ähnlich eifrig, aber zählte das überhaupt, ich wusste nicht, ob es zählte, ob ich überhaupt wollte, dass es zählte, denn darum ging es ja eigentlich, warum ich das tat, was ich tat, und wozu.

Der Bus war da, es war keine Zeit mehr. Ich wollte Bine küssen und sie mich auch, aber wir vermasselten das grundlegend, und dann musste ich auch schon einsteigen, obwohl ich noch bleiben wollte – das Gefühl kennt jeder – wegen der ganzen Fragen, die mich weiter umtrieben, zu denen keiner mehr etwas sagte bzw. je sagen würde.

Bestimmt hatten sich die beiden in der Vorweihnachtszeit getroffen, in einer fremden Weltstadt bei Nacht. Vielleicht in einem der einschlägigen Kaufhäuser, wo sie sich luxuriös über den Weg gelaufen waren, sich dann zeitnah für ihren Duft entschieden hatten, sich gut riechen gelernt.

Ich setzte mich im Bus ganz nach hinten. Bine winkte mir zu, ich ihr zurück, aber sie sah mich nicht durch die abgedunkelten Scheiben. Ich könnte natürlich sofort Nachforschungen anstellen, endlos fortfahren, aber das hätte wohl keinen Zweck, Kate und Johnny lebten in einem anderen Leben, da gab es keinen Zutritt für Unbefugte.

Nur was war mit den beiden?, wie würde es weitergehen?, das wollte ich natürlich trotzdem wissen. Und vor allem, was war mit mir, der – anstatt sich um seinen eigenen Scheiß zu kümmern – einem quasi wildfremden Paar nachstellte?

In meinem Büro, in dem ich ab morgen wieder sitze, klingelte jetzt das Telefon. Ich drückte einen Knopf, es war Bine.

Sie hatte es noch nicht bis nach Nassau geschafft, hatte aber jetzt ein paar Tage frei, wollte mich besuchen.

Sie war hübsch und sexy, zog mir im Bett die Hosen aus und brachte mich zum Lachen, aber das war mir anscheinend nicht genug. Sie wartete nämlich gerade auf eine Zusage, von mir kam jedoch keinerlei Reaktion. Und daraufhin sagte auch sie erst mal gar nichts.

Und dann sagte sie doch etwas. Sie sind immer noch hier, ließ sie mich wissen, machte das ausgesprochen lasziv. Wohnen jetzt etwas außerhalb, sagte sie. Mit jemandem namens Pete.

Ich hörte wohl nicht recht. Der Typ spielt Gitarre. Was? Ich habe Johnny zufällig im Sirkus getroffen, fuhr sie fort, wir haben getanzt, er war mir gar nicht abgeneigt. Ich holte Luft.

Das Sirkus war ein mieser Rockschuppen, der längst in den letzten Zügen lag, dort war keiner keinem abgeneigt, aber Bine wusste natürlich, dass ich den Laden kannte, dass ich das alles wusste, trotzdem musste sie mir gegenüber ausdrücklich betonen, dass Johnny ihr gar nicht, aber egal, ich war ja schließlich nicht eifersüchtig, deshalb holte ich jetzt noch mal Luft, wie geht es ihnen?, fragte ich. Man munkelt, sagte Bine. Wer munkelt? Aber sie war nicht eine, die mich einfach auf den fahrenden Zug aufspringen ließ. Was ist jetzt?, fragte sie, wartete am anderen Ende der Strippe.

Ich gab schließlich nach, wann kommst du?, fragte ich zurück, kaum unterdrückte Freude daraufhin bei uns beiden, unterschiedliche Beweggründe natürlich, plus minus. Dann meldete ich mich ab, hatte zu tun, musste jetzt Bälle jonglieren, während Bine weiter schwafelte, mir erzählte, wann sie hier sein würde, heute noch, sagte sie vielleicht, oder morgen schon, ich wusste es nicht mehr.

HABE NICHTS MEHR AUSSER MIR

für K.

Diese Geschichte könnte auch KOKAIN heißen oder KOKAIN, ABER NUR MIT GUTEN FREUNDEN, das sagte er mir einmal, ja, mache ich, aber nur mit guten Freunden, auf die Frage, ziehst du dir gelegentlich mal eine Line.

Aber das war lange her, seitdem hatten wir den Kontakt größtenteils eingestellt. Trotzdem saß ich ihm heute wieder gegenüber, hörte zu, wie er weit ausholte, schaute ihn an, und bemerkte, er hatte abgenommen, sah gut aus, besser als sonst, obwohl ihn die meisten Leute für ziemlich attraktiv hielten. Gerade jetzt fing er an, erzählte mir seine kleine Geschichte.

Ob man das wissen sollte, von vornherein, was zu machen war, wenn jemand anfing, zu erzählen, wenn er sagte, ich bin neun Stunden nach Paris durchgefahren und habe sie wiedergesehen, und sie gab mir so einen französischen Kuss, so links, rechts, und widmete sich dann lieber wieder ihren Kollegen, wie man darauf reagieren sollte, das wusste ich nicht.

Und, was hast du gemacht?, fragte ich ihn.

Ich bin zurück ins Hotel, sagte er. Und es war auch noch dasselbe Hotel, sogar dasselbe Zimmer, wo wir damals, ich und sie, weißt du?, wo wir damals, wir beide, du weißt schon, da war ich mit ihr. Und dann? Im Fernsehen lief Fastwalking, ich habe auf der Stelle einen Lachkrampf gekriegt.

Ich nickte, trank von meinem Bier. Ich kannte das Gefühl, die Absurdität. Aber von Anfang an.

Die beiden laufen sich in einem eher geordneten Rahmen über den Weg. Bei einer Veranstaltung, einer Vernissage vielleicht, einem Orgelkonzert oder Kammerspiel. Zwei Leute treffen sich zufällig, so etwas kommt vor. Alles andere zählt nicht mehr, sie haben nur noch Augen füreinander, nennen wir ihn, in diesem Fall, Felix mit F, und sie etwas mit C, Charlotte zum Beispiel.

Charlotte ist noch jung, Mitte, höchstens Ende zwanzig, hat braunes, leicht gelocktes Haar, schlanke Fesseln, ein wohlgeformtes Kinn, weiche Ohrläppchen und schöne spitze Knie. Felix will vom ersten Moment an etwas von ihr, aber er denkt gerade noch gar nicht an ihren Körper, schaut ihr bloß in die Augen, nichts geht hier, das heißt, nicht einmal seine Gedanken wandern ihr unter die Gürtellinie. Die beiden verbringen den ganzen Abend zusammen, dann die ganze Nacht, am nächsten Morgen bleiben sie noch lange im Bett, und verabschieden sich schließlich mit einer festen, vielversprechenden Umarmung.

Wie war der Sex?, fragte ich jetzt. Was? Er wusste mit der Frage, die ich eher folgerichtig fand, nichts anzufangen, aber ich fragte ihn schließlich nur deshalb so direkt, weil er die ganze Zeit so offen redete, so von ganzem Herzen sprach, und ich mir deswegen einbildete, dass er womöglich – und das zum ersten Mal überhaupt – aus sich herausgegangen war, wie man so schön sagte, auch beim Sex, sich hatte richtig fallen lassen, ja, der Sex war gut, sagte Felix auf einmal, entriss mich prompt meinen Gedanken, aber er wollte anscheinend auf etwas anderes hinaus. Das war alles viel zu schön, um wahr zu sein, sagte er. Und natürlich.

Man geht ganz unbedarft und ohne nennenswerte Agenda

auf eine Party, ein Essen oder einen Umtrunk unter Freunden oder guten Bekannten und ist plötzlich nur noch zu zweit. Man schaut auf einmal genauer hin, und der Blitz schlägt ein, bei beiden zugleich, unvergleichbar stark, und plötzlich hört man ein Tröten, ein lautes Hupen und Röhren, und kurze Zeit später sitzt man bereits gemeinsam im Zug.

Lass uns ans Meer fahren, hatte Felix vorgeschlagen, da kannten sie sich erst seit ein paar Tagen, ja, sehr gerne, hatte Charlotte erwidert, Felix hatte sich auf der Stelle gefreut, schön, sagte er leise, schön, weiter kam er nicht, das eine Wort war ihm genug.

Das muss man sich mal vor Augen halten, sagte er mir jetzt, was ich auch tatsächlich versuchte, nämlich nachzuempfinden, wie sich das überhaupt anfühlte, wenn plötzlich mal wieder alles auf einen zukam, aber Felix war schon woanders, das hieß, er knüpfte noch mal an Paris an, diese letzte Begegnung mit ihr, die ihm vielleicht nicht mehr aus dem Kopf ging, und vielleicht hatte er recht.

Er hätte womöglich von Anfang an diesen höchstwahrscheinlichen Tiefpunkt seiner Liaison mit Charlotte etwas beherzter ausschmücken sollen, das hätte vielleicht seiner ganzen Story, die sonst durchaus mit einem guten Drive aufwarten konnte, einen rasanteren Einstieg beschert. Paris also.

Die neun Stunden hin, das atemlose Durchfahren, die Tüte Mon Chéri beim Zwischenstopp an der Tanke, der trockene Mundgeruch, die benetzten Lippen, die Ankunft an der Peripherie, das überstürzte Einchecken ins Hotel, das erzählte er mir alles noch mal.

Es war dasselbe Hotel, sagte er, ich weiß, sagte ich, wie damals, sagte er, ich weiß, mit ihr, ich weiß, sagte ich wieder, das hast du mir schon erzählt, ich weiß, sagte er, aber jetzt geht es weiter, jetzt gehst du ins Theater, sagte ich, um sie abzuholen, das hast du selbst gesagt, dass du das machst, jetzt warte doch mal, sagte er, aber ich konnte nicht warten, und da sind dann ihre Freunde, sagte ich jetzt, nicht wahr, wahr, sagte ich, und sie, jetzt warte doch, unterbrach er mich, wurde laut, schrie praktisch, aber das geht doch alles in viel kleineren Schritten, fuhr er fort, weißt du?, so Schritt für Schritt, sagte er, wurde leiser, hatte sich wieder beruhigt, ja, ich weiß schon, so Schritt für Schritt, blaffte ich ihn an, aber was war danach?, mit ihr?, wie ging es weiter?, was ist danach passiert?, was war?, was war?, was war?, blaffte ich, aber nur ganz sachte, wollte ihn schließlich nicht einschüchtern mit meiner schön rabiaten Neugier.

Felix stand auf einmal auf und verschwand. Ich war zu weit gegangen, zuckte kurz, dann schaute ich mich um, hasste diesen Ort, diese Kantine, besonders das Raucherzimmer, die Leute hier waren engstirnig und provinziell, aber gerade als ich mich aus dem Staub machen wollte, kam er zurück, entschuldige, musste mal, sagte er, und setzte sich wieder.

Er hatte sich ein neues Bier geholt, auf den Schreck vielleicht, zündete sich jetzt eine an, rauchte damals noch PS, glaube ich, und erzählte vorerst im Schritttempo weiter.

Das war so ein ganz kleines Zimmer in dem Hotel, weißt du?, so rosa und so, und sie war damals so süß, sagte, das Zimmer ist doch viel zu klein für dich, weil ich so groß gewachsen bin, so groß, weißt du?

Und dann?, fragte ich wieder. Dann habe ich mir eine Line durchgezogen, also, gezogen, eine Line gemacht, gezogen halt. Ja und?, fragte ich. Das mache ich normalerweise nie, sagte er, habe ich dir das schon erzählt?, ich kokse nämlich nie alleine, sondern nur mit guten Freunden.

Was du nicht sagst, dachte ich mir, ja, hast du schon erzählt, sagte ich ihm, aber erzähl doch noch mal, warum nur mit guten Freunden? Weil wir uns dann so gut, sagte er, nein, weil wir uns dann so richtig unterhalten, wir haben uns gestern richtig unterhalten, sagen wir uns dann am nächsten Tag, oder nur, wir haben uns unterhalten, sagen wir, wenn uns einer fragt, was habt ihr gestern so gemacht?, sagen das aber mit einem Augenzwinkern, sagte er jetzt, meinen damit natürlich, einzig und allein, das richtige Unterhalten.

Das alles sagte Felix mit einem so selbstverliebten Grinsen auf den Lippen, dass ich ihm dieses am liebsten auf der Stelle aus der Fresse gewischt hätte. Und ihm dann voll in diese geschlagen. Aber ich tat nichts dergleichen. Ich mochte ihn nicht, aber heute wollte ich hören, was er zu sagen hatte. Die kleine Geschichte hatte etwas. Das könnte unter Umständen interessant werden, dachte ich mir, aber nicht schon wieder denken, einfach zuhören, dachte ich, speichern, Material. Was daraus machen.

Jedenfalls fing der späte Abend endlich an, sich zu lohnen, denn Felix kam nun zum Punkt, sprich, hier fing die eigentliche Geschichte erst an, mit anderen Worten, eigentlich sollte sie hier anfangen. Er hatte sie zwar schon öfters erzählt, hatte das mit der Dramaturgie aber anscheinend immer noch nicht drauf – obwohl er Schauspieler war, immerhin ein gutes Mittelmaß –, verzettelte sich immer wieder mit Anekdoten über kleine rosa Hotelzimmer und so weiter.

Ich kam also ins Theater, fing er jetzt wieder an, hatte mir noch ein paar Lines gezogen, ich rede jetzt ein bisschen schneller, damit du dir ein Bild davon machen kannst, von meiner Stimmung damals, nicht nötig, sagte ich, wollte ihm nicht die Möglichkeit geben, sich noch mehr in Szene zu setzen – obwohl ein bisschen mehr Tempo am Anfang, wie gesagt, der Story bestimmt guttun würde –, aber er tat es natürlich trotzdem, redete jetzt im Stakkato weiter, und da stand sie dann, sagte er, mit ihren Freundinnen, alles Theaterschlampen, blöde Selbstdarsteller, das bist du doch auch, sagte ich, jedenfalls, sagte er, hatte mich nicht gehört, ging ich dann auf sie zu, lachte sie an, winkte, ja, ich glaube, ich winkte sogar, und sie drehte sich kurz zu mir, also kam ich näher, lächelte verliebt, und sie lächelte auch, aber dieses Lächeln von ihr, ich weiß nicht, ich meldete da schon insgeheim meine Zweifel an, und dann küsste sie mich plötzlich, aber nicht, dass du jetzt denkst, auf den Mund, denke ich gar nicht, sie küsste dich auf die Wange, nein, ja, so auf die Wange, woher weißt du das?, so links, rechts auf die Wange, aber was war dann?, fragte ich, was meinst du?, fragte er. Na ja, meinte ich, was war gleich danach?, links, rechts auf die Wange, und was dann?, das meine ich, das ist doch die alles entscheidende Frage. Er dachte kurz nach, runzelte die Stirn, legte sie auf einmal in tiefe Falten, Vorsicht, Schauspieler.

Dann war gar nichts, sagte er. Dann schaute sie mich noch mal ganz flüchtig an, lächelte wieder, sagte hallo du oder na oder so, aber, wie gesagt, dieses Lächeln von ihr, das hatte ich noch nie gesehen, obwohl sie schon oft gelächelt hatte in meiner Gegenwart, wenn ich ihr etwas Rasantes erzählt oder einfach nur mit ihr geliebäugelt hatte, weiter im Text, schob ich hier ein, aber diesmal, das war, als ob sie, sagte er, als ob sie mich, ich weiß es nicht, ich finde dafür keine Worte. Versuch es doch noch mal, sagte ich, zündete ihm seine nächste PS an, das schaffst du. Sie war mir nicht böse, sagte er dann. Sie war auch nicht traurig. Sie war so genügsam, das ist jetzt vielleicht das falsche Wort, aber verstehst du?, sie gab sich so, als ob es ihr nichts ausmachte, dass es zu Ende war mit uns. Aus, verstehst du?, aus, aber überhaupt nichts aus. Nur weiß ich halt ganz bestimmt, dass es ihr etwas ausgemacht hat, es muss ihr etwas ausgemacht haben.

Kannst du dich noch an ein paar genauere Details erinnern?, spornte ich ihn jetzt an. Er schüttelte den Kopf. Ich habe dir alles erzählt, sagte er. Wirklich alles?, fragte ich nach, er nickte, und dann kam mir plötzlich ein Verdacht.

Der ließ sich nicht etwa konkretisieren, ich wusste auch nicht, woher der sich so einfach einschlich, aber ich wusste etwas, da war ich mir sicher, wusste nur nicht genau, was.

Ich verstehe das nicht, sagte Felix immer wieder, sie schaute mich nicht mal mehr an, nicht ein einziges Mal, war einfach weg. Schlampte nur noch mit ihren Freundinnen herum. Wollen wir das nicht alles noch mal von vorne durchgehen, vielleicht hast du ja etwas vergessen? Nein, mehr gibt es dazu nicht zu sagen. So war das, einfach weg. Gähnende Leere. Das sagte er wirklich. Atomisches Rauschen. Und, ich meine, wir hatten wirklich etwas miteinander, das war alles ganz real, uns sind richtig Sachen passiert, ja, ich weiß, das klingt jetzt pathetisch, aber es stimmt. Wir waren gut unterwegs zusammen. Und jetzt weiß ich nicht mal, wo sie ist, wo sie sich aufhält, weißt du?, sagte er, wiederholte sich zum wiederholten Male, ließ sich wortwörtlich gehen, ja, ich weiß, sagte ich daraufhin, wo sie ist? und mit wem? und was sie so macht? und warum?, warum nur?, äffte ich ihn nach in seiner Hilflosigkeit, nur wusste ich es ja schließlich auch nicht, was ihm da mit ihr zugestoßen war.

Und das wurmte mich, dass die Geschichte kein richtiges Ende hatte, dass nicht mal er, einer der beiden Protagonisten, sich die paar letzten Szenen an diesem Abend in Paris erklären konnte, da steckte doch etwas dahinter, auf das wir beide gerade nicht kamen, aber im Gegensatz zu ihm heulte ich den Leuten im Folgenden nicht ununterbrochen die Ohren voll, sondern suchte sie auf. Charlotte mit C, ich spürte sie auf.

CUT TO:

Und zwar irgendwo nahe Bordeaux, wo sie lebte, wenn sie gerade nicht in Paris zu tun hatte, und wo man mir nebenbei noch beibrachte, dass man Sauternes auch kalt als Aperitif zu sich nehmen konnte, auf die sonst typischen Pasteten als Beilage ganz verzichten und es durchaus üblich war, sich vor dem Essen gleich die ganze Flasche zu genehmigen, zu zweit natürlich, bestenfalls verliebt, können Sie ruhig stehen lassen, kommt schon weg. Aber erst mal, ganz nüchtern betrachtet, ein paar Infos vorneweg, auf die Charlotte von vornherein bestand.

Sie ging nämlich an diesem Abend, an dem sie Felix zum ersten Mal über den Weg lief, schon früh nach Hause, setzte sich ans Küchenfenster, wo sie ein paar Züge einer Zigarette nahm und sich dann einen Tee aufbrühte. Es ist nichts passiert an diesem ersten Abend, sagte sie, nur damit Sie das wissen, darauf lege ich nämlich Wert, dass wir uns damals noch nicht in diesem Sinne nähergekommen sind, aber das erzählt er bestimmt anders.

Wer?, hakte ich nach, er, sagte sie daraufhin, ich sage seinen Namen nicht mehr, eigentlich habe ich ihn noch nie bei seinem Namen genannt, habe immer nur du gesagt oder, anfangs vielleicht, Sie oder, wie jetzt mit Ihnen, halt er.

Wieso?, fragte ich. Wieso was? Wieso nennen Sie ihn nicht bei seinem Namen? Das mache ich immer so, sagte sie, das beruhigt die Leute. Ja?, fragte ich. Ja, die Leute, wiederholte sie, dann wissen die nämlich nicht gleich, dass irgendetwas nicht stimmt mit mir, wissen Sie? Nein, sagte ich, wusste nicht, worauf sie hinauswollte, aber sie fuhr unbeirrt fort.

Ich sage, wenn ich jemanden begrüße, nämlich meistens nur hallo oder na oder hallo du oder na du oder hallo, na du, führe das aber nicht weiter aus, stehe auch nicht mit offenem Mund da, denke nach oder tue so, als ob, oder runzle die Stirn, hallo du, na, das war's, dann wissen die Leute nämlich nicht gleich, dass etwas nicht stimmt, wissen Sie?, mit mir.

Aber ich wusste immer noch nicht, was mit ihr los war. Wieso?, fragte ich deshalb, stimmt gerade etwas nicht? Nein, gerade stimmt alles, sagte sie und schaute mich dabei kurz an, als wäre ich bescheuert.

Und das war ich bestimmt auch, hatte mir nämlich in Paris, wo ich einen Zwischenstopp eingelegt hatte, versackt war, einen Wagen gemietet, war geradewegs bis an die Küste gefahren, nicht ganz neun Stunden, aber immerhin, und alles nur, um an ihre Version zu kommen, an ihre Interpretation dieser letzten Nacht zwischen Felix und ihr. Dabei erzählte sie gerade vom Anfang der Liaison, da und dort habe ich ihn zum ersten Mal gesehen, erzählte mir alles, was an diesem Auftaktabend passierte, obwohl ich diesbezüglich mit meinen bisherigen Notizen so ziemlich im Reinen war, aber sie legte immer wieder Wert darauf, dass ich auch wusste, dass sie diesen Abend, an dem sie nicht mit ihm geschlafen hatte, immer noch klipp und klar vor Augen hatte. Daran erinnere ich mich noch ganz genau, sagte sie, wiederholte diesen Satz immer wieder.

An diesem ersten Abend nämlich, um daran jetzt noch mal anzuknüpfen, ging Charlotte schon früh nach Hause, rauchte erst mal eine, dann schnell noch eine, um sich dann ein Kännchen Tee einzugießen, um dann schließlich anzufangen. Sie hatte sich in ihrer Küche eine Art Studio eingerichtet, wo sie saß und malte, wenn ihr nichts Besseres einfiel oder sie meinte, sich gerade ausschließlich in ihrer Wohnung aufhalten zu müssen.

Im Hintergrund lief immer dieselbe Platte, allesamt Cocktailpartylieder, Glatter Operateur oder Das ist keine ordinäre Liebe, das gefiel ihr, das hörte sie gern, obwohl sie manchmal unwillkürlich die geistige Notbremse zog, sich sagte, nein, das Leben ist nicht nur bloß eine Cocktailparty, unten auf der Straße, und bei den letzten paar Worten blieb ihre ganz persönliche Platte dann meistens hängen, unten auf der Straße, unten auf der Straße, unten auf der Straße.

Was ist bloß los mit dir?, fragte sie sich in solchen Momenten, das sagte sie mir jetzt auch, ich frage mich dann für gewöhnlich, was mit mir los ist, aber ich weiß es ja, mehr oder weniger. Gebe mir also selbst die Antwort. Und lebe rastlos weiter wie bisher.

Sie drehte besagte Musik jetzt ein wenig lauter, sagte erst mal gar nichts mehr. Ich rauchte jetzt auch eine, langweilte mich ein wenig. Charlotte erzählte manchmal etwas phrasenhaft. Außerdem fehlten mir weiterhin ein paar relevante Infos, mit deren Hilfe sich die ganze Story etwas ausschmücken und auf jeden Fall spannender gestalten ließe. Ich wusste nämlich immer noch nicht, was an diesem letzten Abend im Theater – aus ihrer Sicht – wirklich passiert war und was das wiederum mit dem, was anscheinend mit ihr los war, zu tun hatte, das wollte ich sie aber auch nicht einfach so direkt fragen, das schien mir noch ein wenig verfrüht.

Stattdessen schaute ich ihr jetzt einfach mal zu: Charlotte – im Hintergrund, wie gesagt, dieselbe Platte, immer schön traurig, die Texte, die Melodien, dazu dann sie –, C selber, mit auffallend legerer Haltung, beigen Chinos, einer ausrangierten Krawatte, seiner womöglich, als Gürtel, saß sie auf dem Teppich, posierte, im Schneidersitz vielleicht, oder sie zog die Beine ganz plötzlich an, stand auf, pinselte, schlotete, hochkonzentriert, nicht aus der Ruhe zu bringen.

Und diese Pose, die sich wieder und wieder fast unmerklich veränderte, machte sie aus, damit kamen die Männer bestimmt nicht zurecht, mit dieser eigenwilligen Tätigkeit, dieser Frau, zu der sie sich in diesen Momenten – und gerade jetzt live vor mir – gewissermaßen hochstilisierte. Oder war das alles echt?

Es überfällt mich dann, es kommt ganz auf einmal, quasi aus dem Nichts. Ich bin dann nicht mehr ansprechbar, für niemanden, wenigstens nicht im herkömmlichen Sinne. Ich weiß dann nicht mehr, was das alles soll, sagte sie mir. Können Sie da ein wenig elaborieren?, fragte ich nach, etwas weiter ausholen?, aber sie tat mich sofort ab, lassen Sie das, ich weiß es doch auch nicht. Dann tranken wir in aller Ruhe ein, zwei Gläser Weißwein.

Es kam anscheinend manchmal etwas über sie, sie kannte das schon, wusste, wenn es sich anbahnte, versuchte es dann auch zu verhindern, aber meistens ging das nicht, nur ein wenig wappnen konnte sie sich dagegen, Vorkehrungen treffen oder bestimmte Regeln befolgen, damit sie sich nicht plötzlich viel zu nah an den Bahngleisen wiederfand.

Trotzdem zerrte es an ihr, drängte sie, ließ ihr keine Ruhe, wie auch an diesem ersten Abend, an dem sie und Felix sich da oder dort über den Weg gelaufen waren, sich die ganze Nacht lang nicht aus den Augen verloren hatten, sie ihn dann einfach hatte stehen lassen, liegen, ohne mit ihm gleich irgendetwas anzufangen.

Danach ging sie nämlich erst mal nach Hause, duschte sich ausgiebig, um sich gründlich von allem zu säubern – das half manchmal, aber manchmal auch nicht –, und spulte dann einfach ihr Programm ab, rauchte, malte, hörte ihre Platten, aber ihr Zustand verschlechterte sich rapide.

Auf der Stelle Koffer packen, dachte sie sich, sagte es auch laut vor sich hin, dabei wollte sie das nicht, wusste aber, sie musste es tun.

Sie wollte nicht raus auf die Straße, wusste, hier oben in der Wohnung war sie am sichersten, trotzdem trieb es sie nach unten.

Draußen war es stockfinster und bitterkalt, die beiden hatten sich im Herbst getroffen, das war vor genau einem Jahr gewesen, denn heute war wieder Herbst, weshalb Charlotte das Küchenfenster auch nur kurz einen Spalt öffnete, um die Zigarette zu entsorgen, mit der sie sich eben ihre nächste angesteckt hatte.

Damals schmeckten mir die Kippen überhaupt nicht mehr, betonte sie, ich rauchte wenig in dieser ersten Nacht, vielleicht gar nicht.

Sie war immer noch am Anfang ihrer Geschichte, steckte fest, aber ich entspannte mich, hatte mich zurückgelehnt, süffelte an meinem zweiten oder dritten Glas Sauternes – eiskalt, pastetenfern –, auf den ich gerade umgestiegen war, und hörte ihr zu, machte mir mentale Notizen. Vielleicht war es ja möglich, einen inhaltlichen Bogen vom Beginn der Affäre, von dieser ersten Nacht, in der sie stecken geblieben war, bis zum Ende, zum Theater, zum Kuss – du weißt, so links, rechts, ja, ich weiß – zu spannen, das hoffte ich jedenfalls, nur dann wäre die kleine Story wirklich erzählenswert.

Damals, am Anfang, kam Charlotte jedenfalls der sonst so eingängige Ausdruck der schummrigen Chanteuse plötzlich gewollt vor, vielmehr wollte sie ihren Worten keinen Glauben mehr schenken, diesem ganzen Lug und Trug, von dem sie da so schmachtend sang, da hängt kein Segen drin, sagte sich Charlotte, hörte trotzdem weiterhin zu, musste sich nämlich – auf jeden Fall – an die selbst auferlegten Regeln halten, jetzt nur nicht den Kopf verlieren, sagte sie sich, drehte den Regler dann auch ganz hoch, und prompt beschwerte sich der Nachbar, aber sie hörte ihn anfangs gar nicht, wer sind Sie?, fragte sie ihn dann, als er vor ihr in der Tür stand, Sturm klingelte, sich aufspielte, ich bin hier der Nachbar, da kann ja jeder kommen, sagte sie.

Danach stellte sich Charlotte vor ihre Leinwand, nahm den Pinsel in die Hand, obwohl sie wusste, dass es gerade wieder losging mit den Farben.

Heute war Montag, da war sie sich ziemlich sicher, und Montag war rot, und die Zahl Vier, immer noch ihre Lieblingszahl, die war auch rot, aber was, wenn ein anderer Tag über sie hereinbrach, es plötzlich um ganz andere Farben und

Zahlen ging, was, wenn es sie wieder nach unten trieb, auf die Straße, wenn sie wieder anfing, zu wandern, das Weite zu suchen, fragte sich Charlotte, aber sie wusste ja schließlich, was dann passieren würde, spürte es ja, schließlich fing es in diesem Moment schon an, sie zu übermannen, kurz und gut, sie hatte Angst, sie könnte Hand an sich legen.

Trotzdem hielt sie sich wacker, machte weiter, nahm den Pinsel, tunkte ihn ein, steckte ihn viel zu tief in den Kanister, zog ihn wieder heraus, spritzte pollockmäßig das Rot auf die Leinwand – die Musik war immer noch zu laut, der Nachbar klopfte und johlte – und setzte sich dann mit dem Pinsel in der Hand auf den Küchenstuhl. Setzte sich auf ihn, bewegte sich gerade so, wie es ihr gefiel, hallo, Felix, sagte sie, sagte seinen Namen vielleicht zum ersten und letzten Mal, na, Charlotte, hörte sie ihn noch erwidern, dann driftete sie ab, verschwand tief in ihren Gedanken in dieser ersten Nacht, die sie auf keinen Fall mit Felix verbrachte.

Im Morgengrauen wachte sie auf, saß immer noch auf dem Stuhl, war natürlich allein, die Farbe auf dem Pinsel war trocken, die Leinwand war rot bespritzt, aber Charlotte hatte noch eine frische da, stand also auf, holte sich kurzerhand die unbefleckte neue Leinwand und stellte sie sich hin. Ihr Rücken tat weh von dem ganzen Sitzen, die Zigaretten, die sie dann wohl doch noch wie von Sinnen in sich hineingekippt hatte, waren alle, die Platte war am Ende, kratzte, und Charlotte war eine andere geworden.

Hochpathetisch klingt das, aber es war wirklich so, denn jene Charlotte mit C, die man sich mittlerweile vielleicht gut vorstellen konnte, war verschwunden. Und das war für sie jetzt natürlich höchst problematisch.

Immer dann nämlich, wenn sie sich allzu sehr kontrollieren musste, disziplinieren, wenn es kein Ventil mehr gab für diesen Trieb, diesen Drang, der sie nach unten zerrte, auf die Straße, immer dann wurde es für sie gefährlich, genau dann fing das nämlich an mit den Farben, dann ging es von einem auf den anderen Moment mit einer neuen Farbe los, und dann loderte plötzlich vorderrücks die Gefahr, die eine oder die andere. Und auf eine von beiden hatte sich C damals, mehr oder weniger, bereitwillig eingelassen. Mit anderen Worten, choose your own adventure.

Unten war es finster und kalt, oben wurde es immer problematischer, unten waren die Gleise, oben lungerte diese Sache mit Felix, die noch überhaupt keine richtige war, loderte diese neue Gefahr, die bei Weitem schlimmer war als die Gleise, aber, wie gesagt, C war – bis auf Weiteres – erst mal eine andere.

Und deshalb würde sie auch bleiben heute, obwohl sie wusste, dass sie eigentlich nach unten musste, runterkommen, sich herumtreiben, treiben lassen, ohne zu wissen, wohin, egal, an die Gleise oder nicht, aber heute würde sie sich oben verschanzen, obwohl sie wusste, das könnte, das würde gefährlich werden. Trotzdem würde sie warten, auf seinen Anruf, sich zusammenreißen, ihre Regeln befolgen, die einen ja, die anderen nicht. Und nur deswegen ging es dann überhaupt los mit den beiden.

CUT TO:

Felix saß gerade in seiner frisch bezogenen Wohnung, und überall standen noch Kisten, in allen fünf Zimmern. Er hatte übrigens nur deshalb so viele Zimmer, weil ja schließlich einmal Platz sein sollte für zwei oder drei oder vier, jedenfalls saß er am Boden, soff und telefonierte schon wieder, weil sie wissen wollte, ob diesen oder jenen Pullover, ob Kord oder Samt, ob es da schon warm ist um diese Zeit, woraufhin er ihr volltrunken versicherte, dir wird es warm sein, dir bestimmt, nur dir, absolut dir.

Sie planten ihren ersten Urlaub zusammen, wollten ans Meer fahren, endlich, dachte sich Felix, endlich, dachte sich vielleicht auch sie, beide waren auf Reisen immer am glücklichsten, und jetzt planten sie sogar zusammen, zwei Menschen, die in zwei verschiedenen Städten lebten, living is a gamble, baby, loving is much the same, sagte sich Felix, bedankte sich dann artig bei Simon, dann bei Garfunkel, wusste deren Text zu schätzen, aber bestimmt verstand er ihn nicht wirklich, während Charlotte gerade wieder in ihrer Küche stand.

Sie rauchte und hatte eben ihre Leinwand weggepackt, alles verstaut, das war schon sehr viel für sie, das sagte sie ihm jetzt auch am Telefon, aber ihn hatte es ähnlich erwischt, er lag am Boden, konnte sich effektiv nicht mehr bewegen, unmöglich, dachte er sich, sie hat mich, diese Frau, während sie ihn vielleicht ohnehin nur ständig anrief, um seine Stimme zu hören, dabei immer dieselben Fragen stellte, obwohl sie bestimmt seit eh und je eine war, die von vornherein diesen und jenen Pullover, beide, oder gleich drei oder alle zehn einpackte, Kord, Samt, Leder, Seide, ganz egal, alles, um ihm zu gefallen, diese Frau, und vielleicht freute sie das sogar in diesem Moment, er hat es mir angetan, dieser Typ, dachte sie sich vielleicht, von Liebe ganz zu schweigen, das sagte sie dann auch laut vor sich hin, von Liebe ganz zu schweigen. Vielleicht.

Weil ich ja bisher nur seine Version kannte, weil ich sie, als ich mir die kleine Geschichte zum ersten Mal anhörte, ja schließlich noch gar nicht getroffen hatte. Die beiden waren jedenfalls tatsächlich in den Urlaub gefahren, das erzählte er mir gerade, malte das richtig aus, ich konnte es mir bildlich vorstellen, in jeglichem Detail. Er rauchte dabei wie ein Schlot, das hatte er früher nie gemacht, denn wenn es ihm gut ging, rauchte er weniger, hörte ganz damit auf, Gesundheit und so.

Es war der dritte Tag, sie kannten sich auch erst seit drei Tagen oder, besser gesagt, seit vier. Waren trotzdem gleich weg. Die Pension war in den Bergen und natürlich wunderschön. Wir wohnten im ersten Stock mit einem französischen Balkon hinaus auf den Innenhof, sagte er mir, wo es viel Grün gab, Palmen, einen schattigen Plungepool und zwei verknallte Schildkröten, die uns beim Frühstück an den Zehen knabberten. Aha, sagte ich. Ich erwähne das nur, fuhr er fort, weil ich dir klarmachen will, in was für einer entrückten, ich habe jetzt kein besseres Wort, Umgebung wir uns befanden, es war eine Flucht vor der Flucht, runter von der Bühne, wo wir beide uns sonst immer dann hinbegaben, wenn es uns zu brenzlig wurde, obwohl, sie redete auch hier, hin und wieder, von irgendwelchen Gleisen, ich bin gefährdet, sagte sie dann, faselte davon im Traum, aber soweit ich wusste, hatte das nichts mit unserer damaligen Realität zu tun.

Jedenfalls kamen wir kurz runter, erlebten Augenblicke lang eine andere Art Flucht, eine gemeinsame, wir, zusammen, dort, wo es so etwas noch gab. Schlafen bis in die Puppen, schwere Weine spätnachts, man hatte sich herausgeputzt, entpuppte sich voreinander, was man sonst nie tat, schmierte sich zum Frühstück, wie von Sinnen, dicke schwarze Tapenade aufs gebackene Brot, ließ sich richtig gehen, nahm sogar das Rezept mit, würde zwar nie dazu kommen, aber trotzdem, egal, wir, ganz allein, da, wo es so etwas noch gab, sagte er wieder und machte eine kurze Pause.

Ein Mann, eine Frau, fuhr er fort, ein geknabberter Fuß, gleich zwei, wobei die beiden Kröten ganz klar ihre ebenmäßig langen, dezent lackierten Zehen bevorzugten, dann die Tageshitze, die Berge von Chopin, die geläuterte Musik, die im ganzen Haus spielte, winzige Lautsprecher, willfährige Melodien, der Markt am Dienstag, die Hühner am Drehspieß, denen man mit den Fingern die angeschwärzte Haut abzog, knusprig, oder?, diese Normalität, dazu die nackte Kälte nach der Sauna nachts, welche nur wir zwei genossen in diesem Hof, sagte er mir, hielt wieder inne, wischte sich auf einmal über die Wange, die Tränen, sagte er, schluchzte, die Tränen in diesem Hof, wiederholte er.

Ihr habt geweint?, fragte ich ihn, nicht wir, ich, sagte er, also gut, du, und warum hast du geweint?, fragte ich, weil ich ein Arschloch bin, sagte er.

Ich ließ ihn daraufhin ein paar Sekunden lang gewähren, nein, aber nein, wovon redest du überhaupt?, sagte ich dann.

Ich habe geweint, fuhr er fort, in diesem Hof, in dem es mir eigentlich gut ging, in dem es vor Intimität und Weltvergessenheit nur so wimmelte, besser kann ich das nicht sagen, meinte er – suhlte sich in seinen Worten –, aber das hat sie mir alles gründlich versaut. Wer?, fragte ich, einfach so, Charlotte, sagte er, hörst du mir überhaupt zu? Intimität und Weltvergessenheit, sagte ich, Charlotte, wiederholte er, wer denn sonst, und dann stellte ich ihm die nächste Frage.

Wie war der Sex?, fragte ich, das hast du, sagte ich, vorhin nicht zufriedenstellend beantwortet. Es ging nicht um den Sex, sagte er.

Ich weiß, dass es nicht um den Sex ging, sagte ich, obwohl ich damals noch gar nicht wusste, dass es nicht um den Sex ging, auch nicht, dass es überhaupt irgendwann mal nicht um den Sex gehen konnte.

Er schüttelte den Kopf. Möglich ist alles, sagte ich. Er nickte.

War sie zu dir irgendwie unaufmerksam, im Vorfeld?, fragte ich weiter, habt ihr euch gestritten?

Nein, das war es nicht, im Gegenteil, sagte er, im Gegenteil, wiederholte er, sie war perfekt. Eine Figur, wie man sie sich besser nicht vorstellen kann, sagte er, aber vielleicht war gerade das sein Problem, diese ständige Vorstellung, immerzu dieses Bauen, dieses Sich-zu-eigen-machen-Wollen einer Figur, in diesem Fall, eines Menschen, unmöglich, dachte er sich vielleicht die ganze Zeit, sie hat mich, diese Frau. Wie auch immer.

Die Pension war wunderschön, aber das hat sie mir gründlich versaut, sagte er wieder, nicht weil sie sich damals auf dieser Insel irgendwie danebenbenommen hat, im Gegenteil, ich wiederhole, das war es nicht, sondern es war wegen dem, was danach kam, was danach passiert ist, damit hat sie mir auch rückwirkend den ganzen Urlaub versaut, sagte er mir. Und nur deshalb habe ich damals geweint. Und der Sex?, fragte ich ihn, einfach, weil ich so drauf war. Der Sex war großartig, sagte er diesmal, aber darum ging es nicht, ich weiß, sagte ich, wusste es aber nicht.

CUT TO:

Der Abend war mittlerweile fortgeschritten, die Kantine des Theaters brechend voll. Eine Premierenfeier, mit der er eigentlich nichts zu tun hatte.

Einige der Premierengäste warfen mir jetzt ganz bestimmte Blicke zu, aber ich wusste gleich, warum. Felix war ein Mann mit einer Geschichte, er hatte etwas zu erzählen. Und er war schließlich Schauspieler. Vielleicht ging es ihm deshalb auch nur darum, besagte Story gebührend einzustudieren. Auszuprobieren. Und deshalb, und das hatte ich mir auch nie eingebildet, war ich bestimmt nicht der Einzige, dem die bedingte Ehre zuteil wurde, live an seiner Innenschau teilzuhaben, sondern die halbe Stadt wusste mittlerweile von seinem Erlebnis zu berichten.

Deshalb auch die verstohlenen Blicke, mitleidsvoll, hinter vorgehaltener Hand.

Jedenfalls erzählte er mir dann, was er meinte, wenn er sagte, sie hätte ihm rückwirkend alles versaut, sie, Charlotte. Denn anscheinend hatte sie sich noch mal gemeldet, bevor sie, kurz nach Abbruch des Urlaubs, arbeitsbedingt nach Paris zurückmusste, und die beiden schliefen zum letzten Mal miteinander. Wer bist du?, fragte sie ihn dabei, meinte das aber nicht tiefschürfend oder gar existenziell, was meinst du?, erwiderte er ganz folgerichtig, aber sie redete einfach weiter, oder wer glaubst du eigentlich, wer du bist?, fragte sie, sag mir wenigstens das. Danach kam sie, und dann ging sie, verschwand einfach, und dann, irgendwann, als er gar nicht mehr zu ihr durchkam, die angerufene Teilnehmerin will mit Ihnen nichts mehr zu tun haben, traf Felix den folgenschweren Entschluss, ihr nachzufahren.

Zu dem Treffen, diesem bereits legendären Treffen im

Theater, wo sie ihn, wie bestellt und nicht abgeholt, mehr oder weniger ignorierte, hatte Felix dann noch zwei oder drei Sachen, an die er sich nun zeitversetzt erinnerte, hinzuzufügen. Er beschrieb zum Beispiel noch mal Charlottes Blick, nett, gar nicht böse oder ungehalten, aber weit weg, weit, weit weg, sagte er, pathetisch wie immer, beschrieb, wie sie ihn gar nicht mal richtig abwies, wie sie einfach, einfach nicht mehr da war.

Wie gesagt, Felix hatte eine Geschichte, und die halbe Stadt wusste davon, von seinem Erlebnis zu berichten. Die meisten Leute taten ihn ab, hörten nur mit einem Ohr zu oder erzählten der ganzen Welt, wie entsetzlich sie sich gelangweilt hatten bei seinem endlosen Vortrag. Ich war da anders. Mir wäre es sogar lieb, die ganze Story von ihm jetzt noch mal erzählt zu bekommen, und dann immer wieder, wie auf Tour sozusagen, jeden Abend eine andere Stadt, ein neues Konzert, aber immer die gleiche Story, die eingespielte Setlist, immer dieselbe prägnante Visage, der verschmähte Schönling, seine ledige Stimme, das Ganze jeden Tag noch mal von vorn.

Besonders das Ende hatte es mir angetan, wo Felix von dieser schönen Frau erzählte, von Charlotte, ja, Charlotte, ich höre dir ja zu, besonders das Ende also, wo er kurz noch von ihr schwärmte, dann aber nicht umhinkam, allen zu erzählen, dass sie, im Grunde genommen, feige war. Sich damals einfach nicht getraut hatte. Das fand ich schon außerordentlich. Und nur deshalb, sagte er dann immer. Deshalb ist sie verschwunden, und das, nachdem sie so perfekt gewesen war, was natürlich nur er verschuldet hatte, was ganz klar auf sein Konto ging. Dass sie plötzlich so perfekt war. War ja klar. Aber dann traute sie sich nicht. Das war, wie gesagt, sein Grund, sein triftiger, nur deshalb war sie weg. Was dachte der sich eigentlich?

Gut, ich wusste damals auch noch nichts von dem richtigen Grund, weswegen sie ihn damals – mehr oder weniger – links, rechts liegen gelassen hatte. Sie traute sich nicht, sie hätte sich einlassen können, sollen, aber das konnte sie nicht, wiederholte er manisch. Das war alles total kläglich, zudem der Grund nicht mal von ihm kam, der Spruch nicht mal sein eigener war.

Belmondo, vor seiner – besonders in Deutschland – voll ausgeschlachteten Actionzeit, hatte das mal gesagt, in einem Film, im Rahmen einer seiner früheren Rollen, als er noch dicke Lippen hatte, ohne sie ständig riskieren zu müssen, hatte gesagt, dass diese Frau, mit der er auf Reisen gehen wollte, durchbrennen, die mit den schönen Wangen, den schönen Lippen, den schönen Fesseln, dass diese Frau – wie kann es auch anders sein – dass sie leider feige ist.

Und was macht sie, diese Frau, die in ebendiesem Film direkt neben Belmondo sitzt, was tut sie als Reaktion auf seine Worte, du bist feige, sie macht gar nichts. Sie reagiert gar nicht mehr auf ihn, steigt einfach aus – die beiden sitzen in einem Cabrio – überquert die Champs und trifft einen anderen, während Belmondo hinter ihr auf der Straße erst grimassiert, dann krepiert, während sie irgendeinen Regisseur oder Produzenten trifft, irgendwen, der ihr mit ihrer Karriere behilflich sein kann, GO FIGURE, aber das musste man sich erst mal reinziehen, dass Felix sich tatsächlich auch so ein tragisch überhöhtes Ende zutraute, aber das tat er wirklich, betonte das in der Kantine sogar mehrmals, sie hat sich nicht getraut, wirklich nicht, fügte er hinzu, niemals. Wow.

Gelinde gesagt nahm ich ihm die ganze Geschichte schon beim ersten Mal nicht ab, und das bekam er vielleicht auch mit. Daraufhin stand er dann auf, musste gehen oder noch mal aufs Klo, ich wusste es nicht. Schließlich holte er sich an dem Automaten auf der anderen Seite des Raumes Kippen.

Ich hatte hier auf der Stelle den Eindruck, dass das nicht seine Geschichte war oder zumindest nicht nur. Nicht ausschließlich seine. Die andere Version zählte in diesem Fall mindestens genauso viel, wenn nicht sogar mehr. Es galt also, Charlotte aufzusuchen, was natürlich nichts Außergewöhnliches war, wenn man redlich eine Geschichte recherchierte, aber ich hatte vorher schließlich nicht damit gerechnet, dass das – anfangs eher ungewollte – Gespräch mit Felix auf diese Weise ausarten würde. Jedenfalls wurde ich mittlerweile neugierig, wollte, musste es genau wissen, was nun stimmte oder nicht, was wirklich passiert war, sah mich plötzlich gezwungen, der Sache ein für alle Mal auf den Grund zu gehen, manchmal überkam mich so etwas, dann musste ich alle Details wissen, voll und ganz im Bilde sein, um einigermaßen gemächlich weiterleben zu können.

CUT TO:

Ich fuhr aber nach Paris, wo sie sich während der Arbeit öfters aufhielt. Besuchte sie schon zum zweiten Mal, auch weil ich am Ende unseres letzten Treffens es mit dem Sauternes dann doch ein wenig übertrieben hatte und zu nichts mehr zu gebrauchen war, während sie es aus irgendwelchen Gründen nicht fertiggebracht hatte, mir ihre Version der kleinen Geschichte zu Ende zu erzählen.

Man kam diesmal nur ganz umständlich zu ihr durch. Sie

hatte mir nichts mehr zu sagen. Sah nicht ein, was mein erneutes Anliegen war. Wollen Sie das nicht?, fragte ich sie. Was jetzt? Ihre Seite der Medaille erzählen, das habe ich ihn auch so gefragt. Für meine Art Verhalten gibt es normalerweise keine Medaillen, glaube ich zumindest, sagte sie. Er hat über Sie so einiges erzählt, wollen Sie das nicht auch?, setzte ich nach, über ihn, über euch. Doch, sagte sie plötzlich. Was hat er denn gesagt?, wen meinen Sie überhaupt?, fragte sie dann, schaute mich etwas verloren an, lächelte.

Wir kehrten in einer typischen Brasserie ein. Was für eine Frau, dachte ich mir. Passte gar nicht zu dem Blender. Aber wir beide, wir verstanden uns auf Anhieb. Das meinte ich jedenfalls zu wissen. Aber man wusste ja nie.

Gleich zu Anfang erzählte sie mir dann von ihrer Küche, in der wir ja schließlich schon zusammengesessen hatten, erzählte mir, dass sie diese immer penibel sauber hielt, alle Spuren auf der Stelle verwischte, vor sich selbst um jeden Preis verbarg, sich nicht selbst auf die Schliche kommen wollte, das waren ihre Worte. Und dass sie am liebsten ohne nennenswerte Vergangenheit durchs Leben schritt, sonst stresste sie das, was war denn?, was habe ich denn?, was ist mit gestern?, was ist passiert? Das war oft einfach zu viel für sie.

Als ich dann jedoch immer wieder seinen Namen erwähnte, dadurch in ihr womöglich etwas wachrief, erzählte sie mir alles, mit anderen Worten, erzählte mir plötzlich den zweiten Teil ihrer Version der besagten Geschichte.

Wer sind Sie?, fragte sie mich vorher noch. Kennen wir uns?, fuhr sie fort, schien sich da nicht ganz sicher. Nachdem ich mich noch mal vorgestellt und ihr versichert hatte, dass wir uns nicht wirklich kannten, nur einmal ganz kurz begegnet waren, und dass ich mit ihr nur ein bisschen über Felix und sie reden wollte, ging Charlotte auf einmal ein Licht auf.

Felix, ja, doch, sagte sie, sagte sogar seinen Namen, wie geht's ihm?, fragte sie dann, aber irgendwie nahm man ihr diese angestrengte Fürsorge nicht ab, es schien auf jeden Fall nicht so, als hätte sie auf ein Lebenszeichen von ihm gewartet. Das alles war für sie anscheinend schon sehr lange her.

Trotzdem erzählte sie mir dann von den Ferien, in die sie mit ihm geflüchtet war.

Das waren die roten Tage damals, sagte sie, rote Montage, vier davon, rot, rot, rot, rot, überhaupt kam diese Zahl die ganze Zeit während der Ferien immer wieder vor, vier Austern, nicht sechs, vier Gläser Wein dazu, nicht die eine Flasche, viermal vor schier entfesselter Liebe gejauchzt, viermal pro Nacht miteinander, viermal zum Höhepunkt usw.

Felix, sagte sie wieder, was macht er?, wie ist es ihm ergangen?, fragte sie, lange nichts von ihm, hat sich damals gar nicht mehr. Ich sagte dazu nichts, wusste nicht, was sagen, wusste nicht, was er gewollt hätte, was ich ihr sage, hatte mich diesbezüglich nicht bei ihm erkundigt. Trotzdem, irgendetwas stimmte nicht.

Sie hatte nur wenig Zeit, war später noch mit einem Regisseur oder Produzenten verabredet, vielleicht stand etwas Neues an, egal.

Wir saßen jedenfalls in einem Laden, wo es kühlen roten Sancerre vom Fass gab, also blieb ich sitzen, obwohl mich dabei ein mulmiges – vielleicht gibt es dafür kein besseres Wort – Gefühl beschlich, und hörte weiterhin zu. Wir redeten aneinander vorbei. Oder?

Sie wusste mehr als ich, bestimmt, das war an sich nichts

Besonderes, das war schließlich ihre Geschichte, aber vielleicht hatte sie mir tatsächlich schon alles gesagt, was es zu sagen gab, alles anvertraut, nur ich verstand sie einfach nicht, kapierte am Ende gar nichts. Oder wir gingen von etwas ganz anderem aus, wenn wir davon sprachen, von ihr und Felix, von Anfang und Ende. Sie schwebte in einer ganz anderen Sphäre, nahm die ganze Sache eher gelassen, diese Liebe, als wäre das bloß ein kleiner Ausflug, eine kleine Belustigung gewesen, marginalster Art und Weise. Und dann erzählte sie mir von ihrer Rückkehr nach Paris.

Nach so viel Rot, sagte sie, nach so lange nur Montag kommen irgendwann, unweigerlich, die anderen Tage und Farben wieder dazu. Und das ist für mich dann äußerst prekär.

Ich nickte vorsichtshalber mal.

Mittlerweile hatten damals für Charlotte die Proben zu einem neuen Stück begonnen, wie sie auch jetzt wohl bald wieder beginnen würden. Das geht dann alles meistens nach hinten los, sagte sie. Ich hakte nach. Was genau passiert nach so viel Rot?, fragte ich. Dann kommen die anderen Farben dazu, das sagte ich doch eben, oder? Sie schaute mich mit ihren großen Augen an. Kennen wir uns?, fragte sie noch mal, kennen wir uns wirklich nicht? Nein, nein, wirklich nicht, erwiderte ich, noch nie gesehen. Nur einmal kurz. Ich bin manchmal lieber, sagte C daraufhin, auf der sicheren Seite. Vielleicht kennt man sich ja doch. Ich nickte wieder, dann erzählte sie weiter.

Da steckt jetzt eigentlich keine große Theorie dahinter, sagte sie. Nur, wenn man sich an die Montage gewöhnt hat und an die Farbe Rot, und dann kommt plötzlich ein anderer Tag auf einen zu oder eine andere Farbe oder, noch schlimmer, der Montag ist nicht mehr rot, sondern die anderen Tage sind plötzlich viel röter, dann versteht man die Welt nicht mehr. Und das ist doch gerade das Gefährliche. Aha, sagte ich, versuchte, ihr, so gut es ging, zu folgen. Auch fingen, wie gesagt, damals meine Proben wieder an, fuhr sie fort. Und da kamen dann auch immer mehr Zahlen dazu. Die Vier lag nicht mehr lange in Führung, aber manchmal tauchte sie doch wieder auf, mischte sich ein, Vier, Punkt, Vier, Acht, diese Kombination hatte ich damals immerzu auf der Zunge, sagte Charlotte, aber das hatte vielleicht auch mit dem Stück zu tun, in dem ich damals auftrat, das war so eine suizidale Endzeitfantasie streng autobiografischer Art, jedenfalls spielte bei mir zu dieser Zeit, besonders nach dem Urlaub, alles total verrückt.

Inwiefern?, fragte ich.

Ich warf zum Beispiel regelmäßig Gläser gegen offene Steinwände, sagte sie. Warum besonders nach dem Urlaub?, hakte ich nach.

Weil er nach dem Urlaub gleich weg war, du weißt doch, ich habe diese Abschiedsproblematik, nein, das wusste ich nicht, hat er dir davon nicht erzählt, dieser Felix?, nein, das hat er nicht. Er war plötzlich einfach weg, hat sich nicht mehr gemeldet, schade, sagte sie, schade.

Er sagt, sagte ich, du hättest dich nicht mehr gemeldet, das hat er mir jedenfalls gesagt, als wir das letzte Mal miteinander sprachen. Ich konnte nicht, sagte sie, ich hatte eine schwierige Zeit, das ist hin und wieder mal so, aber das habe ich ihm gesagt, da bin ich mir sicher.

Sechs Wochen lang?, fragte ich. Sechs Wochen?, fragte sie zurück. Ja, sechs Wochen lang hast du dich nicht bei ihm gemeldet, das hat er mir gesagt. Sechs Wochen, tatsächlich? Ja, sechs Wochen, ungefähr die Zeit deiner Proben.

Und dann?, fragte sie. Was, und dann?, fragte ich zurück. Was war dann? Dann war deine Premiere, und dann weißt du ja, was da war, oder nicht?, fragte ich. Ja, sagte sie, na ja.

Er hat dich angerufen, sagte ich, mehrmals am Tag der Premiere, auch am Abend zuvor. Ich habe mehrere Telefone, betonte sie, benutze sie aber nie alle gleichzeitig. Er hat dir auch gemailt, aber du hast bestimmt auch mehrere Adressen? Klar, sagte sie. Ich nickte nur noch. Was ist mit ihm?, fragte sie dann, warum meldet er sich nicht einfach? Andererseits weiß ich jetzt gar nicht mehr so richtig, wie er, wie er was?, unterbrach ich sie. Ich weiß nicht, wenn er jetzt einfach so vor mir stünde, ob ich dann, ob ich ihn, fuhr sie fort, aber ich muss jetzt gehen, ich habe später gleich Vorstellung. Ich dachte, du triffst dich noch mit einem Regisseur oder Produzenten. Ich stelle mich denen vor, sagte sie, ich nickte, natürlich. Aber wenn du mit ihm sprichst, du weißt schon, dann sag ihm, er soll mich anrufen, sag ihm, ich habe ihn immer noch lieb. Und frag ihn, wie's ihm geht. Ich nickte zum letzten Mal, musste jetzt aber wohl oder übel damit rausrücken.

CUT TO:

Häh, sagte Felix, als ich ihn davon in Kenntnis gesetzt hatte, dass ich mir die Mühe machen würde, Charlotte aufzusuchen, seine Story habe mich derart angefixt.

Das höre ich öfters, sagte er, fuhr sich gekonnt durchs Haar, der elende Blender, aber man sollte sich nicht täuschen lassen, denn ihm ging es bald gar nicht mehr gut.

In den Kantinen war er nicht mehr anzutreffen, die meisten kannten seine Geschichte bereits. Er gab jetzt noch manchmal kleine Auftritte, Soireen im kleinen Kreis, erzählte alles noch mal grenzenlos detailliert, sparte nichts aus bis zum großen Finale, als er nach Paris gefahren kam, dann das Koksen, obwohl sonst nur mit guten Freunden. ein ganz spezieller Moment, dann zu ihr ins Theater, da steht sie dann mit ihren Freundinnen, natürlich alles Schlampen, und wie er dann lacht und winkt und so weiter, und wie sie ihn dann standesgemäß abserviert.

Ich wohnte einem dieser letzten Abende – einer seiner letzten Performances überhaupt – bei und muss sagen, die Leute waren äußerst gebannt, fühlten sich auch mit der Pointe, sie hat mich einfach ignoriert, Leute, ignoriert, hat sich nicht getraut, einfach nicht getraut, Leute, einigermaßen gut bedient, aber sie wussten ja schließlich auch nicht, dass er ihnen gerade gar nicht die richtige, endgültige Pointe erzählt hatte, dass es eine bessere gab. Wie auch?

Ich selbst hatte Charlotte mit C ja aufgespürt, wusste es besser, aber bevor ich damit weitermache, zurück zu Felix, den ich dann noch ein paarmal sah.

Zuletzt immer häufiger in der Bogotastraße, in einem Hotel für Kenner, dort konnte man unter Saschas Fittichen glorreich, aber auch gnadenlos abdanken, hatte ein für alle Mal die letzte Entscheidungsgewalt, dort kam ich, wie gesagt, noch ein paarmal vorbei, kannte auch Viktor, den Zimmerkellner, der mit Sascha etwas hatte oder gehabt hatte, und dann saßen da alle zusammen, die ganzen Gäste, denn der Laden boomte.

Felix hatte ein Zimmer unterm Dach, im Dachgeschoss, das schien ihm – aus gutem Grund – am vielversprechendsten, aber ich muss zugeben, die letzten paar Male ging ich nur noch hin, weil mich die ganze Umgebung einfach faszinierte. Beinahe-Tote, die das alles auch noch inszenierten, bis ins entlegenste Detail. Und mit einer Art kuriosem Frohmut.

Ich weiß nicht, wie es Felix damals, kurz vor dem Ende, noch ging, er war nicht mehr ansprechbar, nicht wirklich, aber er wirkte entschieden, zufrieden mit seiner Entscheidung.

Ich war dann auch nicht bei ihm, als er es tat, war zu Hause und schlief, hatte wieder gesoffen, aber am nächsten Tag zuckten die Nachrichten dann durch den Efeu, ja, klar, in der Bogotastraße, er hatte es endlich getan, es stand ja schließlich schon länger ins Haus, er war gesprungen, wie gesagt, von ganz oben, Viktor hatte erst gerade den Hof sauber gemacht.

Und dann ging ich zu seiner Beerdigung, das heißt, nein, ich war natürlich nicht da, hatte mich nicht rechtzeitig informiert, nicht weil ich wieder gesoffen hatte, sondern weil ich zu dieser Zeit anderes im Kopf hatte, meine neuerliche Reise nach Paris oder sonst wohin in den Süden zu einem abermaligen Treffen mit Charlotte – wir duzten uns neuerdings – geplant und kostenpflichtig gebucht hatte.

CUT TO:

Felix ist tot, sagte Charlotte, warum ist er tot? Er hat sich umgebracht, sagte ich leise. Wer bist du?, fragte sie mich. Kennen wir uns?, fragte sie dann. Was? Ja, wer glaubst du eigentlich, wer du bist?, fragte sie. Sag mir wenigstens das. Ich schaute sie an, wusste plötzlich gar nichts mehr. Sie sah aus, als ob sie ihre drei Fragen von eben ernst gemeint hatte. Hatte sie aber nicht. Spielte nur, war halt verspielt, sagte ich mir. Oder?

Warum ist er tot?, fragte sie jetzt wieder, weinte auf einmal, vergoss wahrhaftig Tränen, vor meinen Augen, auf meine Jeans, was ich nicht gut fand, auch weil es so blöd und womöglich so herzzerreißend zugleich war, dass man es einfach gut finden musste, aber ich fand es scheiße, nur musste sie in diesem Moment los, ihre Generalprobe stand an.

Morgen dann die nächste Premiere, bei der ich ebenfalls zugegen sein würde, aber eine Frage hatte ich noch. Charlotte?, fragte ich. Ja, sagte sie, sagte meinen Namen nie dazu, aber das machte mir nichts, saß sie mir doch weiterhin gegenüber, wischte sich selbstvergessen die Tränen, ich wusste es nicht, vielleicht sollte ich es einfach sein lassen. Aber ich hatte halt noch diese eine Frage, das musste ich einfach wissen.

Nur leider wusste ich in diesem Moment nicht, ob man das machte, ob das nicht auch scheiße war von mir – wie von ihr das mit den Tränen – oder ob er, ob Felix und ich, ob wir jemals Freunde gewesen waren oder nicht, keine Ahnung. Jedenfalls war er tot.

Ich legte meine Hand jetzt auf Charlottes Hand, sie wusste gleich, was damit gemeint war. Bestellte uns mit der anderen Hand schnell noch eine Flasche eiskalten Rouge, was ist mit deiner Probe?, fragte ich, das geht schon, sagte sie, und wir saßen so da. Paris war tödlich zu jeder Jahreszeit.

Und dann wusste ich plötzlich genau, wie ich ihr meine letzte Frage stellen musste, wie ansetzen, ganz offen, von vornherein, gar nicht so determiniert, ich müsste sie einfach reden lassen. Jedenfalls fragte ich sie jetzt, scheinbar ganz nebenbei, schon wieder eine Premiere, freust du dich? Es ist schön, von Zeit zu Zeit eine neue Geschichte zu erzählen, erwiderte sie daraufhin. Und ich schwor mir auf der Stelle, genau das in Zukunft zu berücksichtigen, auch mit dieser Geschichte hier nur so lange unterwegs zu sein, bis sie langsam anfing, mich zu langweilen.

Aber das weiß ich ja noch gar nicht, fuhr ich dann fort, wie war denn deine letzte Premiere? Die war gut, sagte Charlotte. Und sonst?, fragte ich. Sonst nichts, sagte sie, hat Spaß gemacht. Und sonst? Ich hatte manchmal die Angewohnheit, immer wieder nachzuhaken, ist nicht sexy, ich weiß. Und sonst?, fragte ich trotzdem noch mal, erinnerst du dich an gar nichts, was irgendwie besonders war, was damals passiert ist? Sie dachte nach.

Und jetzt kommt etwas, was man vielleicht schon erwartet, oder vielleicht erwartet man es auch nicht, aber das wäre eher schade, es gibt da nämlich so eine Regel, die besagt, gebt den Leuten das, was sie erwarten, weil sie das so wollen, brauchen, sich dann zu Hause fühlen, sicher und geborgen, das, was sie schon auf sich zukommen sehen, womit sie rechnen, gebt ihnen das. Aber halt stets in leicht abgewandelter Form. Weil sie natürlich auch etwas Neues wollen, immer mit dem Gedanken spielen, mal vor die Tür zu treten, frische Luft zu schnappen, sich vorstellen wollen, für einen Moment nur, sie wären da draußen auf einmal gestrandet, in der vollständigen Fremde, auf sich gestellt, Rückkehr unmöglich – You Can Never Go Home Again –, obwohl die Tür hinter ihnen noch offen steht, sie immer wieder reinkönnen, aber diese Momente der unmittelbaren Gefahr, wo sich alles dreht und wendet, diese überraschenden Drehmomente, die wollen sie auch, wenn auch nur für kurze Zeit, und dann wieder nicht, weil sie beides wollen, aber eigentlich nur das eine, egal. Das ist halt die besagte Regel.

Also, wenn man jetzt schon ahnt, wie diese Geschichte enden wird, dann kommt hier dieses Ende, aber halt in leicht abgewandelter Form, mit anderen Worten, das Ende der Geschichte und die Geschichte an sich ist nicht mehr ganz zurechnungsfähig.

Wie dem auch immer sei, ich fragte Charlotte gerade, ob sie sich noch an irgendetwas Besonderes erinnerte, was bei ihrer letzten Premiere passiert war, der Premiere, an der ja schließlich auch Felix anwesend gewesen war, auch wenn er sich das damalige Selbstmordstück nicht reingezogen hatte, war er doch danach in die Pariser Kantine gestiefelt, hatte Charlotte aufgespürt.

Ja, sagte sie jetzt, ich erinnere mich. Da war so einer, so ein Typ, ich stand mit meinen Freundinnen, sagte sie, ich muss schon ziemlich betrunken gewesen sein, obwohl mir Alkohol ja bekanntlich nichts anhat, da kam jedenfalls ein Typ in die Kantine, ich kann dir jetzt nicht mehr genau sagen, wie der aussah, ich kann mir Gesichter nur schwer merken, meistens gar nicht, aber der kam rein und winkte, und ich glaube, wir winkten zurück, obwohl wir traurig waren, das waren nämlich blaue Tage, im wahrsten Sinne, Tage ohne Reihenfolge, Tage ohne Zahl, die man nicht einordnen konnte, das heißt, ich war traurig, die anderen, die lachten, als er auf uns zukam.

Er machte einen leicht verblendeten Eindruck, dieser Typ, begrüßte mich dann auch, umarmte mich, aber das machen an solchen Abenden ja bekanntlich viele.

Ich dachte mir noch, kennst du den?, das frage ich mich ja öfters, aber dann war ich mir sicher, ich kannte den nicht, sagte dann einfach hallo du oder na du oder so etwas in der Art, und daraufhin ist der dann ganz beleidigt abgezogen, auch als ich ihm klarmachte, dass ich noch mit meinen Freundinnen ein Gläschen, ein Fläschchen oder zwei trinken wollte, da ist der einfach verschwunden. Weg.

Das tat mir dann zwar leid, aber ich war mir ja sicher, sagte sie. Du wusstest also damals nicht, wer das war?, fragte ich. Nein, sagte sie, noch nie vorher gesehen, soweit ich weiß, aber wie gesagt, ich tue mich mit Gesichtern manchmal schwer, nein, eigentlich immer, weißt du? Jetzt weiß ich es, sagte ich, und sie nickte, und du weißt heute immer noch nicht, wer das damals war?, hakte ich jetzt natürlich wieder nach, nein, sagte sie, wer war das, weißt du das? Nein, sagte ich tatsächlich, schüttelte auch noch mit dem Kopf, keine Ahnung. Außerdem habe ich dir doch gesagt, sagte sie jetzt, bei diesem Typen war ich mir sicher, dass ich ihn noch nie vorher gesehen hatte, das war nicht wie bei dir, wo ich weiß, dass ich mit dir schon mal, du weißt schon, egal.

Jedenfalls habe ich dem Typen gesagt, damals, ich will gerne jetzt mit meinen Leuten noch einen draufmachen, außerdem hatte ich ja noch ein Date später, weit nach Mitternacht, am Abend der Premiere, ich war doch noch verabredet, weißt schon. Mit wem?, fragte ich. Mit dir, sagte sie. Das bist du, das sind wir doch heute, sagte ich. Das waren wir auch damals, erwiderte sie. Das ist nur ein Spruch, oder?, eine Line, was?, warf sie ein, das sagst du nur so dahin, sagte ich. Ja und, sagte sie. Damals kannten wir uns doch noch gar nicht, sagte ich daraufhin. Ja und, sagte sie wieder, aber ich wusste nicht, was zu tun war, wenn jemand zu allem einfach immer nur Ja und sagt.

Es ging noch eine kurze Weile so weiter, dann musste sie zur Probe, kam aber noch mal zurück, ich bin mir sicher, sagte sie, das wollte ich dir nur noch mal sagen, ich war es mir damals auch, ich kannte ihn nicht, außerdem war er mir nicht blau genug, das waren blaue Tage, sagte sie. Er war die ganze Zeit blau, erwiderte ich, nicht so, so meine ich das nicht, sagte sie, aber es war halt nicht so wie bei dir, wo ich mir sicher bin, wir beide, wir kennen uns irgendwoher.

Schlafen wir miteinander?, fragte ich, hatte gleich einen Konter parat, kannte mich so gar nicht. Was?, fragte sie zurück, na klar. Wie ist der Sex?, fragte ich sie, wollte es mit der Frage noch mal versuchen. Bisher?, kam es zurück, ich nickte, dann schaute sie mich wieder an, war sekundenlang nicht mehr ganz ernst zu nehmen.

Felix, sagte sie dann. Strahlte jetzt mit sich selbst um die Wette. Ich bin nicht Felix, sagte ich ihr. Ja und, sagte sie.

CUT TO:

FRAU MIT WAFFE

Wenn man in einer ziemlichen Bruchbude irgendwo nahe des Frankfurter Hauptbahnhofs mit einer echten Handschelle an einen rostigen Heizkörper gefesselt war, saß man ganz schön in der Scheiße.

Der Schnösel erlebte diese Tortur gerade am eigenen Leibe. Sein ehemals grauer Flanellanzug klebte überall, kratzte, schnürte ihm die Luft ab. Er brauchte Wasser, dringend Wasser, aber Andreas, sein Widersacher, lag seelenruhig auf dem verdreckten Futon, rauchte Pall Mall und las in seinem Huysmans. Was für ein verdammter Ignorant, dachte sich der Schnösel, aber die Schnöselgedanken waren hier nicht der Rede wert, lieber sah man das Ganze aus der Sicht des Täters. Fuck, dachte sich Andreas, fuck.

Er legte den Huysmans bedächtig auf dem improvisierten Nachttisch ab, auf dem auch die Heilige Maria stand, gleich neben seiner handlichen Vintage-Knarre vom Typ Fegyver. Die Lage ging ihm gründlich gegen den Strich.

Folgendes hatte sich nämlich ereignet: Vor drei – inzwischen waren es, genauer gesagt, bereits vier – Tagen ging Andreas, ein umtriebiger Dealer und Kleinkrimineller, mit seiner Freundin, in diesem Fall hieß sie Gudrun, auf eine Party in den vorderen Taunus, um dem gelackten Sohn eines Firmenvorstands – freilich gegen ein raffgieriges Entgelt – grüne und zugleich auch weiße Weihnachten zu bescheren.

Eigentlich die normale Härte, aber diesmal – obwohl davor keinerlei Plan vorlag, Andreas und Gudrun sich also auf nichts geeinigt hatten – reagierten beide im Arbeitszimmer des Vorstands, wo der Deal stattfinden sollte, zeitgleich über. Andreas zog oben genannte Waffe, hielt sie dem Lackaffen an die Schläfe, während Gudrun sich bei ihm einhängte, vorging, natürlich mit Andreas im Schlepptau, wobei dieser plötzlich anschmiegsam wurde, er bohrte seinem Opfer nämlich den Lauf der Waffe hinten tief in die Skoliose.

So schafften die beiden den Sohn unbemerkt nach draußen, wo ihr erst einen Tag vorher entwendeter 2002 stand, und fuhren mit ihm, dem Sohn – alias Schnösel – hinten im Kofferraum, zurück in die Stadt. Den Wagen stellten sie irgendwo ab, liefen dann mit ihrer Geisel kreuz und quer im Bahnhofsviertel umher, schleiften ihn, um etwaige Verfolger abzuschütteln, scheinbar wahllos durch die dunklen Straßen und drückten sich, so gut es ging, an den Hauswänden entlang – der Schnösel erhielt hier sein erstes und letztes Gratistraining als Stadtguerilla.

Die nächsten Tage saßen die Täter dann an der Abfassung des Bekennerschreibens, das dauerte halt seine Zeit, wenn man ununterbrochen verschnupft war, keinen klaren Gedanken fassen konnte, auch nur in der Bude herumlag, gelegentlich vögelte, mehr aber auch nicht, während der Schnösel, der sich das alles mit ansehen musste, immer mal wieder ein schnöseliges Winseln von sich gab.

Am Tag drei oder vier der Entführung, Gudrun und Andreas waren eben – nach einer ausgiebigen Session – aufgestanden, er hantierte gerade ungeschickt mit der Kaffeemaschine, da stellte sie sich nackt vor den Spiegel und war plötzlich fickrig. Ich will nur mal kurz an die frische Luft, sagte sie, während sie sich über ein hastig gewähltes Outfit bereits ihren schicken, äußerst funktionellen Kurzmantel anzog. Bist du blöd?, fragte Andreas. Du bist blöd, kam es zurück, ich muss hier raus. Dann zog sie sich die Mütze tief ins Gesicht, rückte ihre überdimensionale Sonnenbrille – man denke Jackie O. – zurecht, und weg war sie.

Die beiden hatten sich zwar in einem sehr kurzen lichten Moment darüber unterhalten, dass es vielleicht nicht gerade die beste Idee war, gerade jetzt draußen herumzuturnen, aber Gudrun konnte nicht anders. Keine Frage, Andreas hatte es ihr angetan, sein undurchsichtiger Charme, sein auffallend lautes Organ, von dem kleinen Andreas ganz zu schweigen, aber das andauernde Leben auf der Flucht – und jetzt auch noch im Untergrund – bedrängte sie immer mehr. Das modrige Loch, in dem sie hausten, das glitschige Essen aus der Dose, und seit Neuestem dieser aufmüpfige Hausgast, das alles konnte einem schon mal auf die Nerven gehen, also verschwand sie einfach, machte Sachen, die Frauen halt gerne machen, streunte durch die Läden, ging überbudgetär einkaufen und lebte ohne Rücksicht auf Verluste in den Tag hinein.

Gudrun – alias Lucy Jordan – hatte sich nämlich längst noch nicht damit abgefunden, nie in einem Sportwagen durch Paris zu kurven, links der Mann ihrer Träume, dem sie heute mal das Steuer überließ, rechts dann genau diese Brasserie, in der sich die beiden die ganze Nacht lang ununterbrochen zu ihren Lippen bekennen würden, um es sich später im Lutetia auf jede erdenkliche Weise zu geben, weiter, schneller, härter, mehr, denn Gudrun wollte leben, aber das konnte man ihr schließlich nicht verdenken, wer wollte das heutzutage nicht?

Im Kaufhaus Schneider ließ sie zwei Paar Strumpfhosen mitgehen, teure Markenware, schlenderte dann ein wenig durch die Kosmetikabteilung.

Nachmittags gestaltete sich das Kaufgeschehen gewohnt übersichtlich, die Berufstätigen waren noch anderswo eingebunden, Gudrun ließ sich gedankenverloren treiben. An jeder Ecke lauerten die getunten Visagen und üppig geschnürten Brüste der Kosmetiktanten, die sich allesamt das eigens beworbene Produkt zu dick aufgetragen hatten, wie ein unvorsichtiger Dealer, der selbst im August schon ausgiebig White Christmas feiert, aber keine der Tanten, die sonst so zutraulich unterwegs waren – wollen Sie auch mal?, das hier ist gerade besonders angesagt! –, traute sich heute an Gudrun heran, ihnen stand nämlich der Neid in spitz gestrichelten Linien buchstäblich ins Gesicht geschrieben.

Bereits mit ihrem ganz in Schwarz gehaltenen, berbermäßigen Wickelgewand, welches sie über der schwarz getönten Röhrenjeans trug und welches entfernt an das in den Siebzigern – gerade bei der selbstbewussten, jungen Karrierefrau – in Mode gekommene Wrapdress erinnerte, eckte Gudrun an, mit der bereits erwähnten verdächtig dunklen Brille noch mehr, aber der große Knaller war natürlich die klobige Glock, die sie – während des Shoppens – unter dem Gewand hervorzog und kurzerhand in die geräumige Seitentasche ihres Mantels transportierte.

Das war mir zu unbequem, gab sie später zu Protokoll.

Also war das gar kein Neid, der sich da bei den Tanten auftat, sondern eine eklatante, auf einmal akut lebendige, Todesangst, der nur noch die gelungene Botoxifizierung einen Strich durch die Rechnung machte, denn keine der Tanten verlor auch nur ansatzweise die Contenance oder zuckte gar mit der Wimper, überhaupt regte sich gar nichts mehr, es wurde einfach weitergelächelt, sogar richtig gestrahlt, so gut es halt ging, und dann passierte Folgendes:

Die einzige Tante nämlich, die gelegentlich mal einen Blick in die Zeitung warf, sich zu bilden wagte, erkannte Gudrun auch inkognito, griff zum Hörer, wählte die drei Ziffern, wir haben hier eine Kundin mit einer Pistole in der Jacke, flüsterte sie, ohne die Lippen zu bewegen. Minuten später wurde Gudrun dann auf der Hauptwache überwältigt, fing an, zu fluchen und zu schreien, ihr wurden Handschellen angelegt, sie wurde in einen der Mannschaftswagen verfrachtet, hörte aber deswegen nicht damit auf, schrie und fluchte und spuckte jetzt einem der Beamten ins Gesicht.

Elisabeth? Die junge Studentin zog sich die Kopfhörer ab. Ja? Jemand will dich sprechen, jemand von der Kripo. Elisabeth fuhr sich mit der Hand kraulend durchs Haar, das war ein Tick von ihr. Um sie herum trainierten ihre Mitschüler mit hehrem Eifer, zerfetzten das mürbe Gangsterpapier, trafen hin und wieder auch voll ins Schwarze, nur war Elisabeth ganz klar die Beste, die Schnellste, die Klügste, und auf diesen Moment hatte sie lange gewartet, trotzdem nahm sie sich jetzt die paar Sekunden, streichelte mit den Fingern ihren Lauf, ganz zart, sodass es niemand sah, dann sicherte sie die Waffe, legte sie ab und wandte sich an Dopp, Vorname Otto, den Kommissar, von dem eben die Rede gewesen war.

Kurz danach saßen die beiden in der Kantine der Akademie, tranken Kaffee, Elisabeth wartete ab, gab sich zurückhaltend, wollte nicht übereifrig wirken, aber Dopp kam gleich zur Sache. Es fängt alles ganz harmlos an, sagte er. Uns ist da jemand ins Netz gegangen, eine junge Frau, wir wollen, dass Sie ihr ein paar Fragen stellen. Elisabeth machte jetzt wieder die Sache mit der Hand, war plötzlich nervös, wieder der Tick, die Haare, sie wollte gut aussehen, was für eine Ehre, gleich ein Interview. Warum ich?, fragte sie, da war sie wieder, die Zurückhaltung mit der dazugehörigen Geste, die dem Kommissar, immerhin ihrem zukünftigen Chef, wohl signalisieren sollte, ich lasse mich nicht einfach überrumpeln, da kann ja jeder kommen, ich höre erst mal genau hin, stelle meine Fragen. Diese Art emotionale Intelligenz auszustrahlen, empfand sie für den Anfang als absolut genau richtig.

Drehen Sie sich bitte mal nach rechts, bitte sehr. Elisabeth tat nun – ohne weiter Fragen zu stellen – was von ihr verlangt wurde, aber nur weil rechts ihre Schokoladenseite war, das wusste sie, da war sie bereits ganz und gar Polizistin. Und links. Ihr blieb jetzt nichts anderes übrig, sie musste auch hier Folge leisten, obwohl sie sich plötzlich ganz nackt fühlte ohne ihre Waffe, besonders, weil Dopp sie gerade so eindringlich musterte, sehr schön die Haare, sagte er dann, genau richtig. Was soll denn das heißen?, dachte sich Elisabeth, aber das sagte sie ihm nicht. Denn obwohl ihr gerade womöglich etwas nicht ganz Unwichtiges vorenthalten wurde, strahlte sie jetzt für einen kurzen Moment überhaupt nichts mehr aus, bereitete sich mental wohl schon vor auf das, was gleich kommen würde, denn Dopp war aufgestanden, hatte gekonnt seinen Pappbecher entsorgt, warf ihr nun einen wortlosen Blick zu, den sie gleich kapierte, es ging nämlich in dieser Sekunde los.

Eine kurze Dienstfahrt später befand sie sich dann im Hauptkommissariat, einem eher schmucklosen Gebäude mit langen, kargen Gängen, bezifferten Türen, namenlosen Schildern, eine Wache wie aus dem Bilderbuch, auch die Beamten sahen hier aus wie um zwanzig Uhr fünfzehn, müde, abgearbeitet, lose das Mundwerk, strapazierte Kehle, rastloses Kleinhirn, ewige Schmalspur. Da war ihr Kommissar, da war Dopp anders.

Er führte sie jetzt in eines der Verhörzimmer, sie nahm Platz, dann beugte er sich zu ihr herunter, die beiden wirkten plötzlich wie ein eingeschworenes Team. Vielleicht gab er ihr Anweisungen, Tipps, wie bei dem Verhör jetzt vorzugehen war, was für Themen, welcher Tenor, er flüsterte, was für eine Attitüde. Das ist wie bei der Probe, sagte er, der sich schlau gemacht hatte, recherchiert, somit wusste, dass Elisabeth früher an einer Theatergruppe teilgenommen, sogar mit einer Schauspielkarriere geliebäugelt hatte, derartige Qualifikation könnte ihm jetzt vielleicht weiterhelfen, deshalb vielleicht auch vorhin der schnelle Entschluss, einfach so, Sie haben den Job.

Was probiere ich denn?, fragte sie ihn. Ob du Polizistin bist. Ob du das kannst. Ich kann das, sagte sie. Dopp nickte, dann verließ er den Raum.

Elisabeth stand auf und trat heran an das Spiegelglas, hinter dem er sich nun verbarg, Kaffee trank, Salamistulle, dachte sie sich, kannte solche Zimmer aus dem Unterricht an der Akademie, die Situation natürlich auch aus dem Fernsehen, Viertel nach acht, wie gesagt, deutsche Langeweile. Sie setzte sich wieder, dann ging die Tür auf, Gudrun wurde hereingeführt, man setzte sie Elisabeth gegenüber. Der Begleitbulle nahm abseits von dem metallenen Tisch Platz, der die beiden Frauen jetzt noch voneinander trennte. Die Situation erinnerte Elisabeth an die bleierne Zeit, an die Siebzigerjahre in Deutschland – davon hatte sie gehört oder gelesen, schließlich gehörte es im entferntesten Sinn auch zu ihrer Ausbildung, sich mit den Staatsfeinden vergangener Jahre zu befassen. Eines Films im ganz Besonderen entsann sie sich jetzt, in dem sich auch zwei Frauen gegenübersaßen, Schwestern vielleicht, die sich unterhielten, obwohl sie sich eigentlich nichts mehr zu sagen hatten, beide hatten gewählt, die eine die eine, die andere die andere Seite, sie redeten nur noch, weil sie Schwestern waren, nicht mehr imstande, sich anzunähern, zu unterschiedlich waren ihre Perspektiven, aber hier ist das doch ganz anders, oder nicht?, fragte sich Elisabeth jetzt. Außerdem sagt hier gerade keiner etwas, die schon gar nicht, dachte sie, und es stimmte.

Gudrun schaute starr nach vorn, rauchte eine nach der anderen, blies ihrem Gegenüber den Rauch in die Augen, Elisabeth kaute währenddessen an ihrer Kaffeetasse, schien vielleicht etwas abwesend, ließ die andere jedoch nicht aus den Augen, schaute zwar nicht die ganze Zeit hin, das ging nicht, dafür war Gudruns Blick zu direkt, zu herausfordernd, und das Spiel, wer lacht zuerst, wer gibt nach, war ihr zu anstrengend, also wandte sie den Blick immer mal wieder ab, tagträumte, war aber nach ein paar Sekunden wieder mit von der Partie, stieg wieder ein, denn zu sehen bekam sie genug.

Wie Gudrun rauchte zum Beispiel, in kurzen, abgehackten Zügen, das mutete schön krankhaft an. Dabei war sie nach vorne gerutscht, saß ganz unten auf ihrem Stuhl, hing mit den Schulterblättern förmlich an der niedrigen Lehne, hatte die Beine unten überkreuzt, federte unaufhörlich auf den Fußballen, zuckte, pulsierte. In der rechten Hand hielt sie ihren Stängel, mit rechts rauchte sie auch, nahm ein paar Züge, ließ ihre Hand dann fallen, sodass sich ihr Arm entspannte, positionierte sich dann anders, sodass ihre eine Achsel jetzt eng die obere Lehne umschloss. Die Spitze des Stängels streifte nun den Leinölboden, wenn sie mit dem Arm schaukelte, die Asche wurde so fein säuberlich entsorgt, das alles machte sie überaus lässig, wir wollen ja nicht gleich Trübsal blasen, nur weil man gerade mal wieder einsitzt, nur das und sonst gar nichts signalisierte Gudrun mit ihrem Verhalten, welches Elisabeth genau studierte, sie kaute dabei weiter an ihrer Tasse, während die andere weiter rauchte.

Dann wollte Elisabeth plötzlich auch eine, davon nahm Dopp hinter der Scheibe gleich Notiz, er hatte sie die ganze Zeit nicht rauchen sehen, aber jetzt nahm sie die Packung, die Gudrun auf den Tisch geschmissen hatte, an sich, Kool, amerikanische Mentholzigaretten, die sie regelmäßig aus dem PX mitgehen ließ, zögerte nicht lange, zündete sich eine an, schaute noch mal zu Gudrun rüber, es war ihre erste Zigarette überhaupt, aber das sah man ihr nicht an, sie zog den Rauch tief in die Lunge – wie es sich gehörte –, das ging völlig problemlos über die Bühne. Dopp war beeindruckt.

Kompliment, sagte er sich, vielleicht passierte jetzt endlich etwas. Danke, sagte Elisabeth, aber Gudrun reagierte nicht. Was ist eigentlich mit Andreas?, fragte Elisabeth dann. Gudrun verzog keine Miene. Wie lange seid ihr überhaupt zusammen? Immer noch keine Reaktion. Ich meine, bist du nicht eifersüchtig, vielleicht nur ein bisschen?, fragte Elisabeth, wenn er da draußen, ich meine, weißt du eigentlich, was er so treibt?, ob er sich mal umschaut? oder so?, in seiner unmittelbaren Umgebung?, du weißt, was ich meine. Gudrun kratzte sich am Ohr, obwohl es da nichts zu kratzen gab, dann schüttelte sie den Kopf. Nahm sich noch eine Kool. Lächelte Elisabeth zu, war ihr nicht mal böse. Guter Versuch, Mädchen. Musst du ja schließlich. Da ist kein Weiterkommen, dachte sich Dopp. Gudrun war gar nicht richtig anwesend. Anderswo trat sie als Gangsterbraut auf und Elisabeth bloß als Studentin, was für eine blöde Idee. Er schaute noch mal zu den beiden ins Zimmer.

Gudrun saß und rauchte in gewohnter Manier, im Westen nichts Neues, aber Elisabeth probierte etwas, versuchte sich, machte jetzt einen Vorschlag. Dopp wusste nicht gleich, was es war, sie hatte ihre Schultern irgendwie hinter der Lehne des Verhörstuhls untergebracht, rauchte mit der rechten Hand, obwohl sie mit der Waffe stets nach links tendierte, nahm schnelle, selbstgerechte Züge, sog den Tabak gierig in sich hinein, ließ dann ihre Hand – äußerst fachgerecht – zu Boden fallen, berührte unten vorübergehend mit der Asche das Linoleum, entfachte die Glut dadurch jedes Mal von Neuem.

Gudrun sah sich das ein paar Momente lang an, dann verstand sie, Dopp kurz danach ebenfalls, war überrascht, Elisabeth, na ja, das hätte er ihr vielleicht nicht gleich zugetraut. Gudrun lachte jetzt unvermittelt auf, als Erste, gab nach, aber darauf kam es ihr nicht an, sie spielte kein Spiel, das alles war ihr todernst, ihr werdet mich noch kennenlernen, dachte sie sich, und wie, aber trotzdem, die andere gefiel ihr, sie erkannte sich in ihr für ein paar Momente auch wieder, für Momente, denn nur darum ging es hier schließlich, die andere hatte das schon unheimlich tatkräftig aufgezogen, dachte sich Gudrun, und auch wenn das bei ihr bloß eine Tour war, umso besser, das machte Gudrun gar nichts, wenigstens kam hier ein bisschen Leben in die Bude, denn sie war noch nicht fertig, ihr könnt mich, ihr werdet mich, das wisst ihr nur noch nicht, und wenn sich diese Tante aus irgendwelchen Gründen durch ihre offensichtliche Geste bei ihr einschleimen wollte, dann war das Gudrun ganz egal. Sie saß sich selbst gegenüber, na gut, wenn auch nicht ganz, trotzdem war das durchaus erstrebenswert, denn Gudrun redete momentan ohne Unterlass und überaus gern mit sich selbst.

Gut so, sagte Dopp. War das gut?, fragte Elisabeth. Und ob. Was genau war gut?, fragte sie. Er schüttelte den Kopf. Sie können gleich hierbleiben, sagte er. Elisabeth wusste nicht, was damit gemeint war, bedankte sich eifrig, was steht an?, fragte sie ihn. Es geht gleich weiter, erwiderte Dopp, Sie müssen vorher noch in die Maske.

Elisabeth wurde nicht nur maskiert, sondern auch noch ausgiebig kostümiert. Sie trug jetzt enge, verwaschene Jeans der Farbe Lila, abgeriebene Wildlederstiefel, ebenfalls lila, ein zerschlissenes, dunkles Männerhemd, darüber eine schwarze Lederjacke. Ihre Haare hatte man verfilzt, die Schminke tat das Übrige, machte sie blass, ihre Augen waren schwarz umrandet, blinzelten, gewöhnten sich scheinbar erst an das Tageslicht, sie blickte drein, als erwachte sie gerade aus einem chemisch induzierten Winterschlaf, war tief in sich, devil inside. Dopp konnte zufrieden sein.

Die Sache sah plötzlich ganz anders aus. Heute Morgen hatte es noch keine brauchbare Spur gegeben oder, vielmehr, viel zu viele unbrauchbare, dann hatte man Gudrun auf offener Straße ertappt, und nun saß er neben dieser Studentin in seinem Wagen und steuerte das Bahnhofsviertel an. Er war definitiv ins Leben zurückgekehrt, wenn vielleicht auch nur temporär, aber jetzt schaute er sich Elisabeth an und freute sich. Sie sah verboten aus, wahllos zugerichtet. Als hätte sie sich im Schnellverfahren alles Mögliche reingefahren, darauf mit ein oder zwei Litern Hartsprit angestoßen. Hatte sie nicht, sie war stocknüchtern, nur sah man ihr das nicht an, als Dopp sie jetzt an einer roten Ampel aus dem Wagen ließ. Sie stolperte. Sie rutschte aus. Sie stand wieder auf. Sie stolperte wieder. Sie war ein Naturtalent.

Im Verhörzimmer hatten die beiden Frauen vorher angefangen, sich leise zu unterhalten. Obwohl es eigentlich nichts zu sagen gab – die Fronten waren geklärt, es gab keinen ausdrücklich gemeinsamen Nenner, die beiden spielten in anderen Ligen, einer anderen Sportart oder spielten gar nicht mehr, denn das hatte keinen Sinn, das Spiel der einen war für die andere von vornherein klar durchschaubar und umgekehrt –, redeten sie über Männer, soweit Dopp das hinter dem Glas nachvollziehen konnte, über einen Typen, über den Elisabeth schwadronierte, war er natürlich nicht im Bilde, aber der war bestimmt nur imaginär, oder irrte er sich da?, hatte sie tatsächlich jemanden?, bot Gudrun ohne Weiteres emotionale Interna an?, fragte sich Dopp, aber dann fingen die beiden an, über Andreas zu sprechen, der Gudrun, nach eigener Auskunft, mit seiner finsteren Zärtlichkeit manchmal in den Wahnsinn trieb. Aber auch wenn sie das nur so dahinsagte, vielleicht auf eine Reaktion aus war, dachte sich Dopp, war es trotzdem erstaunlich, dass sie überhaupt etwas sagte, denn Elisabeth hatte sich blitzschnell an Gudrun, die sonst zu keiner Auskunft, auch zu keiner fiktiven, bereit war, herangepirscht, und auch wenn sie jetzt den Fehler machte, Gudrun direkt in die gute Stimmung hinein zu fragen, wo denn ihr Freund, Andreas, gerade so abhing, sie würde ihn ja gerne mal kennenlernen, um ihm zu versichern, dass es ihr, Gudrun, auch gut ging, was zur Folge hatte, dass ebendiese Gudrun sie plötzlich als Schlampe bezeichnete und – ganz klassisch – als Bullenschwein und so lange schrie, bis sie von dem Administrativen zurück in die U-Haft gebracht werden musste, fand Dopp diese Episode nur halb so wild. Er traute Elisabeth sogar zu, die extreme Reaktion vorhergesehen, sogar provoziert zu haben, wenn man von ihr schon nichts Brauchbares kriegt, treibe ich sie wenigstens in den Wahnsinn, so vielleicht ihre etwas verkommene, jedoch durchaus einleuchtende Logik.

Trotzdem sorgte er sich, wenn auch nur ein bisschen, denn schon jetzt hatte sie viel zu großen Spaß an ihrer neuen Tätigkeit, verlor sich womöglich bereits zu sehr in ihrer Rolle, aber genau deshalb würde er sie begleiten heute, die ganze Nacht beschatten, immer gleich um die Ecke, immer einsatzbereit, würde versuchen, seine Neue nicht aus den Augen zu verlieren.

Die ist weg. Maul halten. Die kommt nicht mehr, die hat dich gelinkt. Andreas langte dem Schnösel daraufhin eine. Der knallte mit dem Schädel gegen eines der Heizrohre und schrie. Seit Tagen harrten die beiden in der Wohnung aus, Andreas war bald ganz außer sich, hatte alles aus dem Fernsehen erfahren, und der Schnösel ließ seitdem nicht mehr locker, wollte um jeden Preis die Situation an sich reißen, wieder ins Geschehen einsteigen. Stichelte deshalb jetzt auch so lange, bis seinem Widersacher endlich der Kragen platzte, er anfing, körperlich zu werden, ihm richtig etwas anzutun. Und auch dann hörte der Schnösel nicht auf. Sie macht mit denen gemeinsame Sache, sagte er. Andreas schaute aus dem Fenster, versuchte, ruhig zu bleiben, Mann, lass dir von dem doch nichts erzählen. Ihm wurde klar, dass er sich von seiner Geisel gerade sonst wohin jagen ließ, dass er cool bleiben musste um jeden Preis, den Plan befolgen, komme, was wolle, auch wenn ihn diese Fotze aufs Kläglichste im Stich gelassen hatte. Frauen halt. Sie ist weg.

Andreas konterte diese abermalige Obszönität des Schnösels mit einem präzise geschlagenen Kinnhaken, mit links geschlagen, mit der beringten linken Pranke, er konnte immer schon mit beiden, aber der Schnösel, der ihn bisher nur als Linksausleger erlebt hatte, war überrascht und dementsprechend nicht imstande, der vollen Wucht des Schlages auszuweichen, Gefäße platzten, plötzlich war überall Blut. Überstürzt verließ Andreas daraufhin die Wohnung.

Der Schnösel hob jetzt seine Hand, die, die nicht am Heizkörper hing, fasste sich an, seine Nase, sein Kinn, und als er sich vergewissert hatte, dass Andreas, außer einem Mund voller Blut und dem Anflug einer leichten Gehirnerschütterung, nicht viel angerichtet hatte, ihm klar war, dass es sein Gesicht, wenn auch mit teilweise veränderter Ausstattung, noch gab, fing der Schnösel an zu lachen und nahm einen Schluck von der warmen Buttermilch, die man ihm schon vor Tagen hingestellt hatte.

Ihm war zum Feiern zumute, er hatte seine Stimme wieder, hatte nicht gekuscht, seinem Widersacher die Stirn geboten, war stolz auf sich, kniete sich jetzt auch auf, zwinkerte der

Maria geschwollen zu, dann sprach er ein Gebet, in dem er ihr versprach, er werde kein Schnösel mehr sein, wenn sie ihm half, behilflich war in dieser immer noch prekären Situation. Denn er wusste auf einmal, er konnte auch anders, wusste, er hatte in den vergangenen sechsundneunzig Stunden, bis auf ein bisschen anfängliches Gewinsel, ein voll und ganz unschnöseliges Verhalten an den Tag gelegt.

Und obwohl man ahnte, dass diese eher partikuläre Einsicht des Schnösels stark temporär begrenzt sein würde, gönnte man ihm doch seinen lichten Moment. Und schaute ihm noch ein wenig zu, während er sich die letzten Klumpen der Milch einflößte, die Miene verzog, aber nur kurz, um es sich dann am Boden, gleich neben der Heizung, gemütlich zu machen.

Machst du mir ein Pils, bedeutete Elisabeth dem Wirt, setzte sich erst mal. Hans hatte sie schon beim Reinkommen bemerkt, sie hatte sich kurz umgeschaut, erst dachte er, die sucht jemanden, womöglich mich, aber dann hatte sie sich an die Jukebox gestellt, Münzen eingeworfen, ein Lied – Liebe ist kälter als der Tod, einen Schlager mit maliziösem Hintergrund – ausgewählt, ein einziges nur – vielleicht war ihr nach einer schnellen Nummer – und saß jetzt gleich neben ihm am Tresen und soff.

Darauf kannst du lange warten, sagte er. Auf was denn?, fragte sie. Dass ich dich jetzt gleich anquatsche.

Elisabeth schaute ihn sich an, lächelte, aber das hast du doch schon. Er lächelte ebenfalls und will dann wissen, was sie hier zu suchen hat. Ich suche hier einen Typen, sagte sie – hier richtete sich Hans mit dem Brustkorb ein wenig auf –, der vor ein paar Tagen entwendet wurde aus der Villa seiner Eltern, fuhr sie fort, ich bin verdeckte Ermittlerin, und wenn du mir sagst, wo er sich aufhält, dann sahnst du die Belohnung ab, und ich drücke bei deiner nächsten Nummer ein Auge zu.

Hans stellte ganz langsam sein Bier ab. Du machst Witze, sagte er. Natürlich, erwiderte Elisabeth. Ein weiteres Lächeln konnte er sich jetzt nicht verkneifen. Sie sagte ihm womöglich die Wahrheit ins Gesicht, so absurd das auch klang, es war bestimmt die Wahrheit, aber vielleicht führte sie ihn auch bloß an der Nase herum, das machte ihr bestimmt Spaß, nur war er schließlich ein alter Hase, ich habe dich bereits durchschaut in dem Moment, als du hier reinstolziert bist mit deinem Männerarsch und deinem Wahnsinnslila, sagte sich Hans, versuchte sich Mut zuzusprechen, aber einschätzen konnte er Elisabeth nicht mal annähernd. Trotzdem würde er vom ersten Moment an voll auf sie eingehen, nicht weiter versuchen, dahinterzukommen, was es mit ihr hier auf sich hatte. Er würde einfach mitmachen.

Zuallererst war es ihm nämlich egal, ob sie von der anderen Seite kam oder nicht, er selbst hatte schon lange keinen Dreck mehr am Stecken, war clean, bloß hängen geblieben, konnte nicht mehr ohne das Milieu, würde hier leben und sterben. Zweitens sehnte er sich nach Zärtlichkeit, nach einer schönen Nummer, nach einem sanft prickelnden Gefühl in den Fingerspitzen, wenn er ihr über die Schläfe strich. Er wollte schlicht und einfach mit dieser Frau den Abend verbringen, auch wenn sie hier unter falschen Vorzeichen auftrat, ihm irgendetwas erzählen oder unterjubeln wollte, ihn einspannen, aber das machte nichts, darüber sah er großzügig hinweg. Denn wie viele solcher Abende standen ihm noch bevor oder, anders, wie viele Bräute dieser Art würden seinen

Weg noch kreuzen, bevor es mit ihm zu Ende ging, das hielt er sich jetzt ganz lapidar vor Augen. Und demnach würde er sich ranmachen an diese Frau, ihrer Fährte folgen, egal wohin sie führte, und auch von sich aus würde er sie beschwätzen, ihr reinen Wein einschenken, seine Geschichten erzählen, wer er wirklich war, nichts aussparen, sie mit dem üblichen eloquent geistreichen Geplänkel an den Tresen fesseln, sodass sie bald den Verstand verlor, gar nicht mehr an ihren Fall denken konnte, wenn es überhaupt einen Fall gab – Polizistin hin, Polizistin her –, so stellte er sich das jedenfalls vor, denn in den eben genannten Disziplinen des Beschwätzens, des Einschenkens, des Fesselns, des Erzählens war Hans – zumindest seiner Meinung nach – eine lokale Größe.

Deswegen tupfte er sich jetzt unauffällig den Schweiß von der Stirn, dann nickte er. Klar machst du Witze, wiederholte er. Elisabeth lächelte immer noch – oder konnte man das überhaupt noch als Lächeln bezeichnen? –, fing jedoch gerade damit an, sich entsetzlich zu langweilen, hatte sie sich doch den ganzen Abend und die halbe Nacht bereits in Kneipen der untersten Kategorie herumgetrieben, sich auf Gespräche wie dieses, welches jetzt wohl auf sie zukam, vorbehaltlos eingelassen, aber mittlerweile hatte sie Maßstäbe, sehnte sich an diesem ersten Arbeitstag nach einer ordentlichen, halbwegs intelligenten Anmache. Hans jedoch machte sich gerade erst warm, wie gesagt, wie viele Frauen, die so aussahen wie sie, kamen hier rein und stellten sich neben ihn, er war seit geraumer Zeit außer Form, also signalisierte er erst mal dem Wirt, griff auf eine Methode zurück, die traditionell stets funktionierte, du trinkst doch einen mit, oder?, fragte er Elisabeth, sicher, kam ihre Antwort.

Es war bestimmt nicht der erste Wodka, den sie an diesem Tag inhalierte, sie hatte sich an den reinen Geschmack bereits gewöhnt, trank eigentlich auch ganz gern, trotzdem wurde sie mit der Zeit betrunken. Hans rückte jetzt näher an sie heran. Sie spürte seinen Atem heiß und durchaus lüstern, versuchte sich jetzt mit Erfolg vorzustellen, auf was er es abgesehen hatte. Weißt du, was ich jetzt mache?, fragte er sie. Du gibst uns noch einen aus? Nein, sagte er, ich erzähle dir jetzt mal eine Geschichte, vielleicht sogar zwei oder drei. Elisabeth war plötzlich nach einem weiteren Klaren zumute.

Von Andreas, als Bulle ist dir der Name bestimmt ein Begriff, sagte Hans dann. Du kennst ihn?, woher kennst du ihn?, fragte sie, auf einmal anwesend. Ich bin sein langjähriger, bester Freund, sagte er, und Gudrun, seine Alte, ist meine liebe Schwester. Elisabeth war plötzlich angetörnt, obwohl sie davon ausging, dass diese vorschnelle Eröffnung Teil einer durchaus fehlgeleiteten Strategie war, sie ins Bett zu kriegen. Trotzdem räusperte sich etwas in ihr, das war der Flirt, auf den sie gewartet hatte. Und natürlich wollte sie ihm glauben, in echt?, fragte sie ihn auch deshalb, obwohl sein anzügliches Grinsen ihr die höllische Unzuverlässigkeit seiner Pointe suggerierte, ja, in echt.

Dopp wartete noch vor dem Drop In, als die Tür gegen halb sieben Uhr morgens aufgestoßen wurde, Elisabeth herauskam, Hans im Schlepptau. Es gab eine kurze Unterredung, zu mir oder zu dir, Dopp konnte die Gesten der beiden genau deuten, aber dann winkte Elisabeth plötzlich ab, du, ich muss heute wirklich nach Hause, sagte sie, morgen früh raus und so, woraufhin Hans lachte, auf die Wache, ja?, Polizistin spielen, das meinst du, aber warum er lachte, was Elisabeth genau für ein grenzwertiges Spiel angezettelt hatte, darüber konnte Dopp natürlich nicht im Bilde sein.

Die beiden trennten sich jetzt, Hans blieb noch stehen, kratzte sich gedankenverloren im Schritt, Elisabeth drehte sich jedoch nicht mehr zu ihm um, tauchte, ehe Dopp sichs versah, einfach ab, verschwand in der U-Bahn, er kam ihr nur schwer hinterher, erwischte sie gerade noch am Gleis, wo sie versuchte, eine Zigarette zu schnorren. Du musst dich doch abmelden, Mädchen, sagte er. Sie reagierte nicht gleich, nahm sich ihre Kippe, rauchte jetzt etwas krampfhaft, dann schaute sie auf, ihre Hand zitterte, es war kalt an diesem Morgen, sie trug eine dunkle Brille gegen die Sonne. Wir sind morgen verabredet, sagte sie. Er ist aktenkundig, sagte Dopp, wir sollten uns unterhalten. Ich habe das unter Kontrolle. Du musst erst mal runterkommen. Elisabeth nickte, dann noch mal. Die U-Bahn fuhr ein. Ich bringe dich nach Hause, sagte er, aber das wollte sie nicht. Morgen geht es weiter, sagte sie, gab ihm die Zigarette, er nahm einen fahrigen Zug, machte sich plötzlich wieder Sorgen, aber Elisabeth saß schon in der Bahn.

Sie war fast zu Hause, fuhr dann aber in die falsche Richtung, konnte nicht anders, als die ganze Zeit an ihn denken, aber nicht wegen ihm selbst, sondern weil er von Sachen gesprochen hatte, die sie als bloße Studentin noch nie erlebt hatte: von einer ständigen Lebendigkeit des Lebens, einem rauen, direkten Umgang miteinander, einer unaufhörlichen Sprunghaftigkeit, einer untergründigen Stimmung – einer rammelvollen Atmosphäre – einer ständigen Ungeduld. Elisabeth stockte der Atem. Und dann hatte er eindringlich erzählt von seinem besten Freund, ja, tatsächlich, von Andreas. Von ihm.

Sie kam jetzt nicht umhin, aufzuschauen und zu werten. Um sie herum Frühaufsteher, die eisern und pflichtbewusst einer geregelten Tätigkeit nachgingen, Frühstück, Arbeit, Abend, Schlafen, bis man tot war, das erinnerte sie an die Akademie, aber das wollte sie in diesem Moment nicht mehr. Die laue Fahrt, nachdem sie so viel erlebt hatte, tat ihr gerade richtig gut, sie fühlte sich wohl in ihrer neuen Haut und konnte es gar nicht erwarten, dass es mit der kommenden Nacht, von der sie sich so viel versprach, endlich weiterging.

Hans kannte sie anscheinend beide gut, diese Entführer, sie war plötzlich ganz nah dran an ihnen, aber das war es nicht, es war jetzt nicht mehr der Fall, der sie vordergründig interessierte, wie konnte es auch anders sein, es war nun etwas anderes im Spiel.

Elisabeth schaute sich abermals um. Leute stiegen aus, andere kamen hinzu.

Sie wollte aufstehen, sich Gehör verschaffen, schwärmen, aber das würde hier wohl keiner verstehen, wie sie gerade drauf war, Dopp hatte recht, sie müsste sich vielleicht erst mal hinlegen, ein heißes Bad nehmen, das Kostüm zumindest tagsüber mal abstreifen. Denn Hans mochte sie, aber das war nichts Ernstes, er war harmlos. In Andreas hingegen, den sie noch nie zu Gesicht bekommen hatte, nur flüchtig aus Erzählungen kannte, von Fotos aus der Zeitung, in ihn war sie verliebt, in echt, das hatte sie tatsächlich hingekriegt, in einem Tag nur, das war ihre eigentliche Leistung, denn darauf würde er anspringen, dass sie liebte, ihn liebte, das strahlte sie nun aus, das spürte sie, das machte sie unwiderstehlich, klar spürte sie das.

Guten Abend, schöne Frau, sagte er.

Hallo, Hans.

Sie schaut besser aus als gestern, noch besser, dachte er sich, und er würde genau da weitermachen, wo er gestern aufgehört hatte, sich keine noch so kleine Reminiszenz aufsparen, damit hatte er an sich nämlich kein Problem, schließlich waren das alles auch seine Geschichten, die er die ganze Nacht lang von sich gab, auch wenn Andreas in ihnen öfter als er eine tragende Rolle gespielt hatte, die beiden kannten sich schließlich schon seit einer gefühlten Ewigkeit, mit anderen Worten, Hans hatte an fast demselben Leben teilgenommen wie Andreas, demnach war es fast unmöglich von sich selbst zu erzählen, ohne dass der andere – früher oder später – neben ihm auftauchte.

Und natürlich war gestern auch passiert, was immer passierte, wenn Andreas in seinen Geschichten prominent auftrat, weil er mal wieder etwas ausgeheckt oder sich eine blondierte Brünette unter den Nagel gerissen hatte. Die jeweiligen Gesprächspartner, die mit Hans, während er erzählte, meist zu tief ins Glas guckten, Mann oder Frau, das tat gewöhnlich nichts zur Sache, alle wollten mehr hören, alle stellten sich Andreas vor, verguckten sich dann partout in ihre Vorstellung, und so war es bestimmt auch mit Elisabeth.

Ist was?, fragte sie ihn jetzt, vielleicht weil er sie schon eine Zeit lang anstarrte, willst du auch ein Bier?, aber er ging auf ihre Fragen nicht ein, du benimmst dich ganz schön auffällig, sagte sie noch, dann hatte er seine Lippen bereits vorsorglich benetzt und küsste sie jetzt, so gut es ging, auf den Mund.

Ja, sagte er dann, meinte das Bier. Elisabeth lächelte, das tat sie ohne Zweifel, aber Hans wusste, was das für ein Lächeln war, es strahlte ihn öfters, besonders dann, wenn die

Rede von Andreas war, von der Seite her an, er hatte sich fast schon daran gewöhnt. Nicht, dass es kein schönes Lächeln war, es betörte ungemein, nur dass dessen Bedeutung, die er über Jahre hinweg sorgfältig eruiert hatte, ihn eher abtörnte und in etwa lautete: Ich finde es wirklich toll, wie rasant du erzählst, das ist der reine Wahnsinn, wie du mir das Leben plötzlich näherbringst, das eröffnet mir ganz neue Welten, nur was den Kuss eben angeht, das will ich erst mal nicht, das will ich, um ehrlich zu sein, überhaupt nicht. Damit kann ich leben, sagte Hans jetzt in ihre Richtung.

Das freut mich, sagte Elisabeth, nahm einen großen Schluck Bier und wischte sich dann, so dezent es ging, über die Lippen. Und das konnte er tatsächlich, dachte sich Hans, damit leben, aber natürlich nur, solange Elisabeth Andreas auch weiterhin nicht zu Gesicht bekam. Er würde jetzt einfach weitererzählen, und bald würde sie merken, dass der andere überhaupt nur in seinen Geschichten vorkam, nicht im richtigen Leben. Wo ist er denn?, lässt der sich auch mal blicken?, nee, der kann grad nicht, aber weißt du eigentlich, wo der ist?, nee, das weiß ich grad nicht, aber wenn ihr doch so gut befreundet seid, das weiß ich bei dem nie, nee, das will ich, um ganz ehrlich zu sein, auch gar nicht wissen.

Wenn es nur einmal nach ihm ginge, wäre sie mit seiner Antwort zufrieden, würde nicht weiter auf ihre Fragen bestehen, und Hans könnte weiter seine Geschichten spinnen von sich und Andreas und dem schnellen Leben, diesmal ganz ohne Angst und mit dem Mut der Verzweiflung. Bald würde Elisabeth nämlich anfangen, vollends an der Existenz von Andreas zu zweifeln, obwohl dieser zurzeit so großkotzig in allen Medien präsent war, sie würde sich ihn, Hans, mal genauer anschauen, um dann abermals zu lächeln, ja, du bist ja hier, ich sehe es ja ein, er ist es nicht, ist und bleibt verschwunden. Genau das würde nämlich diesmal ihr Lächeln bedeuten, sie würde aufhören, nach dem anderen auszuschauen, und die beiden würden durchstarten in ein neues Leben. Du willst doch bestimmt nicht auf ewig Polizistin bleiben, würde er ihr sagen, vielleicht tue ich ja nur so, käme ihre unverschämt kokette Antwort, aber sie wären sich einig, und deshalb musste er sie, so wahr er Hans hieße, nur so lange, bis sie genau auf diese Art lächelte, von Andreas fernhalten, was unter den gegebenen Umständen kein Problem sein dürfte.

So ungefähr habe ich mir das vorgestellt, sagte er ihr jetzt auf Anhieb, bestellte von sich aus noch zwei Bier, nur schien Elisabeth jetzt plötzlich woanders. Was?, fragte sie. Er grinste etwas linkisch, gab ihr eines der Biere, sie nahm es an sich, die beiden prosteten einander zu, aber in diesem Moment wurde Hans klar, dass er sich geirrt hatte. Elisabeth hatte sich nicht etwa absentiert, ganz im Gegenteil. Sie stand hier direkt vor ihm. Sie war voll und ganz da. Sie nippte genussvoll an ihrem Köpi. Und schaute in Richtung Tür. Willst du uns nicht vorstellen?, fragte Andreas.

Was machst du denn hier?, kam es von Hans. Elisabeth lächelte, aber dieses Lächeln war nicht mehr in Worte zu fassen, und Andreas stellte sich jetzt anscheinend selbst vor, indem er ihr die flache Hand auf den unteren Rücken legte, bis ihn Hans etwas panisch an den Arm fasste. Sie nicht, bitte, sagte er, wieso?, was ist denn mit ihr?, fragte Andreas Hans, ich glaube, ich liebe sie, erwiderte dieser, aber das war ganz eindeutig die falsche Antwort, denn Andreas spuckte nun auf den Boden, brach in schallendes Gelächter aus und schlürfte

Hans dann in einem gierigen Schluck das Bier leer, während seine Hand unaufhörlich weiter nach unten wanderte.

Er stank. Trug seine schimmlige Lederkluft. Bot Hans eine Zigarette an. Und nahm Elisabeth das Glas aus der Hand. Ich bringe sie dir morgen wieder, sagte er. Das kannst du nicht machen, kam es von Hans. Ich mache doch gar nichts, sagte Andreas, und darauf wusste Hans so schnell dann keine Antwort, obwohl es doch auf der Hand lag, was der andere machte, sogar noch blöd winkte, während er Elisabeth, die sich jetzt plötzlich zu Wort meldete, obwohl sie ja bisher nichts gesagt hatte, sich in keinster Weise erkenntlich gezeigt hatte für das doch aufschlussreiche Gerangel der letzten Stunden, bereits aus dem Lokal entführte.

Bis morgen, Hans, sagte sie jetzt, nicht mehr, nicht weniger, dachte sich dabei auf der Stelle, nanu, was sage ich denn da?, das geht doch nicht, aber sie wusste natürlich, dass es doch ging, es war zwar nicht gerade die feine Art, jemanden einfach so abzuservieren, außerdem sprach sie auf einmal von oben herab, spie ihm die Worte direkt ins Gesicht, spielte, war abgebrüht, lasziv, aber man musste sich ja schließlich anpassen, sich bestimmte Sachen abschauen, zu eigen machen, das war nichts Neues – das war sie, das war sie nicht –, das war schließlich ihr Job. Nur schade für den armen Hanswurst, das hatte er nicht verdient, verdammte Scheiße, sagte sich Elisabeth, sagte sich dann gar nichts mehr, jedenfalls nichts mehr Vernehmbares, steckte Andreas die Hand hinten in die Hosentasche, so schnell konnte das gehen.

Blöde Sau, hatte der sich noch gedacht, als er in das Lokal eingefallen war, was macht die denn hier?, aber dann merkte er auf der Stelle, das war sie gar nicht, die Tante war gut, aber das war sie nicht, die Tante sah ihr nicht mal ähnlich, aber trotzdem, sie hatte etwas von ihr, kleine Manierismen, die ein oder andere Handbewegung, wie sie rauchte, sich die Haare aus dem Gesicht strich, das machte Gudrun auch so, komisch, dachte er sich, vielleicht sind die Frauen ja in manchen Belangen alle gleich, das hatte er sich noch nie so richtig vor Augen gehalten, aber diesen Gedanken verwarf er sofort, denn er wusste es besser, wusste auf der Stelle, was los war. Seine Frau kannte sich halt aus, war umtriebig, ging überall ein und aus, hinterließ ihre Marke, man wusste von ihr, kannte sie bereits einschlägig – würde sie bestimmt noch so richtig kennenlernen –, und die, die jetzt vor ihm stand und mit seinem Kumpel ein Bierchen trank, hatte sich das alles bestimmt irgendwo von der Gudrun abgeschaut, geklaut, mit anderen Worten, sie sah ausgesprochen geil aus. Leider. Komm, wir machen einen Abgang, sagte er ihr jetzt, und freute sich, der versifften Bude und dem renitenten Kerl an der Heizung entkommen zu sein. Und endlich zu Wort zu kommen.

Da sind sie. Dopp hatte nicht schlecht gestaunt, als Andreas plötzlich aufgekreuzt war, hatte sich auf der Stelle einen Knipser kommen lassen, im Falle eines Falles, und jetzt war dieser Fall auf einmal eingetreten, die beiden kamen nämlich gerade aus dem Drop In, fielen übereinander her, Andreas und sie – so wahr sie Elisabeth hieß – bei ihm im Schlepptau. Der Knipser schoss los. Seine Hand auf ihrem Arsch, knips, ihre Finger in seinen Haaren, an seiner Brust, knips, knips, sie züngelten, rieben sich aneinander, get a room, aber Dopp bestand besonders auf die Gesichter der beiden, auf die Nahaufnahmen, die sie aufgewühlt zeigten, nachtklar, gnadenlos verrucht, knips, knips, knips, knips, knips, knips, knips. Die

Fotos würde man dann später Gudrun zeigen, um sie zum Auspacken zu bewegen – man konnte den Schnösel schließlich nicht an seiner Heizung verenden lassen –, Gudrun, die immer noch einsaß, aber so weit war es noch nicht, das stand noch nicht an, denn vor lauter Knipserei hatte Dopp vergessen, loszufahren, den beiden nachzujagen, die jetzt plötzlich verschwanden, das ging, das schafften sie.

Zu spät, du Dopp, dachte er sich und stürzte aus dem Wagen, die Treppe herunter in den Schacht, und der Knipser knipste ihm hinterher. Unten verloren sich die Verfolger dann im Gewühl. Es war wieder einmal Feierabend, die beiden waren ausgerissen, die würde man nicht mehr finden, konnte man gar nicht, denn unten waren sie schon lange nicht mehr. Andreas hatte Elisabeth nämlich auf der anderen Straßenseite schon längst wieder nach oben gelotst, die Idee hatte er aus einem französischen Gangsterfilm, aber das konnte man ja nicht wissen. Außer Atem war sie jetzt, auch das noch, außer Atem kamen die beiden dann auch oben an, und verliefen sich in die Nacht.

DER RANKE BRITE

Als ich den ranken Briten zum ersten Mal sah, das war in Amerika, im Big Apple, und zwar vor Jahren, als mir dieser Apfel noch ungemein glänzend bissfest und ganz und gar ungiftig vorkam.

Ich hing mit Daisy im Schlafzimmer einer Party, wir saßen auf dem Bett und rauchten, und von draußen wehte der verheißungsvolle Mief der Bowery zum Fenster herein.

Ein Fremder kam ins Zimmer, das heißt mir war er fremd, denn er stellte sich jetzt zur Irin, die natürlich auch da war, wechselte mit ihr ein paar konspirative Worte, sie fing daraufhin schrill an zu lachen, dann war er plötzlich weg, schwang sich vor meinen Augen, schwupp, direkt aus dem Fenster. Ich stand von dem Bett auf, wankte zur Irin hin, wer war das?, wollte ich von ihr wissen. Sie stellte mir ihn damals nicht als ranken Briten vor, obwohl er – dem ersten Eindruck nach – tatsächlich eher rank geartet war, sondern als einzigen Spross eines längst verstorbenen britischen Musikproduzenten, der im London der 60er-Jahre tüchtig mitgeschwungen hatte. Ich wollte ihn gleich kennenlernen, diesen Spross, besonders weil er so besonders aussah, und das war schon etwas, in einer Stadt, in der jeder stets ein bisschen mehr hermachte als sonst, das blaue Licht, das kalte Meer, der kuriose Umgang, das ganze Leben hier, immer am Rande, man wurde automatisch aufgewertet, selbst ich, der sich in letzter Zeit ganz schön herumgetrieben hatte, was meinem Teint nicht gerade guttat.

Ich komme wieder, sagte ich der Irin, ließ Daisy in ihrer eigenen Welt zurück und stieg dann aus dem Fenster, nahm die Feuerleiter hoch aufs Dach, es war unbefestigt.

Oben stand der Brite und becircte eine junge Frau, eine Zigeunertante aus Paris, die er in New Orleans beim Musizieren kennengelernt hatte, aber das erfuhr ich natürlich erst später. Ich steckte mir erst mal eine an – ich rauchte damals noch, immer dann, wenn es unbedingt notwendig war, gesellschaftsbedingt oder aus Gründen ganz ausdrücklicher Nervosität. Denn der Brite, den ich mir jetzt genauer ansah, hatte es mir gleich angetan.

Er trug weiße Jeans, komische weiße Bastturnschuhe, ein weißes langärmliges Schlabbershirt und hatte obendrauf auch noch eine weiße Mähne – obwohl er bestimmt erst Anfang dreißig war –, in der eine klassische schwarze Ray Ban steckte. Ich war von jeher nur bedingt homoerotisch veranlagt, aber dieser Typ hatte etwas, das fiel einem sofort auf, seine Bewegungen waren äußerst harmonisch aufeinander abgestimmt. Wie er trickreich gestikulierte, die langen, sehnigen Finger zu Hilfe nahm beim Becircen, das zeugte alles von einer großen Sensibilität, einem Insiderwissen, in dieser Nacht – in the summer, in the city –, im großen Apfel auf einem Dach, auf dem man sich an eine Zigeunerin ranmacht, die zu Recht bald ganz außer sich ist. Der Brite war ein Profi, das sah man ihm an, das hörte man auch an seiner Stimme, die mich nun erreichte, einem lauen Lüftchen gleich, eine schnöde Britpopmelodie, die mir erst durchs Haar fuhr, dann durch Mark und Bein.

Wie sehr liebst du mich?, fragte er die Zigeunerin gerade, wie sehr ich dich liebe?, fragte sie nach, vergewisserte sich, ob er sie tatsächlich gestellt hatte, diese Frage, die alles auf einmal so unwiderstehlich vorwegnahm, dann war sie sich plötzlich unsicher, sie hatte den Briten schließlich eben erst kennengelernt, war sich ihrer Gefühle vielleicht noch gar nicht bewusst oder war es eben doch, schien vielleicht deshalb in diesem Moment schlicht und einfach verblüfft, schaute ihn sich an, mit ihren großen, natürlich grünen Augen, sagte erst mal gar nichts, aber der Brite ließ das nicht gelten, von der Liebe sollte augenblicklich gesprochen werden. Er rückte jetzt näher an sie heran, machte das so überzeugend, dass er damit selbst mir eine Gänsehaut bescherte, und dementsprechend wurde auch die Zigeunerin jetzt schwach, flüsterte ihm die erwünschte Antwort ins Ohr, die wohl mehr als befriedigend ausfiel, da der Brite nun anfing, sie direkt auf den Mund zu küssen, auch das überaus profimäßig.

Ich spuckte meine Zigarette aus, sie schmeckte nicht mehr, ich wollte das, was er hatte, schaute mich also auf dem Dach um, konnte aber nichts weiter Brauchbares entdecken, außerdem pflegte ich derart Zungenspiele nicht so leichtfertig einzugehen wie der Brite, damals glaubte ich nämlich noch mit großer Entschiedenheit an die Liebe, ja, die Liebe, nur daran wollte ich teilhaben, ich, ein kleiner Tor auf der Suche nach der großen, weiten Welt.

Ich sah den beiden noch ein wenig beim Knutschen zu, die bunten Lichter des Apfels flimmerten dabei im Hintergrund, wahrlich eine bühnenreife Szene vor filmechter Kulisse, und hielt mir noch mal vor Augen, was mich an dem Briten so faszinierte. Klar, er war heillos attraktiv, er war ein kolossaler

Frauenschwarm, führte weltbekannte Schönheiten aus, beherrschte sein Instrument, spielte und sang auf den verruchtesten Bühnen der Stadt, aber das erfuhr ich alles erst viel später, auch dass er sich im Bereich der Sucht äußerst experimentierfreudig zeigte, ein Innovator war, dass man ihn entweder liebte oder hasste, er aber trotzdem – manchmal auch im wahrsten Sinne – in aller Munde war, jedenfalls erzählte man sich bestimmt viel zu viel über ihn, war er doch ein ständiger Bestandteil der Gerüchteküche, für die Apfelköche eine ewig haltbare und vielseitig einsetzbare Delikatesse, mit der sich noch keiner den eigenen Brei verdorben hatte.

Aber das war es nicht, was mir in diesem trunkenen Moment oben auf dem Dach durch den Kopf ging, schließlich kannte ich den Briten damals noch gar nicht, nur eins war von Anfang an unbestritten, nämlich dass er so vielversprechend auftrat, man traute ihm alles zu und sich plötzlich auch, alles war möglich, denn er rüttelte einen auf, man würde sich ab jetzt nie mehr treiben lassen, überhaupt nie mehr schlafen, man würde es ihm und der Stadt hinter ihm auf der Stelle gleichtun, jeden noch so kleinsten Moment voll und ganz auskosten.

Natürlich waren das theatralische Wachträume, die mich da heimsuchten, zu denen ich so früh am Abend noch imstande war – später überkam mich regelmäßig die aufziehende Dunkelheit –, jedoch hielt ich eine leichte Verneigung ihr gegenüber dann doch für angebracht.

Danke, sagte ich deshalb.

Und sie sagte nichts.

Ich danke dir, sagte ich dann, diesmal etwas lauter, bekam aber noch immer keine Antwort von ihr, wobei ich hier nicht etwa die becircte Pariserin meinte, mit der der ranke Brite nun anfing, mondsüchtig zu schunkeln, sondern vielmehr die Stadt, die sich hinter den beiden auftat, die sich mir gegenüber jedoch immer noch nicht äußerte.

Egal,

sagte ich mir,

sie hat dich bestimmt vernommen,

würde sich bald akustisch oder sonstwie bemerkbar machen, das bildete ich mir nicht ein, denn sie gehörte ja schließlich mir – diese Stadt –, mir allein, hielt ich mich doch seit längerer Zeit ausschließlich an die strikt vorgeschriebene Apfeldiät, und die Stadt hatte sich bis jetzt durchwegs als mein auf immer und ewig verschworener Komplize erwiesen.

Danke, wiederholte ich, wieder kam keine Antwort.

Vielleicht war sie beschäftigt, es gab ja noch andere, die Anspruch auf sie erhoben, besonders in stark angeheitertem Zustand, vor ihr auf die Knie fielen, die Stadt war schließlich millionenschwer, dachte ich, da ging das Gerngeschehensagen bestimmt strikt der Reihe nach.

Ich bekam es plötzlich mit der Angst zu tun, war ich doch vor Kurzem ein paar Tage weggewesen, beziehungsbedingt außer Landes sozusagen, mit anderen Worten, abtrünnig, und das ging nicht, das hatte sie nicht gern, sie war mir böse, würde mir niemals verzeihen, da machte es auch nichts, dass ich mich jetzt bedankte, die Schleimerei nützte nichts, andere Danksager waren bereits nachgerückt, und meine heiseren, martinisierten Gedanken zählten nicht.

Du bist paranoid, sagte ich mir, ja, aber das heißt nicht, dass nicht trotzdem alle hinter dir her sind, sagte daraufhin der Dämon, der neben mir stand, und auf einem Zahnstocher kaute. Ich versetzte ihm einen Ellbogen in die Magengrube, er suchte Ärger, ich war paranoid, das war alles, keiner wollte mir etwas anhaben, geschweige denn die Stadt.

Der Brite und die Becircte tanzten immer noch, das waren die Nachrichten von der Front, und sofort war ich beruhigt, gab mich jetzt gänzlich, inklusive der Aktivierung etwaig realisierbarer Gefühle aller Art, dem gegenwärtigen, mir hoffentlich präsenten, Moment hin, wusste plötzlich alles zu deuten, verstand ihn, den Apfel, auf einmal wie im Schlaf.

Sah nämlich großes Kino.

Die rote Sonne,

die blaue Luft,

der weiße Hintern des Briten, auf einmal wusste ich, sie zeigte sich erkenntlich, just in diesem Moment, die Stadt gab nun zurück, erwiderte meine mehrmalige Danksagung, indem sie diesen Moment zwischen den beiden, diesem Objekt meiner Begierde und seiner kurzgeschlossenen Begleitung, diesen Tanz auf dem Vulkan, vollends ausreizte, in die Länge zog, man konnte sich ohne Weiteres sattsehen, you're welcome.

Es war ein ausgelassener Moment, andererseits hätte man sich keine Sorgen machen müssen, schließlich ging der Apfel von bestimmten altüberlieferten Voraussetzungen aus, wusste schließlich und unendlich, dass unsereiner niemals im Leben abtrünnig werden könnte, die Sucht war zu groß, hatte einen fest im Griff, von Anfang an, seit immer.

Ich war Junkie, Heimkehrer, emotionales Wrack, alles auf einmal, nur dass es mir dabei gut ging, einerseits förderte die Stadt meine selbstzerstörerischen Tendenzen, rückte sie dabei stets in ein verführerisches Licht – aber auch das erfuhr ich erst sehr viel später –, andererseits fing sie mich immer wieder auf, wenn alles überhandzunehmen drohte, schenkte mir einen dieser zukunftsträchtigen Momente, siehe oben, in denen man sich plötzlich geborgen fühlte, ließ mich psychisch nicht ins Schlittern geraten, das besorgte ich mir dann schon selbst.

Fakt war nämlich, dass Gefühle dieser, eigentlich jedweder Art, vorausgesetzt, man übertrieb sie, immer ins Verderben führten, anders gesagt, das war immer der Fehler, dass man sich total hingab, sein Leben danach ausrichtete, sich fallen ließ, den Halt verlor. Dem Hochgefühl, dem allmorgendlichen, folgte immer das Runterkommen, man wurde auf einmal todtraurig, alles war nur noch zum Heulen. Man wurde sich in diesen Momenten bewusst, dass nicht jeder auch so endete, wie er sich das gern vorstellte.

Und ich? Ich wollte jedenfalls so sein wie der Brite. Das hieß jetzt nicht, dass ich so rank und schlank wie er daherkommen wollte, so klebrige weiße Hosen tragen oder mich hier auf dem Dach unter Ausschluss der breiteren Öffentlichkeit mit einer Pariser Vorstadtgöre amüsieren wollte, das nicht, das war er, so legte er sein eigenes Leben aus, das war seine Interpretation dieser ganz bestimmten Rolle, an der sich ein jeder einmal versuchen durfte.

Ich wollte ganz bestimmt nicht heute noch bei der Irin um halb sechs Uhr früh Sturm klingeln, klatschnass und verängstigt um nächtliches Asyl bitten – dazu später mehr –, das war voll und ganz seine Sache, aber ich wollte, um es genau zu sagen, genauso schwer irgendeiner Tätigkeit, irgendeiner Richtung zuzuordnen sein wie der Brite. Vielmehr sah ich mich ständig auf mehreren Handlungsebenen unterwegs, überall und nirgendwo zugange, mit anderen Worten, komplett undurchsichtig für den mäßig kultivierten Betrachter, jedoch stets geheimnisvoll selbst für den einschlägigen Mitspieler, so eine Karriere strebte ich wohl an. Im Falle des Briten hieß das: gerade noch hier auf dem Dach unterwegs mit einer Göre vom Feinsten, kurz danach vielleicht unten am Wasser verschollen, abgetaucht, todesnah.

Aber leider war es noch nicht so weit, so eine Nummer konnte ich noch nicht bringen, aber das machte nichts, sagte ich mir immer wieder, ich war schließlich noch jung, der Brite hatte schon zehn Jahre mehr als ich auf dem Buckel, mindestens, fügte ich hinzu und stieg – die beiden knutschten und tanzten jetzt gleichzeitig – die Feuertreppe wieder hinab, schwang mich, schwupp, zum Fenster herein, das Schlafzimmer kam mir entgegen, die Party war noch voll im Gange, nur keine Daisy weit und breit.

Und das war – unter uns gesprochen – auch gut so, denn ich war mittlerweile ganz schön drüber, trank nämlich immer dann zu viel, wenn ich plötzlich traurig wurde, was bei Daisy und mir immer zu ungeahnten Komplikationen führte, besonders, wenn ich mich dann einfach absentierte, aber vielleicht war ich diesmal nicht bloß traurig, vielleicht war das alles noch viel verworrener, vielleicht trank man einfach, wenn einem auf einmal unangemeldet Gedanken kamen, die einem das eigene Leben plötzlich so gnadenlos vor Augen hielten. Wenn man merkte, dass man immer noch nicht zu sich selbst gefunden hat, es überhaupt nie wirklich schaffen wird, man zwar schon einmal ganz nah dran war, ganz eins und allein mit sich selbst, aber das hielt nicht lange an, oder – und das ist am schlimmsten – man hat sich endlich gefunden, lernt sich besser kennen, aber das bringt nur Sachen und Zustände zutage, mit denen man nichts anfangen kann oder will, vielleicht trank man einzig und allein nur deswegen.

Ich ging jetzt, verließ die Party, ohne mich zu verabschieden, wollte nach Hause, schlurfte die Bowery entlang, musste mich dann anlehnen, denn seitdem ich mich von dem fast leeren Dach wieder unter Leute begeben hatte, wurde mir erst kläglich bewusst, wie viel ich gebechert hatte und zu viel wovon. Es ging mir jetzt gar nicht mehr gut.

Ich sackte gegen eine backsteinerne Häuserzeile, guckte mich um, glotzte doof. Wohnte hier nicht irgendwo Bill Burroughs? Lebte der überhaupt noch? Doch, ja, in einer bunkerähnlichen Behausung, gleich hier unter der Erde. Und hatte der nicht mit einer Pistole oder einem Sportbogen versehentlich seine Frau um die Ecke gebracht, weil er im Rausch mal einen auf Wilhelm Tell machen wollte? Ob sie wohl damals noch geröchelt hatte, man sie also hätte retten können, oder ob sie auf der Stelle tot war, ich hatte keine Ahnung. Die Polizei hatte damals, soweit ich wusste, keine besonderen Ermittlungen angestellt, Burroughs nicht wirklich belangt, sodass sich der hier six feet under gelegentlich immer noch seinen Schuss setzte, immer den ersten, dann die Nadel an seine Anhänger weitergab, dadurch jegliche Ansteckung tunlichst vermied. Das ging mir so durch den Kopf, als ich plötzlich ihre Stimme hörte:

Julian, es war Daisy, beschwörend, lauthals, Julian.

Nichts wie weg, dachte ich, aber dann stand sie plötzlich vor mir, was machst du hier?, fragte sie mich, ich gehe nach Hause, sagte ich wahrheitsgetreu, aber daraufhin fing sie an zu weinen, stellte sich neben mich an die Wand und nahm den letzten Schluck aus ihrem Becherglas, einem Maker's Mark mit Ginger, den sie in rauen Mengen trank. immer wenn es ihr besonders schlecht ging mit der Psyche.

Ich habe mich verliebt, sagte sie jetzt. Das hatte mir gerade noch gefehlt.

Du bist betrunken, Daisy, sagte ich ihr, aber das war ihr durchaus bewusst, sie kostete diesen Zustand für gewöhnlich voll aus, fuck off, sagte ich, ging ein paar Schritte zur Seite, sie folgte erwartungsgemäß bei Fuß, fuck off. Alles, nur das nicht, dachte ich, nicht diese Nummer, denn ich wusste, was jetzt kommen würde, die Story mit der toten Mutter und dem Vater, der zu tief ins Cocktailglas blickte bzw. sie im Stich gelassen hatte oder schwul wurde oder sonst etwas, dies oder das erzählte sie mir damals bestimmt mehrmals die Woche.

Es musste also kommen, wie es immer kam, und so kam es dann auch. Nach einem endlosen Monolog über besagte Thematik hielt Daisy kurz inne, schluchzte, ich liebe nur dich, Julian, sagte sie.

Ich kann nicht, Daisy, erwiderte ich, aber sie verstand nicht, dass ich allein sein wollte, obwohl man mir das bestimmt ansah, dass ich einen schönen Abend gehabt hatte, den ranken Briten getroffen, mir vorhin noch geschworen hatte, so einen Auftritt wie der wirst du auch bald hinlegen, jetzt nur noch nach Hause wollte, ins eisgekühlte Zimmer, die Sachen abstreifen, die Musik laut an, und dass ich mich dann mit mir selbst befassen wollte, mir meiner bewusst werden, kurz gesagt, hoffen wollte, hoffen, dreimal hoffen, aber das sah Daisy nicht ein, wurde jetzt trotzig.

Liebe dich und damit basta, kommst jetzt wieder mit mir rein, weitertrinken, oder wir gehen zu dir, das wollte sie natürlich am liebsten, das übliche Scheißspiel also, nachts hier auf der ehemaligen Pennermeile. Als ich jedoch dann zu ihr herübersah, sie hatte die ganze Zeit nichts mehr gesagt, traf mich der Schlag, und ich wusste, ich hatte mich geirrt, denn das war nicht die normale Härte, Daisy hatte heute etwas ganz anderes auf Lager. Ihren Blick, den sie mir jetzt – mit den Wimpern unnachahmlich zuckend – womöglich schon länger zuwarf, den kannte ich noch nicht an ihr. Es war ein Blick, der unsäglich verwirrte, denn er saß viel zu perfekt.

Es war ein waschechter Liebesblick.

Den sie sich einfach angeschnallt hatte.

Heimlich einstudiert.

Nächtelang.

Den sie jetzt richtig toll rüberbrachte.

Damit kokettierte.

Blöde Rampensau.

Ich hatte ihr nichts entgegenzusetzen. Ich war müde, hatte mich an der Nacht längst sattgesehen. Ihr diesen Quatsch jetzt auszureden – lass es sein, du liebst mich nicht, ich dich auch nicht –, darauf war ich nicht vorbereitet, außerdem wären ihr meine Worte bestimmt nicht genug, sie würde auf eine Szene beharren, denn Daisy hatte eine neue Farbe an – die Farbe nämlich, die Liebe hieß, und diese Farbe gefiel ihr, die Farbe würde sie anbehalten, auch im Bett, würde darin schlafen, und das auch noch neben mir, die Liebe als Bettklamotte, so stellte sie sich das jedenfalls vor – und es sei denn, ich redete ihr das jetzt aus, nein, Daisy, nicht doch, das bildest du dir nur ein, war ich verloren, würde hinter ihr her zu mir nach Hause dackeln, um mich ihr dann in geistesabwesendem Zustand mehrmals hinzugeben, ich liebe dich, Daisy, das weiß ich doch, Julian, so deformiert wären bald unsere Dialoge, ihre wahnhafte Vorstellung nun gleich meiner nagelneuen, durchgenagelten Realität.

Denn Daisy hatte geprobt, im stillen Kämmerchen, hatte bestimmt auch mal geschlafen, valiuminduziert, war dann aufgewacht, hatte sich etwas aufs Zahnfleisch getan. Und gerade in diesem Moment, jetzt hier mit mir, war sie so weit, fand in ihre Rolle, war tragisch verliebt, flatternd unterwegs auf der nächtlichen Straße, ein gebrochenes Kind, das machte sie gut, ein zartes Gejaule, welches man ihr sofort abnahm, so insistierend waren ihre Worte, man fing an, an den eigenen Sinnen zu zweifeln – vielleicht liebe ich sie ja doch und das für immer und ewig – und befand sich plötzlich in Gefahr.

In grave danger?, fragte Daisy.

Is there any other kind?, erwiderte ich.

Und da ich nicht die Verve des ranken Briten besaß, der ihr unmissverständlich klarmachen würde, er sei das Allerletzte, ihr totaler Ruin, sie dann noch ganz problemlos streicheln würde, gut, ist ja gut, wir können doch Freunde bleiben, da ich nun mal noch nicht so weit war, auf derartige verbale Verrenkungen nicht eingestellt, blieben mir jetzt nur ein paar wenige Möglichkeiten, um hier und heute noch mal einigermaßen glimpflich davonzukommen.

Ich könnte mich umbringen. Oder:

Daisy könnte sich umbringen.

Oder: Ich könnte Daisy umbringen. Oder:

Daisy könnte mich umbringen.

Oder: Ich könnte zuerst Daisy und dann mich umbringen. Oder:

Sie könnte zuerst mich und dann sich umbringen.

Oder: Wir könnten uns gegenseitig umbringen, und zwar in der exakt gleichen Sekunde.

Oder?

Oder jemand anderes könnte uns umbringen, Burroughs vielleicht, der könnte mir zuliebe aus seinem Bunker kriechen, seinen Bogen oder seine Kanone ansetzen und mich oder Daisy oder gleich beide zusammen einfach ausmerzen. Bill?, fragte ich jetzt, ich bin's, Daisy, kam die knappe, aber zutreffende Antwort. Bill, rief ich wieder, tickte wohl nicht mehr ganz richtig, was machte ich hier überhaupt?, beschwor einen längst verstorbenen Beatautor, mich möglichst schnell um die Ecke zu bringen, das ging nicht, irgendwo musste man auch mal einen Schlussstrich ziehen, ich musste jetzt schleunigst weg.

Bill?

Am nächsten Tag schien die Sonne, wie üblich, zum Fenster herein. Ich lag im Bett. Meine Kleider hingen fein säuberlich über der Lehne, die schwarze Dreivierteljacke aus Samt, die schwarze Jeans, das Hemd, die schwarzen Stiefel, das geriffelte Halstuch, nichts Besonderes, ein ganz normaler Tag.

Ich hörte Stöhnen.

Neben mir auf dem Tisch stand ein Glas, ein Rest Wodkagrapefruit womöglich – dank surrender Klimaanlage bestimmt noch ausreichend gekühlt – daneben pulvrige Spuren.

No fucking way.

Ich konnte mich an nichts mehr erinnern, und das Stöhnen hörte nicht auf. Es kam aus dem Nebenzimmer. Aus irgendeinem Grund hatte ich die Tür zum Schlafzimmer von innen verriegelt. Ich zog mir rasch etwas über und schritt durch den

Gang ins Wohnzimmer, wo Daisy auf dem Indianersofa halb saß, halb lag und sich einen Porno reinzog, in dem es soeben zu der alles entscheidenden Sequenz kam, woraufhin Daisy einen kurzen Ton ausstieß – ein einfaches O! –, ihren eigenen O-Ton sozusagen.

Jesus, sagte ich.

Daisy kicherte, Julian, guten Morgen, war unglaublich gut gelaunt. Pillen, dachte ich mir. Wie viel Uhr haben wir? Hierauf erhielt ich erwartungsgemäß keine Antwort, Daisy wusste mit solchen Fragen nichts anzufangen. Ihr Blick war jetzt verklärt, sie hatte sich gut amüsiert. Haben wir gestern?, fragte ich sie, haben wir noch?, fragte ich – O! –, und schaltete dann den Fernseher aus, als es gerade wieder von Neuem losging.

Der Piepmatz schrie.

Gut zu wissen.

Es war also noch einigermaßen früh, das sagte mir jedenfalls meine Wanduhr, eines dieser Plastikdinger, die man unten beim Hong-Kong-Deli an der Ecke erstand, sie hatte keine Zahlen mehr, stattdessen verzierten kleine, prägnante Vogelkonterfeis das Ziffernblatt, und zu jeder vollen Stunde trällerte nun ein Singvogel sein eigentümliches Lied. Mit der Zeit wusste man das Trällern auch im Halbschlaf zuzuordnen. Der Piepmatz also: heiser, überfordert, krächzend, schmerzlich.

Es war ein Uhr mittags.

Daisy hüpfte jetzt in die Küche, hantierte dort mit ein paar Eiswürfeln, kam zurück, kicherte wieder, war albern und geil, gab mir eines der Cocktailgläser, willst du mich, Julian?, ich nickte, natürlich, nahm einen tiefen Schluck, das ging, das war gut, dann stand sie plötzlich vor mir, wir schlugen die Gläser aneinander. Daisy, was?, fing ich an. Sie setzte sich wieder auf das Sofa, hockte sich so hin, dass man ihr von oben ins Hemd, mein Hemd wohlgemerkt, schauen konnte, ich wurde plötzlich nervös, schluckte, nahm dann noch einen Schluck. Was haben wir denn?, machte ich weiter, hielt dann inne, denn so ging das nicht. Das war schließlich nicht das erste Mal, sie hatte das alles schon unzählige Male mitgemacht, war dabei immer sehr zuvorkommend gewesen, besonders in angetrunkenem Zustand, weshalb ich mich insgeheim freute, dass sie so früh am Morgen bereits wieder auf Pegel trank.

Aber heute war es anders.

Heute war es schlimmer.

Aber war es nicht jedes Mal schlimmer?

Nein, nur heute,

denn heute war es so weit.

Ihr bisheriges Verhalten hat überhaupt nichts zu bedeuten, sagte ich mir. Vielleicht erwischte sie mal einen schlechten Tag, wäre zu keiner Auskunft mehr bereit, und ich begrüßte dann wochenlang meinen ganz persönlichen Dämon, nein, mir graute, so nicht, ich würde auf der Stelle andere Saiten aufziehen, sie klipp und klar bestechen.

Ich trank zu Ende, setzte mich neben sie, schön, deine Titten, sagte ich ihr, sie lächelte, dann lud ich sie ein, wir würden Essen gehen wie ein Paar, das sich die ganze Nacht geliebt hatte, alles, nur das nicht, dachte ich mir insgeheim, aber sie war ganz heiß auf meinen Vorschlag, hakte sich bei mir ein, und schon waren wir draußen unter Leuten, überall war Sonne, die schien, weil sie musste, Beckett.

West Broadway.

Daisy war natürlich gleich wieder auf der Höhe, drauf und dran, mich an die Wand zu spielen, gestern Nacht noch die frisch Verliebte, aber heute setzte sie noch einen drauf, spielte plötzlich meine bessere Hälfte, war ein Teil des Ganzen, Mann und Frau.

Sie machte das ganz ausgezeichnet, war gleich die perfekte Frau, ohne – soweit ich wusste, denn sie stand normalerweise nicht auf Beziehungen – diese neue Art auch nur einmal geprobt zu haben, das spulte sie einfach so ab, den Gang, den Schritt, den Stolz, das Lächeln. Oder ich bildete mir den Stolz nur ein, was nicht ganz unwahrscheinlich war in diesem Moment, denn ich war gerade jetzt ganz klar Daisys schlechtere Hälfte, ein abgewrackter, schwitzender Typ, dem der Dämon bereits frühmorgens nachstellte, im Nacken saß und den berüchtigten Schleier auf die Lider legte.

Es war immer dasselbe. Man fand etwas, was den Dämon fütterte, gab ihm das Futter mehr oder weniger bereitwillig, man lebte anscheinend nicht gern unbeschwert, und schon ließ er nicht mehr locker. Und dann gab es Probleme, Probleme, dreimal Probleme. Und gleich käme auch noch die Panik hinzu.

Daisy fing nun an zu pfeifen, ihr Lippenstift war verschmiert, ich muss alles wissen, dachte ich mir, wischte mir über die Stirn, wusste aber natürlich gar nichts mehr, als wir beide nun in die Grand Street einbogen. Hier war er, der Ort, an dem ich mein Glück nochmals versuchen würde, wir beide kannten das Lucky Strike – ja, wie die Kippe – nämlich schon gut von ähnlich gearteten Ausfällen. Hier gab es frisches Amstel aus der Flasche, dazu doppelte Blutorangenmartinis, und hoffentlich gäbe es auch heute mal wieder genügend Bereitschaft für besonders eingehende und, vor allem, detaillierte Reminiszenzen nächtlichen Unfugs.

Ich musste alles wissen, das sagte ich schon, und fing jetzt mit Small Talk an, ganz unaufwendig, hast du gut geschlafen?, aber darauf ging Daisy nicht ein, studierte lieber die Speisekarte, die hier bistromäßig auf einen fachmännisch vergilbten Spiegel, der den gesamten Speisesaal säumte, geschrieben war. Das war nicht weiter bemerkenswert, nur dass wir hier immer dasselbe bestellten, einen Burger mit Pepper Jack Cheese und extra knusprigem Bacon, medium rare, also innen roh. Aber Daisy zierte sich plötzlich, starrte wortlos, hatte wohl heute kein loses Mundwerk, das machte mir plötzlich Angst. Ganz ruhig, nicht überheblich sein, lass sie, sie liest gerade, lass ihr Zeit. Ich gab dem Kellner vorsichtshalber einen Wink mit dem Zaunpfahl, bestellte uns erst mal die Drinks, dann die Burger, bestellte für Daisy gleich mit, alles ganz organisch, aber Daisy wollte keinen Burger. Ich bin verliebt, sagte sie, da isst man so etwas nicht.

Soso, verliebt war sie also auch heute noch, das könnte man sich womöglich zunutze machen, dachte ich mir, rückte jetzt näher an sie heran. Aber Daisy wusste wohl, was ihr blühte, wollte schleunigst runter von dem heißen Stuhl – die Drinks hatten ihre Wirkung noch nicht getan, von Daisys sonstiger, überaus quirliger Redseligkeit keine Spur –, sie stand jetzt auf, nahm sich die Post, ein recht linientreues Tagesblatt, und begann zu blättern, Page Six, die Klatschspalte, schlürfte dabei einen ihrer Martinis und war erst mal nicht mehr von dieser Welt.

Was isst man denn, wenn man verliebt ist?, ich versuchte es auf diese Tour. Daisy schaute zu mir auf.

Du bist ein Arschloch, sagte sie.

Sie hatte nicht ganz unrecht. Aber diesen einen Gefallen kannst du mir doch nicht abschlagen, so etwas in der Art wollte ich gerade von mir geben, da fing Daisy an zu lachen. Sie hatte mich schon länger schmoren sehen. Sie hatte gesehen, wie sich der Dämon zähnefletschend an meinen Burger rangemacht hatte. Und das tat ihr leid. Sie liebte mich tatsächlich.

Haben wir gestern?, fragte ich.

Haben wir nicht, sagte sie.

Aber das war mir nicht genug, ich brauchte, wie gesagt, Details. Bitte von Anfang an, nicht bloß das bittere Ende, bat ich Daisy, auch damit sie nicht dachte, dass es mir nur um die paar Stunden ging, die ich mit ihr nachts in der Wohnung verbracht hatte. Obwohl sie das bestimmt wusste.

Wir haben gefeiert, sagte sie jetzt, und ich hörte mir galant ihre Version der vergangenen Nacht an, aber eine fürchterliche Ungeduld machte mir sogar den blutleeren Wodka madig. Ja, die Party, ja, die Irin. Ja, die Pennermeile. Was war da? Noch mal? Das waren obligatorische Fragen, aber eigentlich interessierte mich ihre Erinnerung bzgl. dieser Phase des Abends nicht, weil ich genau diese noch – mehr oder weniger – vollständig parat hatte. Trotzdem ließ ich sie mit ihren Fabeln gewähren, die Leute erzählten gern, wenn man ihnen eine Bühne gewährte, blühten sogar förmlich auf, sobald man das Augenmerk auf sie richtete.

Ich schaute ihr also dabei zu, wie sie auf mich einredete. Das konnte sie, da war sie in ihrem Element, hatte den ganzen Abend emotional miterlebt, konnte ihn jetzt auf Anhieb auch körperlich nachempfinden. Ihre Augen liefen rot an, ihre Lippen glänzten feucht, die Stimme wurde ihr schummrig, sie nahm meine Hand, ich schwächelte.

Der ranke Brite, sagte ich vor mich hin. Wer?, kam die Gegenfrage. Er und seine Zigeunerin, flüsterte ich, aber plötzlich war Daisy abgelenkt, holte den Kellner herbei, er war noch überaus jung, aber das waren wir damals alle, jedenfalls hatte sie nichts mehr zu trinken, er hatte ihr zugezwinkert, und sie erwiderte jetzt sein Zwinkern.

Was war danach?, fragte ich, wollte die Sache beschleunigen.

Danach hast du unten auf der Bowery in einem Hauseingang gesessen und wirres Zeug gefaselt.

Woher weißt du das?, fragte ich.

Weil ich bei dir war, sagte sie, und plötzlich schwante mir Böses, das Ganze kam mir, offen gesagt, viel zu anzüglich vor. Ich habe dir nämlich gesagt, wie sehr ich dich liebe, sagte sie weiter. Und du wolltest mich heiraten, legte sie nach, und das sofort. Das sagte sie mir jetzt direkt ins Gesicht, drückte meine Hand fest an ihre Brust.

Und warum?, fragte ich, stand jetzt sekundenlang unter Schock, warum haben wir dann nicht geheiratet?

Es gab so spät halt keine Flüge in die Wüste mehr, sagte sie.

Das sagst du jetzt nur so, schoss ich mit letzten Kräften zurück.

Nein, das stimmt, sagte sie.

Stimmt nicht, ächzte ich.

Woher willst du denn das wissen?, kam es zurück.

Und hierin lag natürlich das Dilemma, dass, wenn ich den Faden erst mal verloren hatte, der Film erst mal gerissen war, die Spule nicht mehr zu reparieren, dann war für mich, zumindest was mich und meine nächtlichen Aktivitäten betraf, schlichtweg alles, aber auch wirklich alles, im Bereich des Möglichen.

Man traf sich nach einer solchen nicht mehr nachvollziehbaren Nacht oft mit irgendwelchen Idioten, sogenannten Freunden, man wählte ein familiäres Lokal, in dem man sich sicher fühlte, man fragte diese Freunde ganz scheinheilig und hoffnungsfroh, etwas wirklich Gravierendes, Einschneidendes, Lebensveränderndes würde man doch auch im tiefsten Rausch nicht vergessen, oder?

Man lehnte sich dann in aller Seelenruhe zurück und wartete auf das unausweichliche Dementi, aber es kam nicht. Stattdessen packte jeder der Anwesenden jetzt seine beste Story aus, seinen Greatest Hit: Der eine fuhr im Rausch vierzig Kilometer weit an einen See, wo er später neben einer degenerierten Baggernixe aufwachte, von der er sich auch noch etwas einfing, der andere schwängerte mitleidslos seine minderjährige Affäre, der Dritte kostete zum ersten Mal Crack, oder war es Opium, kam danach jahrelang nicht mehr davon los, und noch ein anderer, das erzählten die ersten drei dann abwechselnd, geriet gleich anschließend an seinen Rausch in eine dissoziative Fuge und trat jetzt hin und wieder im Fernsehen auf, in der Hoffnung, dass ihm endlich jemand verriet, wer er eigentlich war, was aber keiner tat.

Daisy war da anders, dachte ich mir. Schließlich war sie, zumindest seitdem sich der Piepmatz zu Wort gemeldet hatte, die Frau an meiner Seite, so ordnete sie sich jedenfalls heute ein. Sie war um mein Wohlergehen besorgt, deshalb sprach sie jetzt auch die ganze Wahrheit, nichts als die Wahrheit, und sparte überhaupt nichts mehr aus. Anscheinend waren wir, wie schon so oft, zu mir nach Hause, hatten uns halbnackt, d.h. bis unter die Gürtellinie ausgezogen, noch etwas getrunken, hatten ein wenig getanzt, die Musik wurde irgendwann sehr laut, die Nachbarn beschwerten sich, should I get my gun?, hieß es von nebenan, aber sonst gab es keine besonderen Vorkommnisse.

Nein, geküsst hatten wir uns nicht, nein, miteinander, nein, das auch nicht, deshalb war Daisy auch jetzt noch enttäuscht, aber ich ließ – typisch für mich – immer noch nicht locker.

Und weiter?, fragte ich.

Nichts weiter, sagte sie.

Ich sei bloß mit einem Drink und ein wenig Stoff im Schlafzimmer verschwunden, hätte sie nicht teilhaben lassen an mir in dieser Nacht, wie in keiner Nacht, lieber schloss ich mich ein, während sie ihren Platz in dem anderen Zimmer fand, vor dem Fernseher, sich das rege Treiben auf der Mattscheibe reinzog, die ewige Verrenkung zwischen Mann und Frau. Das sind wir, Julian, du und ich, so legte sie es sich zurecht und legte dann Hand an.

Du bist ein Arschloch, sagte sie.

Ich nickte, denn wer legte so ein Verhalten an den Tag? Ich schaute an Daisy vorbei in den Spiegel, der einen, wie gesagt, getrost in die Karten gucken ließ, es gab Optionen zuhauf, man hatte die Qual der Wahl.

Und ich hatte gewählt. Ich war gestern auf einer unspektakulären Feier, hatte mich eine Zeit lang an einem Fremden ergötzt, was der einzig wahre Lichtblick meines Abends gewesen war, und mich dann, irgendwann, unten auf der Straße wiedergefunden. Und dann? Und dann nichts. Nichts weiter, das war es ja. Ich beobachtete mein Gesicht in dem Spiegel, es war aufgedunsen. Auf meiner Stirn, in kreidebleicher, weißer Schrift, stand tatsächlich Goat Cheese Salad.

Faust aufs Auge.

Und was machte so ein welker Salat, wenn er alle Freiheiten dieser Welt genoss, ihm jedes Menü im Handumdrehen aufgetischt werden konnte, durchlebte er dann etwa Sternstunden? Was trieb er?, was trieb ihn um?, was ging mit ihm ab? – anscheinend gar nichts. Denn mir war nichts passiert gestern. Und Daisy – die schon wieder Zeitung las, wen hatte man mit wem wann und wo gesehen – auch nicht. Auf einmal wusste ich, dass heute morgen war und morgen übermorgen und übermorgen gestern und gestern heute und überübermorgen.

Wir beide, Daisy und ich, würden jetzt austrinken, dann noch mehr trinken, dann getrennt nach Hause gehen, uns umziehen, schminken, uns dann wiedersehen und feiern, um zu vergessen, dann vergessen, um morgen wieder hier zu sitzen und weiterzuspielen. Ich roch an meinen Fingern, aber sie rochen bloß nach dem verrohten Fleisch des Burgers, nach den Resten, die der Dämon mir übrig gelassen hatte. Traurig, aber wahr.

Mir war also gestern nichts und wieder nichts zugestoßen, dem ranken Briten aber schon. Er war in dieser Nacht sogar noch knapp am Tode vorbeigeschrammt. Nach seiner gelungenen Performance auf dem Dach hatte er wohl noch die Lust verspürt, Fahrrad zu fahren, ob die Zigeunerin hinten drauf mitfuhr oder nicht, das wusste die Irin jetzt auch nicht mehr genau.

Wir saßen jedenfalls ein paar Tage später beim Italiener an der Ecke Thompson & Spring, tranken, und es stimmte alles, der laue Vorabend – es war kurz nach vier –, der kühle Rote, die schwüle Luft, das Glitzern der Straße, der frisch gepflückte, sauber polierte Apfel, alles war bombig. Thema war heute ausschließlich der ranke Brite, denn auch die Irin war ein Fan.

Jedenfalls war er mit dem Fahrrad runter zum Fluss gefahren, an den Hudson, vielleicht um dort nur ein wenig zu verschnaufen, runterzukommen nach so einem genialischen Auftritt oder, wenn die Zigeunerin tatsächlich noch mit von der Partie war, um das Bild auf der Bank vor der Brücke in dem Film von Woody Allen upzudaten.

Und dann?, fragte ich.

Warte, sagte sie.

Um kurz vor sechs Uhr morgens stand er bei ihr auf der Matte, klitschnass triefend, fuhr sie fort, war irgendwie im Fluss gelandet, eingeschlafen vielleicht, dann plötzlich unter Wasser aufgewacht – von dem Fahrrad und der etwaigen Begleitung keine Spur –, war irgendwie zurück ans Ufer und dann die zehn Blocks nichts wie hin zur Irin. Die ihm – sie war noch wach, konnte natürlich nicht schlafen – auch prompt die Tür aufmachte. Und zwar, weil sie so ein Verhalten zu jeder Zeit, Tag und Nacht, kommentarlos billigte, ohne blöde Fragen zu stellen. Das wusste er, das wussten alle – konnte doch jedem mal passieren – denn sie waren schließlich alle hier selber so, was auch immer das jetzt hieß.

Egal.

Die Anekdote machte dann einige Zeit die Runde, gab vielen zu denken, und nicht nur, wenn sie sich nach einem abermaligen Blackout fragten, was denn gestern passiert war und mit wem und wie lange, sondern auch weil sich alle wunderten, warum nicht sie den anderen zu denken gaben, obwohl sie das vielleicht auch gerne würden, und warum alles an ihm immer gleich ein Greatest Hit war. Und an ihnen nicht.

Ich selbst traf den ranken Briten ein paar Wochen später in einer der löchrigen Kneipen, die unsereiner unter der Woche frequentierte. Es gab live Sitarmusik, hochprozentige, rötlich leuchtende Drinks mit Schampushaube, an der Wand stand Thank you for not dancing, aber das war bloß irgend so eine wirre Regel der Stadtverwaltung, dass das da stehen musste, alle tanzten natürlich trotzdem.

Wir hatten uns zu dieser Zeit schon etwas besser kennengelernt, will nicht sagen, angefreundet, ganz bewusst nicht, aber doch ineinander eine gegenseitige sensible Ader entdeckt, mit der wir im noch so kurzen Gespräch dann auch kokettierten. Er machte mir also ein kleines Kompliment, schönes Halstuch z. B., worüber ich mich freute und ihn – im Gegenzug – zum gefühlt tausendsten Mal nach dem Erscheinungstermin seiner von vielen seit Langem heiß ersehnten LP – so nannte man das damals noch – fragte.

Wide awake in a dream sollte sie heißen, mit anderen Worten, Wachträume, das wäre vielleicht der etwas geradlinigere Titel im Deutschen.

Wir standen nebeneinander und tranken. Er trug – wie immer – Weiß. Die Jeans saß ihm eng am Arsch, womöglich spürte er meinen flüchtigen Blick.

Meine Hose, sagte er und sah mir tief in die Augen. Ich hielt die Luft an. Was?, fragte ich. Sie ist noch ein bisschen grün. Ich verstand nicht. Das sind die Algen, das ist der Fluss, sagte er. Grün war ich damals von Kopf bis Fuß. Ich atmete aus. Was war eigentlich damals?, hörte ich mich fragen, denn obwohl ich mir die Geschichte schon öfters hatte erzählen lassen, stand ich jetzt an der Quelle und wollte das Original, die definitive Liveshow. Plitsch-platsch, sagte er nur. Ich verstand nicht. Splish-splash, übersetzte er. That's the name of the game. Ich blickte immer noch nicht ganz durch. So heißt das Spiel, sagte er. Alles klar, ranker Brite, dir geht wohl gerade dein Drink aus, dachte ich mir, du musst weiter, wer weiß wohin pirschen, wer weiß mit wem planschen, das ist dein Spiel. Ich nickte zum Abschied, aber er hatte bei mir wahrhaft einen Nerv getroffen, denn obwohl die Drinks hier stark waren, waren sie nicht stark genug, ich war nicht dicht genug, um das alles erfolgreich zu verdrängen. Fakt war, ich kannte mein eigenes Spiel nicht, wie hieß es denn, gluck-gluck, oder was? Das Spiel, bei dem es darum geht, wer als Erstes so viel intus hat, dass er sich später an überhaupt nichts mehr erinnert. Aber dieses Spiel spielten heutzutage, und eigentlich schon immer, viel zu viele, das war mir nicht exklusiv, nicht individuell genug, das hatte mit meiner Person an sich, soweit ich wusste, unbarmherzig wenig zu tun. Fakt war, ich hatte kein Spiel. Spielte nicht einmal.

Zockte nicht.

Es war also höchste Zeit, damit anzufangen. Die Leute sollten sich das Maul zerreißen, mich schon von Weitem kommen sehen, auch wenn sie mich nicht kannten oder nicht gleich auf meinen Namen kamen – ich war ja schließlich noch kein gestandener Spieler, stand erst am Anfang meiner Karriere – sollten sie doch rätseln, sagen, das ist er doch, dieser Typ, an irgendetwas hatten sie mich erkannt, genau wie sie den ranken Briten an den Spuren erkannten, die der Fluss an seinem Hintern hinterlassen hatte. Diesen Briten, der uns – zuallererst der Irin und mir – die ganze Zeit seine

Art zu leben schmackhaft machte, quasi aufoktroyierte. Diese blöde Fresse, die uns tagaus, tagein mit klugen Sprüchen malträtierte. Dieser Zocker, der immerzu und überall – und das in einer Stadt, die bekanntlich schon immer nur aus Zockern bestanden hat – seine Finger im Spiel hatte.

Der wollte ich sein.

Bevor ich jedoch ins große Spiel einsteigen bzw. meinen eigenen Lebenslauf pur spielerisch ausrichten konnte, musste geklärt werden, was für ein Typ das überhaupt war, der jetzt plötzlich losspielen wollte, was für ein Spiel das sein könnte, welches am besten zu ihm passen würde. Die Frage war, wie ich auftreten, wie genau ich mich vor den anderen ausleben würde und was gerade mich dabei so einzigartig machte und warum. Oder ob mir das alles doch eher widerstrebte, ich lieber ein ruhiges Leben wollte, wie Bargeld sang, a quiet life for me. Ich musste also zeitnah das ein oder andere höchst intensive, beinahe pathologische Selbstgespräch mit mir führen, mir selbst das Herz ausschütten, bitte nicht – aber dann passierte etwas.

Etwas, bei dem mir Hören und Sehen verging und ich mit einem Mal wusste, wer der oben genannte Typ war. Das ist jetzt vielleicht ein wenig vorgegriffen, aber egal.

Eine kurze Rekapitulation also:

Ich hatte gerade etwas am Laufen mit einer, die mich von Zeit zu Zeit schon mal von ihrer Suppe kosten ließ – ernsthaft, hier keine Metapher, kein übertragener Sinn –, von ihrer Thaisuppe, Kaltschale oder Laksa, mehr aber lief nicht.

Sie war sehr schön, trug ihr Haar kurz, was ich bekanntlich mochte, hatte es mir geradezu angetan.

Ich schleppte sie also eines schönen Abends mal in eine

der dunkelsten Spelunken, die ich kannte, und als sie nur so daherredete, mir gerade irgendwelche Fragen stellte, die ich gerade jetzt wirklich nicht imstande war zu beantworten, so sehr himmelte ich sie mittlerweile an, da küsste ich sie. Das kam ganz plötzlich, sie sollte mich lieber an meinen Taten festmachen als an meinen Worten, dachte ich mir vielleicht, als dass ich ihr den üblichen, tranigen Kladderadatsch auftischte, aber dieser Move ging gründlich in die Hose. Wenig später saßen wir dann im Taxi, der Moment, den es nie gegeben hatte, war vollends verpufft, ich wollte das zwar noch nicht wahrhaben, hatte es aber allem Anschein nach schon aufgegeben, das Nageln buchstäblich an den Nagel gehängt, da versuchte ich es trotzdem noch mal, willst du mit hoch?, fragte ich kleinlaut, heischend, aber sie lachte nur, und ich versuchte bloß noch, mir die grandiose Zukunft, die ich für uns vor Augen hatte, wieder auszureden.

Ich erinnerte mich noch genau an diesen Moment. Ich ging nach oben – wohnte damals im obersten Stock, gleich unterm Dach, den Geistern nahe –, nahm mir noch ein Getränk, legte mich ins Bett, drehte eine dringliche Popmusik voll auf, eine launische Frauenstimme, und fing an zu träumen, wollte das anfängliche Gefühl noch mal auskosten, diese Liebe, die es nie geben würde, mir noch mal reinziehen. Irgendwann wird es so weit sein, dachte ich mir in dieser Nacht. Die Gläser wären dann plötzlich nicht mehr nur halbvoll, sondern würden förmlich überschäumen, sodass man die ganze Zeit davon abtrinken müsste. Ganz unglücklich war ich damals bestimmt nicht. Halbwegs glücklich oder auf angenehm tragische Weise verdrossen, so lag ich da, beschäftigte mich tunlichst mit mir selbst. Irgendwann schlief ich dann wohl ein, immer noch verknallt, und wachte am nächsten Morgen – ohne nennenswerte Blessuren – auch wieder auf, immer noch verloren. Sie ging mir nämlich nicht aus dem Kopf. Das kann ja heiter werden, dachte ich mir.

Und dann?

Dann passierte etwas.

Was?

Ich trank von meinem Getränk. Der Apfel ließ mich nicht im Stich, sagte ich.

Tage später nämlich betrat bereits jemand anderes das Parkett, eine Neue, die plötzlich bei mir vor der Tür stand. Die Ereignisse überschlugen sich.

Und wenn man mal vorwegnimmt, dass es Liebe auf den ersten Blick war, wir das von Anfang an auch so ausstrahlten, dann versteht man vielleicht, warum der ranke Brite an jenem Abend im Continental so einen Narren an uns gefressen hat. Einer britischen Tageszeitung hatte er mal gesagt, dass er, der gefeierte Womanizer, sich eigentlich bloß verlieben wollte, ein Häuschen, ein paar Kinder, ein bisschen Geld mit seinen Platten verdienen, dazu eine schöne Frau.

Und vielleicht taten wir an jenem Abend so, als befänden wir uns tatsächlich auf dem Weg dahin, in die rauschende Idylle der atemlos einsamen Zweisamkeit, ich und die Neue, die Neue und ich, und der ranke Brite wollte Anschauungsunterricht. Oder er wollte der Neuen bloß an die Wäsche, das konnte natürlich auch sein. Später erfuhr ich dann, dass ihm kurz vorher zwei seiner Vorbilder vor der Nase weggestorben waren, und weil er seine ganze Persönlichkeit auf ihnen basiert hatte, wusste er noch Jahre später nicht genau, O-Ton, who the fuck I was.

Ich wusste jedenfalls an diesem Abend im Continental genau, wer ich war. Ich war ich, klar, aber anders als sonst, ließ ich doch mein stinknormales Gesellschafts-Ich, welches ich, wie bereits angedeutet, schon seit geraumer Zeit mit nur mäßigem Erfolg kultivierte, nicht heraushängen, das konnte ich nicht mehr, kam die ganze Zeit nicht aus dem Staunen heraus, hatte überhaupt keinen Bock mehr zu spielen. Denn ich hatte, so blöd das klingt, das erste Mal Zugang zu einem Ich, an das man vielleicht nur herankommt, wenn es einen wirklich erwischt hat, vielleicht ist das mein bestes Ich überhaupt, dachte ich mir auf Anhieb. Und alles machte plötzlich Spaß an diesem Abend, es fühlte sich alles besser an als alles andere.

Je zuvor.

Wir hatten den ganzen Tag im Bett verbracht, hatten getändelt. Am Boden standen unsere Drinks, die, wie bereits erwähnt, stets angenehm gekühlt blieben, wir fischten von Zeit zu Zeit danach. Ich liebe dich, sagte die Neue. Ich küsste sie. Wieder und wieder, wie ich es den ganzen Nachmittag lang getan hatte.

Ich liebte sie auch, davon ging ich aus. Gerade hielt ich ihren Kopf in meinen Händen, küsste sie auf ihre Lider, ihre Wangen, ihr Kinn, touchierte dabei mit den Fingerspitzen links und rechts ihre Schläfen, was an sich nichts Besonderes ist, aber dann fing sie plötzlich an, unsäglich zu murmeln.

Anfangs ganz zurückhaltend. Das ging los mit ein paar Fetzen Französisch, die ich nicht gleich verstand, oui, je t'aime, hauchte ich vorsichtshalber zurück. Sie hatte sich also Paris vorgestellt, dachte ich mir, sie und ich unterwegs auf dem Boulevard, geeiste Meeresfrüchte, den passenden Wein dazu, irgend so ein Szenario malte sie sich aus, machte dabei etwas mit den Fingern, was mir kurzfristig die Sinne schwinden ließ, was man in Paris nur so und nicht anders zu machen pflegte.

Die Stadt der Liebe, voll kitschig, war ja klar, aber dieser grenzenlose Überschwang, dieses Suhlen passte gerade ausgesprochen gut zu unserer losgelösten Situation, denn in Paris musste man halt wirklich etwas auffahren, No salad as a meal stand da überall, was so viel hieß wie, man konnte sich nicht einfach als Tourist irgendwo hinsetzen, Sodawasser bestellen und den ganzen Tag in seinem Salat herumstochern, das war verboten, hier wurde gegessen, getrunken, geschlemmt, das volle Programm.

Die Neue murmelte und murmelte weiter und ich plötzlich auch, sie erzählte mir einen Witz, den ich erst im Nachhinein verstand, und wir lachten beide seicht und sommerlich und holten dann kurz Luft, aber nur kurz.

Der geahnte Tenor ihrer Worte – das wahnwitzig Folgerichtige ihres Murmelns – hatte mich auf dumme Gedanken gebracht, ich küsste sie zwar immer noch, das nahm immer noch kein Ende und bald obsessive Züge an, aber ich hatte nun eine Variation drauf, küsste anders, und im Gegenzug verstand sie mich, machte mit, aber es entströmten ihr jetzt nicht etwa Laute der Freiheit, der Gleichheit, der Brüderlichkeit, sondern sie fing auf einmal an zu duften.

Ein Pinkel Rumcola. Ein Flatscher Sonnenmilch. Ein paar Tropfen Schweiß im Angesicht meiner Herzdame, die sich mit einer vollen Rumsonne und einem Viertel Colamilch den Tag versüßen wollte. Ich wusste nicht, in welcher Relation die verschiedenen Elemente zueinander standen oder welches überwog – war sie jetzt etwa schon volltrunken oder bloß ebenmäßig gebräunt? –, ich wusste nur eins, nämlich dass wir plötzlich am Strand waren, Atlantikküste, Bretagne, gegen vier Uhr nachmittags, wenn die Fischerboote andocken, das wollte ich jetzt so, dahin gehend knutschte ich sie. Und sie reagierte darauf auf ihre Weise, roch eben danach.

Mann, war ich gut.

Und sie erst.

Und obwohl ich noch gerne etwas in dieser schönen Bucht verweilt oder die Neue mit in die Dünen genommen hätte, ging alles erst mal in eine andere Richtung.

In welche?

Wir waren plötzlich wieder hier.

Und dann?

Dann war Pause.

Wir lagen immer noch im Bett, vielleicht noch ein wenig benommen von dem langen, aufgesexten französischen Strandtag. Eigentlich hatte ich es ja eilig, ließ mir aber nichts anmerken. Normalerweise, wenn es an der Zeit war, aufzustehen, auszugehen, sprang ich sofort aus den Federn und unter die Dusche, notfalls auch mit einem hastig gemixten, eisgekühlten Pick Me Up in der Klaue, um später dann Zeit zu sparen. Und damals nichts dergleichen. Ich blieb einfach neben ihr liegen, döste so dahin, gefällt's dir hier?, fragte ich sie, wollen wir noch ein bisschen liegen bleiben?, ich säuselte jetzt, raunte, meine Stimme brach, fantastisch, das funktionierte sonst nie so reibungslos, wollen wir noch ein wenig miteinander?, fragte ich, das können wir ruhig machen.

An dieser Stelle unterbrach sie mich, machte wiederum etwas mit der Hand, hatte mir die Spitze, das obere Glied ihres

Zeigefingers – wieder diese Pariser Finger – auf die Lippen gelegt, wollte jetzt bestimmt genau das, was ich auch wollte. Daraufhin fragte ich mich, ob ich überhaupt noch wollte, was ich sonst in so einer Situation gewollt hätte. Mich zeigen. Mit ihr, der Neuen. Aber vielleicht ließ man als Verliebter bestimmte Sachen einfach sausen, säuselte verstärkt, blieb abends zu Hause, raunte lieber, ging in die Tiefe. Oder vielleicht ging auch beides, erst noch mal hierbleiben, weitertändeln, dann erst aufspringen, zusammen unter die Dusche, alles noch viel schneller als sonst, und dann erst raus in die Nacht.

Aber diese Option stand auf einmal nicht mehr zur Wahl, denn die Neue stand plötzlich auf, nahm ihre Finger mit, und verschwand aus dem Schlafzimmer. Ich hörte sie im Bad, hörte das Wasser, die Dusche, hatte kurz vorher noch den Kühlschrank gehört, sie hatte die angebrochene, halb volle Pulle mit unter die Brause genommen. Es gab natürlich noch eine Extrapulle, die ich jetzt ebenfalls anbrach, der Korken platzte, und ich saß da, goss mir ein, wartete auf meine Damenwahl, dabei ein kurzes Umgucken im eigenen Umfeld, in der Wohnung, die mir schon länger nicht mehr richtig aufgefallen war, war sie in letzter Zeit doch zur bloßen Umkleidestation mutiert. Irgendetwas drängte mich zu einer Bestandsaufnahme:

Sitze also hier und warte, kann es gar nicht erwarten, dass sie endlich wieder bei mir ist, bin aber auch, um ehrlich zu sein, gerade sehr gern allein mit mir. Bin noch nackt, weil ich nach ihr dusche, aber meine Kluft für den Abend liegt schon bereit. Werde mich schminken, wenn sie damit fertig ist, ganz dezent nur, ein bisschen Silber um die Augen, das kommt gut zu dem schwarzen Anzug, den ich heute tragen werde, ich freue mich schon auf den Abend mit ihr, bin aber auch sehr zufrieden hier in der Tiefe des Raums. Ende der Bestandsaufnahme.

Und weiter.

Die ganze Wohnung duftete nach ihr, der Neuen, nach uns, nur in der Küche roch es noch nach dem garnelisierten Reis von gestern, was der schönen Stimmung jedoch keinen Abbruch tat, im Gegenteil, das verlieh der Situation eher etwas ganz Normales, etwas gar nicht Abgehobenes.

Inzwischen hatte ich mir ein Tuch aus Marokkoseide umgeworfen, nicht weil mir kalt war, draußen war Sommer, außerdem war ich jung, da ist einem nicht kalt, da wirft man sich noch Tücher um, jedenfalls gefiel mir das undurchsichtige Muster des Umhangs, genauso wie mir meine gegenwärtige Lage gefiel, wie ich auch mir selber hier in der Wohnung und der tüchernen Verpackung gefiel.

Das passte vielleicht zu mir, hier einfach zu sitzen, zu trinken, zu warten, so ein Typ war ich anscheinend, Sommer, Seide, Situation, der sich über so etwas freuen konnte.

Mir gegenüber hing eine Leinwand, darauf waren konzentrische Kreise gemalt, alle verschiedenfarbig, darauf kam dann, vielleicht an Warhol angelehnt, ein Siebdruck, ein Mensch, eine schattenhafte Figur, eine Ikone – wieder ein Brite. Er war ganz in Schwarz gedruckt, nur seine Schuhe, die waren rot. Und bestimmt gefielen ihm seine roten Turnschuhe genauso gut, wie mir mein Tuch gefiel. Und bestimmt war er ganz elementar bei sich, wie er da so stand, die Beine leger überkreuz, das Becken nach vorne raus, kokett offene Lippen, die Haare natürlich lang, we piss anywhere, man.

Und bestimmt hatte man ihn schon öfters gesehen in dieser Pose, ihn und seine roten Turnschuhe – obwohl diese in echt wahrscheinlich gar nicht rot waren –, trotzdem hatte man ihn sofort geknipst. Und hatte dann das Foto, sein Image, auf diese Leinwand, die schon farbig bekreist war, gedruckt und dann als letzten Schritt, als Final Touch, die Schuhe rot angepinselt, das würde auch ihm gefallen, gerade ihm, das wollte man vielleicht damit sagen, diese roten Schuhe, die sagen ihm zu, sagte man sich, zeichnen ihn aus.

Ich goss mir nach.

Und fragte mich dabei ganz ernsthaft, ob seidene Turnschuhe und/oder rote Marokkotücher nicht einfach das A und O waren. Und wusste plötzlich, was zu tun war, ich würde Annie anrufen, obwohl ich sie nur vom Hörensagen kannte, mir den folgenden Dialog mit ihr also bloß vorstellen konnte:

Hast du Zeit?,

fragte ich sie, die natürlich Zeit hatte.

Wo wollen wir's machen?,

fragte ich weiter, rhetorisch und voller Vorfreude, denn ich wusste bereits, wo ich mich – gerade in diesem Moment – inszenieren wollte, aber auch Annie hatte gleich ein paar ausgezeichnete Ideen parat. Wollte mal die Bar des alten Gramercy ausprobieren, da könnte man gleich am Tresen posieren, wo einem völlig deplatzierte, mürrische Inder die Cocktails nicht etwa rührten, sondern aus großen – aus der Kühlung hervorgezauberten – Plastikkanistern direkt in die Martinitrichter gossen. Oder wir könnten es gleich hinten im Taxi machen, zusammen die rosa getünchten Straßenschluchten herunterjagen und etwas aus den 30ern von Fitzgerald nachstellen, einen Moment, in dem man plötzlich wusste, so glücklich wie jetzt, so glücklich wirst du nie mehr sein.

Aber so weit war es noch nicht, ich hatte so einen Moment noch nie erlebt, wusste aber auf einmal genau, wo unser Zusammentreffen heute steigen sollte, musste, hängte also jetzt ein. Und brachte mich wieder in Pose – denn Annie würde bald anrücken mit ihrem Equipment und ihren Assistenten, um das Licht, die ganze Atmosphäre dieser blauen Stunde für mich einzufangen. Sie würde sich beeilen, denn ich hatte ihr am Telefon noch zugeflüstert, die Neue duscht, jetzt oder nie – und rührte mich dann gar nicht mehr.

Annie stellte gleich eine ganze Fotostrecke her, knipste mich in ihrer subtil zurückgenommenen Art, wie ich einfach dasaß, und wartete, als wäre alles ganz normal, aber nichts an diesem Tag war normal, nichts alltäglich, war ich doch innerlich total aufgeladen, musste mich zwingen, nicht zu springen, zu tanzen, mir Gehör zu verschaffen. Sitzen, warten, laden, das war ich, und genau das hielt Annie auch fest. Waiting on a lady, so würde die Strecke dann heißen, und darunter würde fein säuberlich das genaue Datum stehen, vielleicht auch die Uhrzeit – ein jäher Raubvogel hatte sich eben von dem Hong-Kong-Teil her bemerkbar gemacht –, es war an der Zeit, sich zu bewegen – und natürlich der genaue Ort, die Stadt.

The city.

Und später würden die Fotos dann irgendwo bei mir herumliegen, wären längst in irgendwelchen Plastiktüten verstaut, vergessen, verschmäht, weil die Zeit sich als unerbittlich erwiesen hatte. Die Sonne schien natürlich immer noch, stand stolz und schwarz und hoch am Himmel. Und irgendjemand, die nächste Generation vielleicht, würde auf mich zeigen, an der Wand, wie ich dasaß in meinem Tuch – genauso wie der Typ mir gegenüber in seinen roten Tretern dastand – und mich fragen, sind Sie das? Ich sah die Szene jetzt schon vor mir:

Wie jung Sie damals waren, sagt man mir. Ich aber bleibe stumm, sehe vor mir nur das verliebte Lächeln von damals. Wie schön Sie damals waren, sagt man mir, und diesmal reagiere ich, nicke, das lasse ich mir nicht entgehen, ja, damals, sage ich, nicht wahr? Aber dann meldet die nächste Generation plötzlich Zweifel an, vielleicht nicht an meinen greisen, heiseren Worten, aber an den Bildern selbst. An den Momentaufnahmen. Sind Sie das wirklich? Das kann doch gar nicht sein, dass Sie damals so und jetzt das? Die nächste Frage, bitte, sage ich. Wie Sie wollen. Wie wollen Sie sterben?, fragt man mich, das ist schon allerhand, aber ich raffe mich auf, schäume leider ein wenig vor dem Mund, habe meinen Speichelfluss nicht mehr unter Kontrolle, aber die Antwort sitzt, genau wie auch ich hier noch sitze, eingehüllt in das bunte Tuch, der Ikone gegenüber, ich werde nicht sterben, sage ich.

Wie bitte?, erwiderte jetzt Annie, sie packte gerade ihr Zeug zusammen, war fertig mit der Strecke, wohingegen meine gerade erst so richtig begann. Ich kehrte jetzt fein säuberlich zurück aus der Zukunft, in der ich von der Vergangenheit, also der heutigen Gegenwart, bloß wortkarg zu berichten gewusst hatte, und wiederholte Annie gegenüber jetzt, leicht abgewandelt, meine demente Weisung. Ich sterbe nicht, Annie, sagte ich ihr, right on, sagte sie, wollte mir damit anscheinend Mut zusprechen, aber den brauchte ich nicht. Trotzdem dankte ich ihr, dann warf ich die Tür hinter ihr und den anderen ins Schloss, just als die Neue, nackt und frisch gebadet und unvermeidlich duftend, aus meiner Kloake kam, sich im Zimmer umsah, schnupperte, und wusste, sie hatte etwas verpasst. Aber der Moment war vorbei. Und dann ging es weiter.

Alles beim Alten,
alles wie üblich,
ich atmete auf. War mit der Neuen im Continental, wir gingen gerade hinter die Bühne, runter in den Keller, in den Green Room. Die Treppe mutete an wie ein ungeleerter Ascher, der Boden moderte, es stampfte sich ungut auf dem feuchten, biergeilen Untergrund, der Atem stockte uns, die Luft stand in dichten Schwaden, Jungle Fever.

Natürlich war nicht alles nur Dreck, ich erspähte auf dem rutschigen Treppenabsatz auch die ein oder andere lose Paillette, entsann mich jetzt auch einer Bouteille französischer Brause – die man zu allem Überfluss nach ein paar Schlucken bereits auf den Stufen abgestellt hatte – und natürlich der roten Klebezunge an der verschmierten Gangwand, die im Apfel – wie auch heute noch – damals allgegenwärtig prangte.

Die hier Anwesenden meinten es ernst, ihnen gefiel der Dreck, denn hier fing alles an, schon ihre erlauchten Vorgänger waren hier unten mal zur Schule gegangen, hatten sich mehr oder weniger mit Ruhm bekleckert.

Ganz unten bewachten zwei große, dunkle Männer eine schwere Tür, auch sie meinten es ernst, spielten um ihr Leben gern. Wir, die Neue und ich, durften passieren, aber das war nichts Besonderes, ich war nichts Besonderes, im Gegenteil, denn irgendwann hatte man bestimmte Sachen drauf, irgendwann war der angelernte Gang, die Asche zwischen den Lippen, war das tüllgelbe Hemd, der schale Blick, der ganze Gestus so aufeinander abgestimmt, plötzlich war man selbst üblich, Teil des Ganzen, nicht mehr wegzudenken.

Hinter der schweren Tür waren dann auch alle versammelt. Ein schmutziges Fenster ließ den Blick auf einen winzigen Kellerhof zu. Und selbst die Kakerlaken, die sich sonst eher aufdrängten, verhielten sich – angesichts des Bevorstehenden – angemessen ruhig, tollten einem nicht um die blanken Knöchel, sondern spielten, leise feixend, Ameisenstraße. Ein ausgemusterter Papptisch, der matschige Leckereien anbot, führte in Versuchung, jedoch griff keiner zu, keiner wollte gefräßig erscheinen, außerdem war das Büfett noch nicht freigegeben. Auf diversen Sofas, denen man schon viel zu oft die Fäden gezogen hatte, tummelte sich dann auch die Prominenz, es gab straffe Bauchnabel zuhauf, laufmaschige Strümpfe, geriffelte Hüte, aufgetakelte Schals, wunderschön ebenmäßige Visagen, alle machten sie wortlos Konversation. Ein Rocker ließ das silbrige Brusthaar aufblitzen, eine tätowierte Schulter lud zum Kuscheln ein, der Verschluss eines engen roten Plastikstiefels wurde ständig befingert, eine Klampfe war stets lauthals dabei, ein manischer Totenkopf ließ auf mehr hoffen. Die Leute vergnügten sich mit einem regen Anekdotenaustausch, mit tollkühnen Geschichten der letzten Atlantiküberquerung, mit den Sorgen und Gedanken ausgemachter Nylonjünger. Gliedrige Roadies lümmelten sich wie abgeleckte Eiscremestiele, der Schlagzeuger schlug vorsichtshalber schon mal zu, erzeugte pointierte Luftlöcher, andere dösten, soffen, oder wachträumten.

Es war eine wunderbare Zeit, diese Vorzeit, eine Zeit

ohne Zeit, ein wasserloses Bad in wildem Jack, ein Schwebezustand, dem man sich immer wieder hingab, der dann vor Augen aller in einer Art expressionistischem Standbild festgehalten wurde, bis man plötzlich anfing, den eigenen Augen nicht mehr zu trauen.

Die Markenzeichen dieser ganzen Gruppierung – der man auf den Seiten der Regenbogenpresse schon unzählige Male begegnet war –, das laszive Gekicher der mitgebrachten Girls, das Befeuchten der trockenen, rissigen Lippen, das Geknutsche vom Band, die beschlagenen Gläser, die ersten und dritten Drinks, das Geklimper der Joujouka, das alles erschien mir, dem Betrachter, auf einmal irgendwie zu routiniert, die Leute waren noch nicht ganz da, die Moves wirkten aufgesetzt, seltsam leblos, es bedurfte eines disziplinierten Wake-Up Call, denn die Nacht fing gerade erst an.

Aber der Schein trog natürlich.

Mit anderen Worten: Ich irrte mich.

Niemand hier schien sonderlich aufgeregt, niemand ließ sich etwas anmerken, dabei waren alle bereits auf Sendung. Keiner wollte mehr warten, alle wollten nach oben, warteten auf das Kommando, wollten am besten gleich selbst explodieren, den Rahmen gehörig sprengen, denn am richtigen Ort war man bereits, jetzt ging es bloß noch darum, den richtigen Moment abzupassen, um alle Blicke permanent auf sich zu ziehen.

Bis dahin schlummerte die Irin, die natürlich auch da war, auf dem Schoß eines der Bandmitglieder. Sie hatte ein wenig zugenommen, was wohl hieß, dass sie derzeit wieder geregelte Mahlzeiten zu sich nahm. Nigel M. und der Maler Ed, zwei stadtbekannte Schakale, hatten sich als Einzige des Büfetts angenommen, mampften, hatten seit Tagen nichts gegessen. Daisy, die sich ebenfalls seit geraumer Zeit nichts mehr entgehen ließ, küsste Hope, die kleine Hoffnung, die überallhin immer nur Federn trug, tiefgehend auf den Mund, dann warf sie mir einen, mehr oder weniger, gekränkten Blick zu, beschielte die Neue. Aber keine Panik, sie würde ungefragt in ihrer Rolle bleiben, keinerlei Szene machen. Ich nickte jetzt dem ranken Briten zu, der heute ein langärmliges schwarzes Hemd ohne Kragen trug und sich gerade ein schiefes Kreuz aus dickem rotem Tesa in Nippelhöhe auf die linke Titte kleben ließ. Er schäkerte dabei mit der Visagistin, hey man, sagte er zu ihr, was wohl heißen sollte, na du, ich muss zwar jetzt gleich auf die Bühne, aber später, nach meinem Auftritt, könnten wir doch, du und ich etc.

Ich stellte ihm die Neue vor, wer ist das?, fragte er, ich bin die Neue, sagte sie, konnte das durchaus auch selbst. Der ranke Brite lachte laut auf, schob ihr dann auch ein hey man rüber, was jetzt plötzlich hieß, du Neue, wenn ich mich nicht irre, machst du auf mich einen ziemlich vagabundierenden Eindruck, wir könnten doch später, du und ich etc., woraufhin die Neue lachte, was mir aber egal war, denn sie und ich, wir liebten uns, was auch immer das hieß. Zudem entschuldigte sich der ranke Brite für seinen eher harmlosen Übergriff auch noch mit einem formvollendeten Kompliment, worüber ich mich natürlich freute, er fand jetzt schon ein zweites meiner Halstücher gut, na ja, wahrscheinlich fand er sie alle gut, und auch wenn nicht, würde er etwas anderes an mir gewinnbringend kommentieren, die Komplimente gingen ihm nämlich niemals aus.

Ich lachte also mit den beiden mit, dann lud uns der ranke

Brite ganz spontan zu sich ein, auf eine Feier ihm zu Ehren. Nach der Show, sagte er, ihr solltet unbedingt vorbeikommen, gleich auf der Bowery, du weißt, wo das ist, Pizzicato Five tritt auf, das Ganze spielt sich heute ausschließlich auf dem Dach ab, sagte er, zigeunermäßig, fügte er hinzu, liebäugelte jetzt, aber was er damit meinte, wusste ich ja. Und dann ging es los, es ging sogar fast zwei geschlagene Stunden lang los, dann stimmte der ranke Brite zu tosendem Applaus – und nachdem er minutenlang, Should we do one more, people, should we do one more etc. skandiert hatte – seine letzte Nummer an:

And I'm still high,
It's the constant kicks that keep me stoned,
It's not that I don't love her,
I just can't go home,

sang er jetzt, und plötzlich konnte ich nicht mehr länger an mich halten. Ich würde seine Einladung heute Abend nicht annehmen, das wusste ich in diesem Moment, nahm die Neue jetzt fest an der Hand und führte sie aus dem Laden. Alle glotzten uns beim Gehen an, obwohl dieser Moment dem Briten gehörte, oben auf der Bühne. Und obwohl ich wusste, dass ich mir das Glotzen der Leute bestimmt nur einbildete, hatte diese Einbildung eine solche Kraft, dass ich unzählige Augen, die gar nicht auf mich gerichtet waren, imstande war zu spüren. Vielmehr, auch das wusste ich, konnte ich mich in diesem Moment alles spüren machen, egal was, alles, was ich wollte. Ich war, wie man so schön sagt, ganz bei mir, angekommen, im Apfel auf einmal eine feste Größe, spielte in Topform.

Der ranke Brite sang uns noch nach, als wollte er uns nicht gehen lassen, I wanna go home, sang er, als wollte er mit uns mitgehen, kostete seine letzte Nummer so richtig aus, aber unglücklicherweise – mir kam natürlich damals nicht in den Sinn, dass das seine letzte Nummer überhaupt sein würde – drehte ich mich nicht mehr zu ihm um, sondern nahm die Hand der Neuen noch fester an mich, wir gingen und sonnten uns in der Sonne, die wir ausstrahlten, strahlten um die Wette, weil wir strahlen wollten, liebten uns noch in dieser Nacht und gingen dann tatsächlich den ganzen Sommer miteinander.

Monate später fand ich mich auf der Straße wieder. Die Neue hatte gerade mit mir Schluss gemacht, und zwar per Telefon. Und obwohl es kurz danach für mich natürlich schon wieder weiterging, brach damals vor dem sympathisch billigen Alkladen am Astor Place, den es heute nicht mehr gibt, den Laden wohlgemerkt, eine Welt zusammen.

Plötzlich war im Apfel etwas faul.

Ich hasste diese Stadt.

Ende Oktober,

Halloween,

alle trugen Masken.

Offensichtlich brannte es überall, dachte ich mir, aber ich wusste natürlich, seit September standen die Feuerwehrmänner hoch im Kurs. Ich stand also betroffen da, zitterte und schlürfte aus meiner braunen Papiertüte, und wartete auf die Irin, wir wollten rausfahren aufs Land, denn sie hatte sich längst aus der Stadt verabschiedet, führte nun ein anderes Leben, aber für so eine Rettungsaktion war sie sich noch nie zu schade gewesen, hatte sie mir doch schließlich schon mehrmals die ein oder andere Panikattacke ausgeredet. Wir würden essen und trinken und lachen und reden, und langsam würde das Leben oder das, welches ich gerade als dieses ansah, wieder zurückkehren, mir als Möglichkeit vorschweben, ein robustes Verdrängen also, ein Entzug auf irische Art stand mir bevor.

Schon im Auto ging es mir besser, wir kifften gemütlich, hörten den Bootleg der Brussels Affair, als die Irin einen Anruf erhielt. Sie konnte es nicht fassen, what?, schrie sie, what?, what?, dann kamen ihr eruptiv die Tränen, sie fuhr schlingernd rechts ran. Was ist?, fragte ich. Sie sagte seinen Namen, fing an zu faseln. Sie hat ihn verlassen, ein für alle Mal, wer?, fragte ich, seine Freundin, sie hat einen Neuen. Ich erinnerte mich vage an die Freundin, welche die Irin wohl meinte, aber hatte bis jetzt nicht gewusst, wie ernst es ihm war oder dass die beiden überhaupt richtig zusammen waren.

Und die andere auch, fuhr die Irin fort, die hatte er selbst verlassen, wollte sie dann aber zurück, und sie kam auch, aber nicht wirklich, weil sie, nur um es ihm heimzuzahlen, nach ein paar Tagen wieder ging, ihm den Finger zeigte. Die Irin redete weiterhin durcheinander, aber langsam dämmerte es mir. Er wusste nicht mehr, who the fuck he was, das hatte er uns damals preisgegeben. Damals war er gerade ebenfalls doppelt verlassen worden, aber diesmal kam er nicht darüber hinweg.

Der ranke Brite war tot, hatte sich an einer Stange in seinem Kleiderschrank erhängt, hatte auf dem Tisch vor dem Schrank in seiner aufgeräumten Wohnung noch eine Flasche Rotwein stehen lassen, dazu zwei Gläser, als hätte er noch jemanden erwartet. Er träumte nicht mehr, wachte auch nicht, hatte zwischendurch nicht aufgepasst, wir auch nicht.

Irgendwann kamen wir dann auf dem Land an, fingen

überstürzt an zu trinken, die Irin weinte, ich tröstete sie, so gut es ging. Mir war nicht mehr zum Weinen zumute, außerdem hatte ich den ranken Briten gar nicht so gut gekannt, jedenfalls versuchte ich mir das in jenem Moment einzureden, während die Irin auf dem Sofa lag und die ganze Nacht lang fluchte.

Frühmorgens brachte ich dann im Vollrausch ihre Tochter an einer Schnellstraße zum Schulbus. Sie tanzte unbekümmert am Straßenrand, während wir auf den Bus warteten, ungeachtet der vorbeizuckenden Autos. Ich hielt sie zurück, das ist lebensgefährlich, sagte ich ihr, aber da verstand sie mich nicht. Dann kam der Bus. Ich ging den Weg zurück, sah mich selbst vor mir, einen Menschen, der eine Schwelle überschritten hat, der vielleicht gerade in diesem Augenblick anfängt, vor sich selbst wegzurennen, vor seiner eigenen Vergangenheit, ab jetzt und für immer, eine flackernd morbide Szene, nur war das jetzt kein Film mehr, der mir da riss.

Hey man, dachte ich mir, denn eins war klar, es gab keine bessere Welt, das waren nur blöde Sprüche.

OSCHÄTZCHEN

für Jona

Es war Winter geworden in dieser trostlosesten aller Hauptstädte, und Oschätzchen saß im Kino und langweilte sich. Vorne ging es um einen eher unansehnlichen Typen, der wenig zurechtkam mit sich selbst und seinem Leben, obwohl er nach außen stets den Glücklichen mimte, in bestimmten Momenten wohl auch überzeugend, wie wenn er nach dem Kommen am Innenschenkel seiner Geliebten klebte, ihr den üblichen Scheiß erzählte, er werde seine Frau gleich nächste Woche schon verlassen, oder wenn er ebendieser Frau die obligatorischen Blumen danach mitbrachte, hallo Schatz, wie schön, dass wir uns haben, stell doch bitte schnell den Strauß ins Wasser, während ich mir den Ehering wieder anstreife.

Oschätzchen interessierte der Typ nicht, noch weniger die überaus nachvollziehbare Situation, in der er sich befand, dieses müde Etwas, in dem er lebte, noch fand er Gefallen an seinen angewelkten Frauen. Ihm blieben in diesem Moment drei Möglichkeiten, um den angebrochenen Abend noch halbwegs versöhnlich zu gestalten: Er könnte a) gehen und, auf dem Weg nach Hause, die Stadt und das Land dahinter, welches es fertigbrachte, eine so tumbe Kost im Dunkeln zu zeigen, gehörig verfluchen; oder b) in seinem Kinosessel dösen und versuchen, vielleicht auch nur ansatzweise, den Schlaf der letzten Wochen und Monate nachzuholen; oder c) noch ein Glas trinken, abschalten und sich dem wohltuenden Rost auf der Zunge hingeben.

Es war viel passiert in letzter Zeit, eigentlich sollte das erst mal genügen, aber Oschätzchen wusste natürlich, dass es ihm nicht genügte, nie genügen würde, er wollte mehr, musste weiter, denn ihm fehlte immer noch das zwingende Element seines Entwurfs.

Er war vor ein paar Monaten projektbedingt in die Hauptstadt gekommen, hatte Leute kennengelernt, neue Musik, sich nachts herumgetrieben, hatte gesoffen, auch tagsüber, Eindrücke gesammelt, und obwohl er insgeheim wusste, dass ihm der Film viel zu oft gerissen war, war es ihm doch gelungen, hoffte er jetzt, als er sich auf den Weg zur Kasse machte, in seinen Streifzügen durch die Stadt, in den Leuten, die er um sich scharte, eine Art Folgerichtigkeit zu entdecken, vielleicht sogar die Möglichkeit einer Zukunft. Trotzdem war er sich nicht sicher, ob diese Stadt ein Ort war, wo es überhaupt Platz für neue Träume gab, mitunter hinderte sie ihn am Träumen, die Leute waren ihm dann zu realistisch.

Oschätzchen wischte sich jetzt mit der Hand etwas von der Wange. Er hatte sich für den teuersten der drei Rotweine entschieden, nicht weil er immer nur teuer trank, maßlos war oder Preis irgendwie mit Qualität in Verbindung brachte, sondern bloß, weil die nette Bedienung ihm glaubwürdig versichert hatte, dass der andere besser war als der, den er gerade trank. Er lächelte der netten Bedienung zu, dann nahm er sein randvolles Glas, nippte daran. Oschätzchen fühlte sich einsam, wenn er an das sterile Hotelzimmer mit Laminat und Einbauküche dachte, in dem er gerade hauste, und freute sich jetzt, dass er c) gewählt hatte und noch ein bisschen hier draußen verweilen durfte, an der Kasse, mit der netten Bedienung, die sein Lächeln jetzt sogar erwiderte, um sich dann – etwas widerwillig, wie er meinte – den anderen Kunden zuzuwenden, die ihm die kleine Episode am Tresen natürlich nicht gönnten.

Zurück im Saal war es noch dunkler als vorher, so kam es Oschätzchen jedenfalls vor, als er nach seiner Reihe suchte, sich – ohne den Wein zu verschütten – setzte, einen Schluck nahm, der das Glas zur Hälfte leerte, und sich dann wenig erwartungsfroh zurücklehnte.

Oschätzchen trank zu viel, das kam in Schüben. Er könnte jetzt natürlich damit anfangen, sagen, hallo, ich heiße Oschätzchen, ich habe da womöglich ein kleines Problem, und danach die notwendigen zwölf Schritte ergreifen, um sich seiner vermeintlichen Sucht zu entledigen, aber damit würde er zweifellos vorgreifen, denn noch hatte er seinen Konsum weitgehend unter Kontrolle.

Ich habe ganz andere Probleme, sagte er sich, wenn er an die toten Nächte dachte, an denen er allein im Bett lag. Die Kissen waren kalt, die Decke ebenfalls, sie lag auf ihm wie ein zweites, unnötiges Gewicht, und unter sich spürte er die borstigen Fasern der schwedischen Billigmatratze. Wenn dann auch noch der kahle Mond hämisch durch die blanken Schiebefenster ins Zimmer schien, verstand Oschätzchen die Welt nicht mehr. Da lag also jemand, dem jetzt schon, wo er erst die Mitte seines Lebens anstrebte, nicht mehr allzu viel zu sich einfiel. Wer war das, der hier lag?, und was wollte der eigentlich?, was hatte der überhaupt vor?, dieser Parasit, der sich hier eingenistet hatte, dieser Besucher auf der Welt. Und wenn er mal darauf käme, was er denn wollte, von sich, von der Nummer, die er gewählt hatte, wo wäre das, was ihm da vorschwebte, wenn ihm überhaupt noch etwas vorschwebte, wenn er überhaupt noch dazu imstande war, sich mal etwas vorzustellen, was seiner Existenz zumindest einen temporären Sinn verleihen würde – hier kamen Oschätzchen programmgemäß kurz die Tränen –, wo wäre das dann auf die Schnelle überhaupt anzutreffen?

Solche Gedanken stimmten Oschätzchen immer ganz traurig, aber da er sich nicht schon wieder betäuben oder lauthals den Mond anheulen wollte, blieb ihm in solchen Situationen nichts anderes übrig, als zu warten, bis ihm, wenn der Morgen schon graute, endlich die Augen zufielen.

Er nahm jetzt noch einen Schluck Wein, das Glas war leer, aber zum Glück hatte er noch ein zweites erstanden, dann schaute er nach vorn, auf die Leinwand. Sein Blick war noch ganz verschwommen, aber im Gegensatz zu seiner eigenen Geschichte, die sich in den letzten Jahren immer mehr im Sand verlaufen hatte, ging es da vorne weiter.

Der Typ – wir erinnern uns: eher unansehnlich, mit zwei abgehalfterten Tanten auf einmal beschäftigt – stieg gerade Treppen. Das schaffte er gerade mal so. Oben angekommen, öffnete ihm eine Frau die Tür, eine junge Dame. Sie schien überrascht, ihn zu sehen, kam wohl gerade aus der Dusche, hatte nasse Haare, und ihre Nippel waren hart. Aber vielleicht waren die immer hart, das war durchaus möglich, vielleicht hatte das gar nichts mit dem blöden Typen zu tun. Oschätzchen wischte sich vorsichtshalber noch mal über die Augen. Die Junge war sehr schön und hatte es ihm sofort angetan. Aufmerksam schaute er jetzt zu, wie der Typ ihr nachstellte, sie anfangs sogar auf ihn einging, sich beschenken ließ, mit ihm blöd Geburtstag feierte, mit anderen Worten, diesen Sack mit ihrer schieren Präsenz ehrte.

Oschätzchen trank jetzt in koordinierten Schlucken sein zweites – und somit vorerst letztes – Glas, damit er nicht noch mal an den Tresen musste, um nichts wollte er auch nur eine Szene mit der Jungen verpassen. Als sie den Typen nun auf den Mund küsste, musste er kurz wegschauen, als sie ihn jedoch schon Minuten später (!) eiskalt abservierte – es liegt nicht an mir, es liegt an dir, hörte Oschätzchen sie noch sagen –, da hatte er seine Entscheidung bereits getroffen. Er würde in Aktion treten, das wusste er, als er weit nach Mitternacht das Kino verließ.

Trotzdem, und das war schade, erschien ihm jetzt diese Stadt, die er nicht mochte, diese Stadt, die ihm nichts gab, nichts nahm, diese Stadt, die nicht mal Stadt war, sondern bloß eine Ansammlung kleiner Dörfer – und diese, einzeln, für sich, nicht mal von erquickend betörendem Lokalkolorit –, sie erschien ihm jetzt keineswegs auf einmal verheißungsvoll oder voller Geheimnisse. Aber was hatte er auch erwartet? Früher, das hatte man ihm erzählt, und das hatte er in jungen Jahren sogar noch peripher miterlebt, hatte diese Stadt stets ihre Geschichte gelebt, war in guten wie in schlechten Zeiten der eigenen Linie gefolgt. Ehedem gab es Protagonisten, Diktatoren, die sich um die Oberherrschaft der einstigen Metropole stritten und dabei ihr Schicksal fest in der Hand hielten, es oft gnadenlos steuerten. Entglitt das Steuer dem einen, saß plötzlich ein anderer am Ruder, zuletzt gab es sogar zwei Kapitäne, die zwar in verschiedene Richtungen tendierten, aber durch diese Zweigleisigkeit wurde der ewig zerrissene Charakter der Stadt äußerst prägend untermauert.

Nun gab es diese Zerrissenheit nicht mehr, die Stadt war mit ihrer überstürzten Neuerfindung quasi untergegangen. Viele Zugereiste, kaum schillerndes Personal, Nebendarsteller, wenn überhaupt. Die Stadt hatte ihr Gesicht verloren. Natürlich sagten die üblichen Verdächtigen, die den niedrigen Mieten oder dem, was sich als Nacht oder Leben ausgab, frönten, hier gäre es an allen Ecken und Enden. Fakt aber war, dass die Stadt wieder einmal neu anfangen musste, wachsen, dass es Jahre, wenn nicht Jahrzehnte gären müsste, bis sich hier vielleicht wieder eine einheitlich dichte Atmosphäre auftun würde, die einen in ihren Bann zog und weitgehend betrunken machte.

Oschätzchen wollte nicht warten, trotzdem war er hier. Er sah sich besonders spätnachts gerne als jemanden, der wusste, wo der Hase sich verlief, der die Strömungen eines Ortes, die anderen Menschen verborgen blieben, genau orten und einschätzen konnte, sah sich als jemanden, dem – während für andere bereits der Abspann lief – mit einem schnellen Satz der Sprung auf die große Bühne gelingen würde, von der aus er der Stadt, aber in erster Linie sich selbst, einen Stempel aufdrücken würde. Das war kein Größenwahn, der sich hier etwas anmaßend zu Wort meldete, sondern der – wohl doch nicht ganz so zu empfehlende – Rotwein der netten Bedienung.

Sein Vater hatte Oschätzchen vor derart Rummelplatzfusel immer gewarnt. Man konnte ihn an der Schießbude, indem man die weißen Plastikröhrchen mit einer Kugel nach der anderen gekonnt zerfetzte, ruhig schießen, als Preis mitnehmen, um der Dame an seiner Seite zu imponieren, durfte ihn jedoch unter keinen Umständen jemals trinken.

Oschätzchen kam im Hotel an und stellte sich ans Fenster. Scheiße, dachte er sich, denn er rauchte nicht, war das hier doch der Moment für eine Zigarette. Vor ihm lag die Stadt, dämmerte vor sich hin, ohne zu wissen, dass er hier stand, plante, ausheckte. Er so kurz davor, das war ein Bild für die Ewigkeit. Ab morgen würde sich zeigen, ob er sich das alles nur einbildete oder tatsächlich das Zeug hatte, der Stadt etwas Unerwartetes, bis dato Verborgenes abzugewinnen. Er war wieder wer, dachte er sich beim Einschlafen, und obwohl sich seine genauen Wünsche noch eher unbedarft ausdrückten, eins war klar, er wollte rummeln gehen und zwar in Begleitung der Jungen, daran würde er alles setzen. Nur deshalb war er hier, das wusste er jetzt.

Am nächsten Tag stieg er schon früh aus dem Bett und suchte Klein auf. Die beiden kannten sich nur flüchtig aus dem Nachtleben, aber Oschätzchen wusste, dass Klein, der in einem eher undefinierten Metier tätig war, dieses Metier jedoch sozusagen erfunden hatte, mit anderen Worten, ein echter Vorreiter war, dass so einer bestimmt alles und jeden kannte. Oschätzchen hatte Klein noch nie im Büro besucht und war angenehm überrascht von den hellen Räumen ohne Schnörkel – hier ging es ums Geschäft – und Kleins entzückender Assistentin, auf die aber bestimmt jeder hereinfiel.

Es wird noch ein wenig dauern, sagte die Tippse, ein Neukunde, fügte sie hinzu, machte dabei eine entwaffnende Handbewegung. Kurz danach kam dann ein struppiger, unrasierter Kerl in einer Bomberjacke aus dem Büro nebenan, wurde anscheinend von Klein selbst noch an die Verbindungstür geführt, Kopf hoch, hörte Oschätzchen die leicht säuselnde, durchaus hypnotische Stimme des Chefs.

Er hatte davon gehört, dass die Leute oft nicht genau wussten, was sie von Klein wollten, wenn sie mit ihm einen Termin vereinbarten, dann aus allen Wolken fielen, wenn er ihnen unmissverständlich klarmachte, auf was sie sich da eingelassen hatten bzw. selbst eigentlich hinauswollten. Der Kerl, den die Tippse jetzt mit einem mütterlichen Lächeln aus der Tür bugsierte, schien dementsprechend verängstigt, aber Oschätzchen wusste schließlich nur allzu genau, weswegen er sich heute Morgen so zeitig aus den Federn gequält hatte, deshalb setzte er sich Klein auch ohne besondere Vorbehalte gegenüber.

Kenne ich, sagte Klein selbstgefällig, nachdem ihm Oschätzchen von seinem gestrigen Erlebnis mit der Jungen erzählt hatte. Und?, fragte Oschätzchen sorgfältig routiniert, denn er wollte vor Klein nicht als blutiger Novize auftreten. Trotzdem gelang es ihm nicht ganz, seine Neugierde zu verbergen. Klein schaute jetzt auf. Was das Finanzielle angeht, fing er an. Oschätzchen lächelte. Weil der, den ich eben hinauseskortiert habe, fuhr Klein fort, machte dabei eine abwertende Geste, entpuppte sich leider als zahlungsunfähig. Ich bin flüssig, sagte Oschätzchen ruhig, hatte sich wieder unter Kontrolle.

Und so wurde ein Treffen vereinbart. Klein wusste aus sicherer Quelle, dass sich die Junge, die natürlich auch auf der Bühne tätig war, in ein paar Tagen – nach ihrer Vorstellung – in einer der Theaterkantinen der Stadt, in denen sich das Gros des Schauspielvolks gewöhnlich tummelte, aufhalten würde. Klein selbst würde bei dem Treffen zugegen sein, Oschätzchen der Jungen vorstellen, dieser Service war selbstverständlich im Preis inbegriffen.

Noch eins, sagte Klein, als er Oschätzchen ebenfalls an die Tür brachte, schlagen Sie ihr ein Projekt vor. Oschätzchen nickte, mit Projekten kannte er sich bekanntlich aus, aber jetzt hatte er es plötzlich eilig, es war höchste Zeit, sich an die Arbeit zu machen. Er hatte sich in die Junge verguckt, das war irgendwie eindeutig, aber nun musste er sichergehen, dass er sich auf das Bild, welches er sich von ihr im Dunkeln gemacht hatte, auch verlassen konnte. Entpuppte sie sich, wie es Klein so schön formuliert hatte, als gravierend anders, würde ihn wohl auf Dauer nichts mehr in der Stadt halten, dann bliebe ihm nichts anderes mehr übrig, er müsste weiterziehen. Jedoch lobte Oschätzchen gern den Tag vor dem Abend, ließ deshalb die Schwermut gar nicht erst aufkommen, sondern stürzte sich voll und ganz in die Vorbereitungen für besagtes Treffen.

Ihr ein Projekt vorschlagen, das hatte Klein ihm nahegelegt, natürlich wusste Oschätzchen gleich, was er damit meinte. Die Junge war schließlich auf der Bühne bzw. vor der Kamera zu Hause, also galt es, ihr ein Projekt anzubieten, in dem sie ihr Talent gebührend zur Schau stellen könnte. Das war an sich kein Problem. Viel problematischer war jedoch, dass Oschätzchen auf unabsehbare Zeit selbst würde eine Rolle bedienen müssen. Nicht, dass er im Rollenspiel gänzlich unerprobt daherkam, im Gegenteil, aber Oschätzchen machte sich Sorgen, dass er nicht genug Zeit haben würde – das Treffen mit der Jungen war für kommenden Freitag angesetzt, heute war bereits Dienstag –, die eigene Rolle genügend einzustudieren, sodass sie dann vor ihr auch glaubwürdig rüberkam, schließlich kannte sie sich ja aus.

Den Rest des Morgens verbrachte Oschätzchen jedenfalls

damit, sich äußerlich in Form zu bringen. Er ließ sich von einer svelten Japanerin die Haare schneiden, die ihm erzählte, dass sie in einen Dänen verliebt war, den sie in New York beim Tangotanzen kennengelernt hatte. Gute Story, dachte sich Oschätzchen und sagte es ihr auch. Wenn schon verlieben, dann Hals über Kopf, dachte er, und wenn schon Hals über Kopf, dann stets mit einer guten, immer spannenden, sofort gefühlsgroßen Geschichte. So weiter grübelnd, verließ Oschätzchen den Salon.

Als männliche Hauptfigur musste er überzeugen, der Jungen, von Anfang an, wie man es im einschlägigen Spielerjargon auch nannte, etwas zum Spielen geben, aber ohne auch nur einmal geprobt zu haben, gleich mit einer brandneuen Figur, womöglich als durchgeknallter Tangotänzer, aufzutreten, das fand Oschätzchen eher unprofessionell, deshalb beschloss er kurzerhand, auf eine Rolle zurückzugreifen, die sich bereits seit einigen Spielzeiten in seinem Repertoire befand, nämlich auf die des Mannes, der auf die Erde fiel, näher, des Mannes, der von sehr weit her kam und bloß aus einem ganz bestimmten Grund hier aufschlug, aus Gründen einer Eroberung.

Die Rolle des Außerirdischen war Oschätzchen eindeutig auf den Leib geschrieben. Er war nie wirklich sesshaft gewesen und identifizierte sich mit dem ruhelosen Gebaren des Touristen, der an einen ganz bestimmten Ort kam, um etwas ganz Bestimmtes zu erkunden, die Liebe womöglich, um sich dann, wenn nötig, weil nicht erfolgreich, wieder klammheimlich aus dem Staub zu machen.

Später würde er sich die exakten Verhaltensweisen des gerade Angekommenen noch mal vor Augen halten, aber in diesem Moment, besonders wenn er schon mal unterwegs war, legte er sich noch ein enges schwarzes Jackett, dazu passende Jeans, zwei oder drei dezent gepunktete oder gestreifte Krawatten und spitze graue Lederstiefel zu, um die Rolle auf den Punkt genau zu gestalten.

Dann ging er nach Hause, machte ein paar Liegestütze, danach ein paar Kniebeugen. Die nächsten Tage saß er vornehmlich im Dampfbad, versuchte, so gut es ging, die heillos überflüssigen Gifte aus seinem Körper zu schwitzen. Nachmittags trank er grünen Tee und las in Die Schönen und Verdammten über ein Paar, das zwar wunderschön ist, aber halt verdammt. Abends badete er meist ausgiebig, machte sich eine Maske – es war alles eine Frage der Vorbereitung – und ging früh schlafen. Normalerweise hätte er die neuen Kleider noch eingetragen, aber dafür war ihm diesmal die Zeit zu kurz. Dreimal schlafen – nachts träumte er nie – und schon war es Freitag.

An diesem Tag aller Tage stand Oschätzchen nicht etwa schon früh auf, sondern schlief, solange er konnte, lümmelte danach auch weiterhin im Bett, damit er die kostbaren Stunden des fast sommerlichen Novembertages nicht noch mit etwas Trivialem überbrücken musste. Überpünktlich fand er sich dann auch in besagter Kantine ein, bestellte sich wie gewohnt einen Wein, wanderte ruhelos umher, der Raum war noch fast leer, aber hinten in einer Ecke saß Klein.

Ruhig Blut, sagte ihm dieser zur Begrüßung. Ich bin ganz ruhig, erwiderte Oschätzchen, woraufhin Klein lächelte, trink lieber noch einen, sagte er.

Normalerweise würde Oschätzchen sich so einen hochnäsigen Ton von Klein nicht gefallen lassen, aber der heutige

Abend war ja keinesfalls normal. Außerdem war, besonders nach seiner vorbildlichen Abstinenz, jetzt nichts gegen ein weiteres Viertel einzuwenden, Oschätzchen wurde nämlich plötzlich nervös. Und das war kein stinknormales Lampenfieber, wie es einem vielleicht beim Psychiater unterläuft, hoffentlich bin ich genügend vorbereitet, hoffentlich durchschaut der meinen Bullshit nicht, das hier war viel existenzieller.

Die Junge kam nämlich gerade in die Kantine, es gab sie also wirklich, und Oschätzchen schaute und schaute und wusste und wusste, ohne ihre Liebe wäre er verloren. So weit, so gut. Auch rein äußerlich gab es keine bemerkenswerte Abweichung von der jungen Frau, der er damals – rot benebelt – im Kino begegnet war. Klein stand sofort auf und ging auf sie zu. Sie begrüßte ihn mit einer festen Umarmung, wer weiß, woher dieser Klein schon wieder jeden kannte. Dann drehten sich beide zu ihm, wechselten ein paar Worte, und Oschätzchen wusste, das war sein Auftritt.

Junge, Oschätzchen, Oschätzchen, Junge, so stellte Klein die beiden einander vor, dabei nahm Oschätzchen die Hand der Jungen und schüttelte sie, dann setzten sich alle drei an einen der auf einmal viel bevölkerten Tische. Hallo, sagte Oschätzchen erst jetzt, woraufhin die Junge ihn anlächelte. Dann zündete sie sich eine Zigarette an, schien abzuwarten.

Kannst du lange warten, dachte sich Oschätzchen, aber seine gleichmäßige Miene verriet nichts von seinen Gedanken. Auch er lächelte jetzt, auch er zündete sich eine Zigarette an, fing an zu rauchen, obwohl er sonst nicht rauchte. aber aller Anfang war schwer, wohin sonst mit seinen Händen.

Er ließ seinen Blick jetzt unauffällig über ihr Antlitz streifen, ja, das war sie, auf jeden Fall. Sie war auf der Leinwand natürlich geschminkt gewesen, auch wenn sie gerade aus der Dusche kam, das machte man im Kino so, aber die Schminke hatte nicht etwa gewisse Makel verschleiert, um so den willfährigen Zuschauer in die Irre zu führen.

Die Junge saß hier abgeschminkt vor ihm, und leibte, und lebte. Sie war auch im echten Leben sehr, sehr schön. Und er kam sich plötzlich wie im Traum vor. Will noch jemand etwas?, fragte er, und nachdem er die Bestellungen aufgenommen hatte – sie wollte noch ein Bier –, die Drinks geholt und sich wieder gesetzt hatte – er blieb beim doppelten Rotwein, Klein trank eine Kalte Ente –, verstummte er wieder, lauschte den beiden, wie sie palaverten.

Klein wusste herrlich von ein paar eigentlich geheimen Theaterinterna zu berichten, aber Oschätzchen hörte nicht wirklich zu. Die Junge erwartete bestimmt seine ungeteilte Aufmerksamkeit, seinen merklichen Enthusiasmus. Wenn dem aber nicht gleich so war, würde das bei ihr erst mal für eine Irritation sorgen, und das gefiel Oschätzchen, mit anderen Worten, er würde nicht gleich mit wehenden Fahnen überlaufen, das verbat er sich. Obwohl er auf der Stelle seinen ganzen Charme auspacken, die Junge umgarnen wollte, versteckte er sich lieber hinter seinem Glas und wartete ab. Diese Strategie würde natürlich nur dann aufgehen, wenn er irgendwann im Laufe des Abends ins Spiel einstieg, ihr den Eindruck vermittelte, das Warten hätte sich gelohnt. Er müsste sich dann leidenschaftlich für etwas einsetzen, was ihr viel bedeutete, aus dem Nichts würde er loslegen, sich vielleicht leidlich gewieft darüber aufregen, dass es in diesem Land so wenige Geschichten gab, die jemand wie sie, kraft ihres Talents – hier würde er ihr zum ersten Mal an diesem Abend flüchtig in die Augen schauen –, zum Leben erwecken könnte.

Du nimmst mir die Worte aus dem Mund, würde sie ihm sagen. Und er würde – im Gegenzug – so tun, als hätte er davon gar nichts mitbekommen, während Klein leise schmunzeln würde, gerade ihm war Oschätzchens Taktik natürlich nicht entgangen. Am Ende wären die drei dann die letzten Gäste in der Kantine, Klein würde sie und ihn in seinen braunen Daimler einladen, kein Problem, schließlich müssen wir alle in dieselbe Richtung.

Oschätzchen saß hinten. Er war sich nicht sicher, ob er bei der Jungen auch den gewünschten Eindruck hinterlassen hatte, was wohl auch daran lag, dass es ihn bis über beide Ohren erwischt hatte. Sie musste dann als Erste aussteigen. Als Oschätzchen ebenfalls ausstieg, explizit, um der Jungen noch einmal näher zu kommen, außerdem, weil er sich neben Klein setzen wollte, um das Finanzielle zu regeln, lösten sich seine etwaigen Zweifel in Luft auf. Als er ihr nämlich die Hand reichte, schlug sie diese mit der Faust einfach weg.

Natürlich, dachte sich Oschätzchen. Natürlich wollte sie ihm nicht so förmlich die Hand schütteln, natürlich erwartete sie, nach so einem gelungenen ersten Treffen, einen Kuss auf die Wange oder wenigstens eine kurze Umarmung. Oder aber, und das erschien ihm durchaus plausibel, die Gefühle, die er bei ihr im Laufe des Abends ausgelöst hatte, waren ihr in diesem Moment zu viel, drohten sie zu übermannen, und deshalb brachte sie es nicht mal mehr fertig, sich richtig zu verabschieden. Natürlich, dachte er sich. Er war ihr also ganz offiziell unter die Haut gegangen.

Die Junge ging jetzt, drehte sich auch nicht mehr um, aber Oschätzchen hatte ihr längst versprochen, sich zu melden.

Wochen später rief er sie dann an. Bis dahin war er tagnächtlich damit beschäftigt gewesen, ebendieses Projekt zu entwickeln, welches er der Jungen anbieten würde, er hatte sich also schleunigst eine passende Rolle für sie ausdenken müssen, eine, die mit seinem Außerirdischen gut harmonieren würde. Die Junge hatte ihm in der Kantine erzählt, dass sie seit Jahren liiert war, was an sich kein Problem darstellte, und auch wenn sie nicht darauf angespielt hätte, dass sie nicht hundertprozentig glücklich war, wäre das kein Problem gewesen, denn wer war heutzutage schon glücklich?

Es ging in solchen Fällen bloß darum, dem Objekt der Begierde, der Jungen also, von den unzähligen Möglichkeiten, die sich ihr überall boten, gezielt die Möglichkeit Oschätzchen ans Herz zu legen. Andererseits war das bei einer Schauspielerin, wie es die Junge nun mal war, wohl vergleichsweise einfach, da dieses besondere Metier, wenn er Klein richtig verstanden hatte, daraus bestand, sich in andere, meist träumerische, teils auch abwegige Realitäten zu versetzen, sich diese im Detail auszumalen, um sie dann voll und ganz nachzuempfinden. Und die Rolle, die Oschätzchen nun für die Junge bereithielt, entsprach dann auch genau seinem gegenwärtigen Anliegen, es ging nämlich um eine Figur, die erst mal überhaupt nichts dagegen hätte, sich in einen Außerirdischen zu verlieben. Jetzt musste er nur noch darauf hoffen, dass sich die von ihm kreierte Fiktion mit der gelebten Realität gewinnbringend vermählte.

So ein Vorhaben diszipliniert vorzubereiten, das dauerte halt seine Zeit. Auch brauchte er einen Tapetenwechsel. Das

Leben im Hotel hatte seinen anonymen Charme verloren. Im Zuge des Übergangs in eine neue Phase seiner Existenz wollte Oschätzchen abends nicht mehr allein die leeren Wände anstarren und alles mit sich selbst ausmachen. Während er die nächsten Treffen mit der Jungen so inszenierte, dass sie, früher oder später, zum ultimativen Ziel führten, brauchte er einen Dramaturgen, der auf ihn achtete, damit sein jugendlicher Überschwang, im Eifer des Gefechts, nicht plötzlich Amok lief, denn eins sei noch mal hervorgehoben: Oschätzchen verzehrte sich nach der Jungen, er hatte große Angst, er könnte sich verbal oder sonst wie verzetteln, was natürlich mehr als gefährlich wäre, die Junge würde ihn durchschauen, das wäre das Ende, die Geschichte auf einmal nicht mehr glaubwürdig. Da könnte es natürlich von Vorteil sein, sich gelegentlich mit jemandem auszutauschen, der die Wirren des Rosenkriegs bereits durchlebt und deshalb stets eine passende Antwort auf Lager hatte.

Oschätzchen kündigte das Hotel und fuhr mit Sack und Pack zu einer Künstlerin, die er von früher kannte und um eine temporäre Unterkunft anhauen würde.

Die Fahrt im Taxi führte ihn in den anderen, den westlicheren Teil der Stadt. Hier hatte er als Kind und dann auch als Jugendlicher manchmal Zeit verbracht. Hatte sich hier, wenn er sich recht entsann, immerzu geborgen gefühlt, auch dann, wenn er als Teenager nachts mit Grünschnabel, Milchgesicht und Pausbacke unterwegs war. Er kam sich dann wie im Film vor. Das wusste er zwar erst jetzt, damals dachte er noch nicht in solchen Kategorien, aber dieses Gefühl, welches er heute so genau definieren konnte, äußerte sich ganz einfach darin, dass er die Augen nicht mehr zu bekam.

Überall gab es zu sehen, zu entdecken, überall rotzte ein unverkennbarer Rhythmus, schwadronierte eine lässige Melodie, die ihn wie ein stadteigener Soundtrack begleitete, die Atmosphäre war dicht und schlüssig, man konnte nichts falsch machen, jeder Schritt, jede Handlung hatte damals einen Sinn, es konnte einem nichts passieren, keiner kam einem zu nah, jedoch blieben einem die Menschen, denen man von Weitem begegnete, noch lange im Gedächtnis, tausendmal vergrößert, wie der Trinker, der eines Nachts vom Barhocker fiel, mit dem Kopf unten aufschlug.

Er hatte sich bestimmt wehgetan, stand aber gleich wieder auf, nicht etwa, um sich zu verbeugen, weil er wusste, dass die halbe Bar seine Einlage gesehen hatte, sondern bloß, weil er sich am Tresen gerade eben noch einen frischen Sturz bestellt hatte.

Zudem hätte es für ihn überhaupt keinen Grund gegeben, sich seiner Tat zu rühmen oder sich sonst irgendwie in Szene zu setzen. Das wäre auch unangenehm aufgefallen, denn alle Anwesenden waren schon so lange an dem Spiel, an ihrer Stadt beteiligt, hatten sie bleibend geprägt, geformt und waren so sehr ein Teil von ihr, dass schon lange keiner mehr aus der Rolle fiel, mit anderen Worten, alle spielten hier bis zum Umfallen perfekt, liefen kontinuierlich zur Höchstform auf. Lieferten den Neuankömmlingen hier ein allabendliches Vergnügen, inklusive des Sturzes nach hinten direkt vom Tresen aus.

Was für eine Stadt damals, dachte sich Oschätzchen, als ihn der Taxler plötzlich in seinen Gedanken störte. He, wir sind da, schrie er, hatte anscheinend keine Zeit für den Tagträumer hinten auf seiner Rückbank, wollte sein Geld, gönnte ihm den tiefsinnigen Moment nicht. Heute spielt keiner mehr mit, dachte sich Oschätzchen, darunter litt die Stadt. Er gab dem verdutzten Schreihals ein generöses Trinkgeld und stieg ohne jeglichen Kommentar aus.

Die Straße gab es noch, an die stolzen Bäume erinnerte er sich von früher, jedoch gab die ganze Szenerie nichts mehr her, der Funke sprang nicht über. Man müsste sich mit jemandem zusammentun, dachte sich Oschätzchen, gemeinsam den eigenen Film leben. Allein hatte er das lange genug praktiziert, aber jetzt spürte er etwas in sich, wollte mehr, musste weiter. Sehnte sich nach Mitspielern, um so die Geborgenheit wiederherzustellen.

Eine Zeit noch stand Oschätzchen vor dem Haus der Künstlerin, atmete die kühle, jugendfreie Luft ein, die Gerüche waren zumindest noch dieselben, und er freute sich plötzlich auf alles, was kommen würde.

Hättest ja ruhig vorher mal anrufen können, sagte die Künstlerin, als die beiden schon in ihrer Küche saßen und tranken, kommst hier rein, als hätte dich ein UFO ausgespuckt. Oschätzchen lachte, wenn du wüsstest, dachte er sich, aber sie wusste natürlich alles, erkannte ihn auf Anhieb.

Das nächste Treffen mit der Jungen ließ dann auch noch lange auf sich warten. Oschätzchen war bereits früher da und trank sich Mut an. Konnte er das überhaupt noch?, hatte er den Außerirdischen wirklich noch drauf?, fragte er sich, war er nicht total außer Übung, würde an jeglichem Text einfach vorbeireden, säße dann mit der Jungen da, und alles wäre nur noch schrecklich, peinlich, schlimm?

Er rief nach dem Kellner, zum Glück war sie zu spät, hatte angerufen, steckte im Stau, vielleicht war sie ebenfalls nervös und manövrierte deshalb nicht behände genug, versuchte er sich zu beruhigen, kippte jetzt aber lieber noch ein Glas angenehm gekühlten Rouge nach. Der Alkohol machte ihn draufgängerisch, und das gefiel ihm allemal besser als die Angewohnheit, einem einzigen Treffen mit einer einzigen Jungen so viel Wert beizumessen. Auch die plötzliche Indifferenz gefiel ihm, die einem Außerirdischen, der immerhin schon äußerst viel herumgekommen war, außerordentlich gut stand. Egal was gleich passierte, er war immer noch er, was auch immer das hieß, und würde, wenn sich der Abend als Flop erwies, einfach abzischen, hatte er doch zum Glück keinen nennenswerten Vertrag für weitere Vorstellungen.

Wie sich aber herausstellte, hätte er sich überhaupt keine Sorgen machen müssen. Die Junge tauchte ein paar Minuten später auf. Sie begrüßte ihn freundlich, aber bestimmt, wie es sich bei solch projektbezogenen Treffen anfangs gehörte, dann führte er sie in den hinteren Teil des Lokals an einen der Tische.

Trinkst du auch einen Wein?, fragte Oschätzchen, dachte, sie würde bestimmt einen Ingwertee bestellen oder ein stilles Wasser mit Zitrone, um den geschäftlichen Charakter des Treffens zu wahren, aber das tat sie nicht. Gerne, sagte sie, sehr gerne. Als der Wein kam, stießen die beiden an, schauten sich dabei, wie es sich gehörte, tief in die Augen, dann wollte Oschätzchen gleich loslegen, ihr von seiner Idee erzählen, der Rolle, die er ihr auf den Leib schreiben würde. Es geht mir dort um eine junge Frau, sagte er, die sich so langsam mit ihrem vierten Lebensjahrzehnt anfreundet, dabei irgendwann merkt, glücklich bin ich ja nicht gerade, könnte bestimmt glücklicher sein. Die Junge nickte, hörte ihm genau zu. Sie steckt in einer nichtssagenden Beziehung, fuhr er fort, und dabei geht es um die Frage, ob man mit Mitte dreißig, nach Herzschmerz, Langeweile und diversen Fehlgriffen, noch mal ganz von vorne anfangen kann, ohne dass einem die Vergangenheit die ganze Zeit im Kopf herumspukt.

Kein Problem, sagte die Junge auf einmal. Kann ich mir vorstellen, schob sie nach, durchaus, und bestellte sich dann mit einer unwiderstehlichen Handbewegung noch ein Glas und ihm gleich eins mit. Sie hatte Oschätzchen genau im richtigen Moment unterbrochen, drohte er doch gerade die Contenance zu verlieren. Er hatte sich auf die Frage, um die es ging, natürlich eine, mehr oder weniger, klipp und klare Antwort erhofft und hatte sich mental schon vorbereitet, ihr sanft, aber bestimmt zu widersprechen, wenn sie ihm mit den üblichen Plattitüden kam, das geht mir alles viel zu schnell, man muss doch erst mal über den Letzten hinwegkommen. Aber jetzt waren die Junge und er, völlig unerwartet, gleicher Meinung.

Meinst du wirklich?, fragte er etwas kleinlaut, als könnte er sein Glück noch gar nicht fassen. Ja, nickte sie, und das machte sie schön, wie sie jetzt auch kleinlaut war, leise sprach, schüchtern war, bühnenreif einen intimen Moment herstellte.

Was passiert denn mit der Frau in deinem Projekt?, fragte sie ihn. Und plötzlich war alles ganz einfach. Sie verliebt sich, sagte er ihr bedeutungsvoll, Hals über Kopf?, fragte sie, wie denn sonst, sagte er – von anfänglicher Nervosität war jetzt keine Spur mehr –, stimmt, lachte die Junge, natürlich, und ihr Lachen war ansteckend. Beide lachten und stopften sich auf einmal wie von Sinnen die kleinen Vorspeisen rein, die schon länger vor ihnen standen. Sie hatten sich vorher nicht getraut, davon zu essen, aber jetzt war der Bann gebrochen, man hatte Hunger. Wusste nicht, wohin mit den Händen, also aß man in sich hinein, versuchte es mit Manieren, aber das gelang nicht immer.

Und dann?, fragte die Junge, was macht sie?, was macht sie dann? Sie zweifelt, erwiderte Oschätzchen, und wieso?, kam die Antwort, weil jeder erst mal zweifeln würde, sagte er, weil sie vielleicht Angst hat. Aber sie ist doch verliebt, entgegnete die Junge, wurde plötzlich ganz ernst, und ihr Einwand leuchtete Oschätzchen natürlich auf der Stelle ein, in jeder anderen Situation wäre er nämlich derjenige gewesen, der mit so klugen Sprüchen aufwarten und den Blinden das Sehen beibringen würde, aber heute war es, als hätte ihm die Junge den ganzen Dialog geklaut, was an sich nicht weiter schlimm war, das hieß vielmehr, dass die beiden sich tatsächlich die Worte aus dem Mund nahmen.

Nur ärgerte sich Oschätzchen, dass er ihr nicht von Anfang an ein bisschen mehr Vertrauen entgegengebracht hatte, denn ihm wurde nun klar, dass sie schon wissen würde, was zu tun sei, wenn es wirklich mal darauf ankäme. Trotzdem hakte er noch mal nach. Was würdest du denn machen, wenn es dir mal passiert?, fragte er. Das weißt du, sagte sie daraufhin. Was Oschätzchen jetzt vollends überrumpelte, aber sie war noch nicht fertig, hatte noch nicht mal angefangen. Es geschehen lassen, sagte sie, was?, alles, sagte sie, was auch immer du willst. Oschätzchen lächelte, es hatte ihn erwischt, mehr denn je in diesem Moment, und sie lächelte mit ihm, es war ein ausgesprochen junges Lächeln.

Er entschuldigte sich jetzt und ging auf die Toilette, wollte im Spiegel gucken, ob er überhaupt noch als Außerirdischer durchging oder ob es nicht längst an der Zeit war, sich als Verliebter zu outen.

Fand dieses Gespräch wirklich so statt?, fragte ihn ein neugieriger Biograf, der zufällig neben ihm am Pissoir stand. Welches Gespräch?, antwortete Oschätzchen. Ja oder nein? Oschätzchen spuckte gezielt in die Rinne, natürlich nicht, sagte er, dann spülte er, sah kurz in den Spiegel – der Außerirdische zwinkerte ihm nach wie vor zu – und schlich zurück an den Tisch.

Natürlich ging das Treffen mit der Jungen nicht ganz so makellos vor sich, wie er es sich vielleicht hätte träumen lassen, aber es hatte durchaus seine Höhepunkte. Natürlich fütterten sie einander nicht die formvollendeten Bissen in den Mund, natürlich zeigte sie sich, was ihre Zugeständnisse ihm gegenüber anging, eher bedeckt, sagte ihm den letzten Satz, es geschehen lassen, alles, natürlich nicht so direkt ins Gesicht, trotzdem präsentierte sie sich als sehr aufgeschlossene, junge Frau, die seinen Worten weitgehend Glauben schenkte. Sie interessierte sich für seine bisherige Laufbahn als Außerirdischer und guckte mit ihm ziemlich tief ins Glas. Außerdem konnte sie die Rolle, die er sich für sie – und indirekt natürlich auch für sich – vorgestellt hatte, gut nachvollziehen, ein nächstes Treffen wurde gespielt beiläufig verabredet, und auf dem Weg aus dem Lokal, unterwegs zum Taxistand, durfte sich Oschätzchen sogar bei der Jungen einhängen, sodass sich ihm plötzlich drei folgenschwere Möglichkeiten eröffneten. Er könnte a) sie direkt auf den Mund küssen, wer nicht wagt, der nicht gewinnt; oder b) nichts tun, sich mit einer kurzen Umarmung verabschieden, schönen Abend noch, geschäftlich neutral; oder c) das tun, was Außerirdische tun. Und wieder war es c), für das er sich entschied.

Als Letztes warf er nämlich der Jungen noch einen faustdicken Blick zu – der vielleicht als Hommage an ihren Handschlag von damals gedacht war, den man jedoch auch so oder so auslegen, mit diesen oder jenen Worten untertiteln konnte.

Einerseits mit einem leicht vorwurfsvollen schade, dass der Abend jetzt schon vorüber ist, andererseits aber auch mit einem schön, dass wir miteinander ein Projekt eingehen, nur ist eine gewisse Intimität für die Arbeit unerlässlich, deshalb auch das forsche, das leicht verführerische meiner Augen, eine dritte Möglichkeit jedoch, diesen Blick zu interpretieren, gab es natürlich auch.

Danke dir, aber heute wird das mit uns nichts mehr, morgen übrigens auch nicht, ich muss weiter, zum Flughafen, habe mich geirrt, mein Flieger wartet, die Rakete, gleich morgen früh, also dann, auf wiedersehen, oder auch nicht.

Es war also gerade das Zwiespältige, nein, das Dreideutige an so einem Blick, was ihn – als Außerirdischen – so gefährlich machte, so reimte es sich Oschätzchen jedenfalls zusammen, als das Taxi bereits anfuhr. Er kam aus dem Nichts und konnte problemlos wieder dahin zurück. Das hatte er durchblicken lassen eben, das hatte die Junge bestimmt gemerkt, das waren Spiele, das wusste er, aber gerade wegen seines Blicks schaute sie ihm jetzt noch nach, und zwar so lange, bis sich das Taxi gänzlich in der sonst inhaltslosen Nacht verlor. Das heißt, er wusste nicht, ob sie tatsächlich schaute – er selbst schaute natürlich nicht, auch das hommagemäßig an ihre Rücksichtslosigkeit von damals gerichtet –, aber er ging davon aus, hatte er doch die herkömmlichen Paarungsregeln, wie sie auf der Erde gang und gäbe waren, genauestens befolgt, ein bisschen flirten also, um sich dann rar zu machen, mit anderen Worten, beliebt, und das gepaart mit dem grundlos abgrundtiefen Blick eines Außerirdischen. Sie schaute, ihre Augen bohrten sich förmlich in seinen Hinterkopf, er spürte das, sie schaute.

Blöd, dachte sich Oschätzchen, dass er nicht gleich volle Pulle, aber egal, alles in allem war es ein erfolgreicher Abend gewesen, immerhin ein handgreiflicher.

Trotzdem war die nächste Zeit für ihn nicht einfach. Er hangelte sich wie ein Anonymer Alkoholiker von Treffen zu Treffen, wochenlang. Obwohl es kein Problem gewesen wäre, sich eine Wohnung zu nehmen, hatte sich Oschätzchen bei seiner Künstlerin erst mal provisorisch eingerichtet, so ein Leben zwischen Tür und Angel passte nämlich allzu gut zu seinem Dasein als Mann vom anderen Stern. Sobald sich seine Beziehung mit der Jungen näher definierte, könnte er womöglich wieder der Alte sein, wer auch immer das war, könnte mit ihr in eine andere Stadt abdüsen, den gemeinsamen Neuanfang gebührend auskosten, so ungefähr hatte Oschätzchen ihre gemeinsame Zukunft jedenfalls vor Augen. Bis es so weit wäre, war es ihm jedoch eine große Hilfe, besonders nachts, wenn er von besagten Treffen nach Hause kam, nicht aus der Rolle fallen zu müssen bzw. mit der Künstlerin, die sich auch gern realitätsfern stilisierte, weiterspielen zu können. In diesen Momenten war er oft ganz zuversichtlich, es dauert nicht mehr lange, sagte er ihr dann, aber sie hatte ihn, von Anfang an, schon ganz richtig eingeschätzt, sein UFO parkte stets draußen vor der Tür, mitunter sogar im Halteverbot.

Er würde, sobald es ging, genauso wieder verschwinden, wie er aufgetaucht war, Nacht und Nebel, das sah ihm ähnlich, nur dann hoffentlich nicht mehr allein.

Mit oder ohne?, fragte er die Künstlerin. Es war mal wieder so weit, ein Treffen war arrangiert, und jetzt ging es nur noch darum, ob Oschätzchen eine Krawatte tragen sollte oder nicht. Ihm standen mehrere zur Auswahl – manche aus dem expansiven Fundus der Künstlerin –, aber zu dem weißen Hemd, zu dem sie ihm geraten hatte, darin leuchtest du, passten sie alle, und das sagte sie ihm auch. Sie hatte nichts gegen Außerirdische, im Gegenteil, vielmehr begrüßte sie es – sie, die London, Paris, Rom, New York über alles liebte –, wenn man ein bisschen kosmopolitisches Flair mitbrachte, ganz egal, aus welchem Kosmos man gerade kam. Und gerade heute sollte er, wenn es nach ihr ging, aus einer Welt kommen, wo der Look eines noch nicht ganz erwachsen gewordenen Schuljungen angesagt war, frech, aber bereits mit der ein oder anderen Kerbe, schick, aber mit erfahrungsgemäßem Tiefgang ausgestattet.

Sie fällt unter deinen Bann, sagte die Künstlerin noch, als Oschätzchen bereits angekleidet im Foyer stand, sie kann bald nicht mehr anders.

Nur leider hatte die Junge für derartige Sperenzien gerade heute nichts übrig, denn kurz danach saß er ihr betont weltoffen gegenüber, aber sie hatte keine Zeit.

Du bist anders, sagte sie dann, musterte ihn, wie, anders?, fragte er nach, denn er hoffte natürlich auf ein paar eindeutige Worte von ihr, auf ein Bekenntnis, welches aber bisher immer noch auf sich warten ließ. Anders als die anderen, sagte die Junge nachdenklich. Oschätzchen zupfte sich den weißen

Kragen zurecht. Was sie da sagte, das leuchtete ihm natürlich auf der Stelle ein, aber er konnte sich nicht sicher sein, ob sie ihre Worte auch so meinte, wie sie bei ihm ankamen – zaghaft, durch die Blume, ein erster Fühler – und fragen konnte er sie auch nicht, das wäre zu auffällig, offiziell ging es hier schließlich immer noch um ein Projekt.

Und hierin lag wohl auch das Problem, dass er einfach nie wusste, wovon sie überhaupt sprach, ob es ihr vielleicht sogar ausschließlich um besagtes Projekt ging. Oschätzchen sprach natürlich, wenn er sprach, die ganze Zeit, wenn auch zwischen den Zeilen, über sich und die Junge und den gemeinsamen Wahnsinn, der ihm gar nicht früh genug losgehen konnte, mit anderen Worten, sie sollte endlich mit ihrem Freund Schluss und sich mit ihm aus dem Staub machen. Um eine ähnliche Dreierkonstellation ging es gerade auch in Oschätzchens Projekt, das war der gegenwärtige Stand, was natürlich kein Zufall war, wobei sich die gesagten Worte der Jungen jedoch nie eindeutig zuordnen ließen. Was sage ich ihm?, fragte sie jetzt, wem?, fragte Oschätzchen, meinem Freund, kam die Antwort, das machst du schon, was denn?, fragte sie.

In dem Projekt, in dem sich die Figur der Jungen gerade in einen attraktiven, jungen Mann ohne Vergangenheit verguckte – geradezu dieselbe Figur, die Oschätzchen im echten Leben derzeit verkörperte –, betrat nämlich ihr Freund jetzt wieder die Bühne, der bisher nur unter ›ferner liefen‹ aufgetaucht war, sodass sich die gewünschte Annäherung der beiden Hauptakteure in aller Ruhe hatte vollziehen können. Du sagst ihm erst mal gar nichts, sagte Oschätzchen, werde ich ihn verlassen?, fragte die Junge, du spielst mit dem Gedanken, legte er nach, und warum?, fragte sie, fragte und fragte, wovon redest du überhaupt?, wollte er von ihr wissen, denn er wusste es schon wieder nicht. Sprach sie jetzt von ihrem tatsächlichen Freund, von dem sie in letzter Zeit komischerweise immer mal wieder sprach – das hatte sie früher nie gemacht – oder von ihrem Projektliebhaber, den es, wenn es nach Oschätzchen ging, niemals wirklich geben würde? Genau das fragte er sich die ganze Zeit, aber er wusste es einfach nicht, obwohl er doch anders war, anders als die anderen.

Die Junge, hingegen, wusste anscheinend genau, wovon sie die ganze Zeit sprach. Aber wenn sie ihn verlässt?, fragte sie, ja, sagte Oschätzchen, warum lässt sie sich dann gleich Hals über Kopf wieder mit einem Neuen ein?, fuhr sie fort, vielleicht will sie erst mal allein sein – nein, nicht doch –, vielleicht muss sie sich erst mal über alles bewusst werden, sich Gedanken machen, sagte sie, über was denn?, krächzte Oschätzchen, ich kann dir nicht folgen, über sich, kam es daraufhin von der Jungen. Du sagtest doch, sie hat ihr ganzes bisheriges Leben nur in festen Beziehungen verbracht, ja, sagte ich, sagte Oschätzchen jetzt.

Sie hatte ihm nämlich ein bisschen von ihrer Vergangenheit erzählt, und daraufhin hatte er sie ermutigt, etwas von sich selbst in die Rolle einzubringen, in der Hoffnung, sie würde sich darin wiedererkennen – und sich später dann natürlich auch an ihrem neuen Alter Ego zu orientieren, wenn es um die Trennung von ihrem alteingesessenen Freund ging –, aber jetzt läuft das ja alles von vornherein in die ganz falsche Richtung, dachte sich Oschätzchen, gerade als die Junge noch mal ausholte. Vielleicht will sie endlich mal nur für sich selbst verantwortlich sein, sagte sie, sich mal richtig austoben. Sie lachte, aber Oschätzchen fand das gar nicht lustig, und mehr denn je aus der Not heraus sagte er, leise flüsternd, aber sie verliebt sich doch, das ist der Grund, deshalb macht sie das, sie kann doch gar nicht anders.

Er lockerte den bunt gestreiften Strick, was blieb ihm anderes übrig, denn plötzlich fand er sich in der Defensive wieder. Dahin war die Nummer des coolen Schuljungen – der den anderen immer nur Streiche spielte, nie erwischt wurde, immer einen Schritt voraus, immer auf dem Weg nach oben, ein Schmetterling, wie ihn die Künstlerin nannte –, denn die Junge spielte anscheinend nicht mehr mit. Entweder hatte sie ihn von Anfang an durchschaut und zahlte ihm die ganze Sache jetzt auf ihre ganz spezielle Art heim, ging einfach nicht mehr auf ihn ein, oder sie war wirklich so gewissenhaft, was das Projekt anging, dass sie Oschätzchens andauernden Unterton die ganze Zeit lang schmählich überhört hatte.

Warum verliebt sie sich denn?, fragte sie ihn, wenn man sich neu verliebt, muss doch in der eigenen Beziehung irgendetwas nicht stimmen, nichts stimmt, alles ist los, dachte sich Oschätzchen, und überhaupt, sagte die Junge, man kann doch erst mal über alles reden, man muss doch nicht gleich. Sie ist einfach nichtssagend, sagte Oschätzchen, unterbrach sie, wer jetzt?, entgegnete die Junge, die Beziehung, konterte er, ihr Freund, bei den beiden ist die Luft raus, er ereiferte sich jetzt, aber die Junge war immer noch nicht zufrieden. Und warum?, fragte sie, was ist denn dran an diesem Mann, wie sagtest du noch?, diesem Außerirdischen?, genau, sagte er, dass sie nicht anders kann? Oschätzchen lächelte. Die Junge jetzt auch.

In solchen Momenten wollte er daran glauben, dass sie einander insgeheim verstanden, dieselbe Sprache benutzten, denselben Code, wollte glauben, dass sie nur ein bisschen mit ihm kokettierte, sich nicht gleich rumkriegen ließ, warum auch. Am liebsten hätte er ihr dann die Wahrheit gesagt, aber das ging natürlich nicht, genauso wenig, wie es ganz am Anfang möglich gewesen wäre. Er hätte schließlich damals schlecht auf sie zugehen können, sagen, du, hallo, vor ein paar Tagen war ich im Kino, habe mich redlich gelangweilt, aber dann waren plötzlich deine Nippel ganz zufällig hart, und ich war für so etwas in diesem Moment halt gerade empfänglich, fand dich auf der Stelle gleich unglaublich toll, und jetzt will ich dich, jetzt bin ich hinter dir her. Und er würde der Jungen auch jetzt nicht einfach beichten, dass es überhaupt kein Projekt gab und jedes bisherige Treffen für ihn wie ein Date mit seiner zukünftig Angetrauten gewesen war bzw. er die ganze Zeit nur darauf hoffte, dass sich endlich etwas ergeben würde zwischen ihnen, nein, unmöglich.

Jedenfalls verliefen die Treffen zwischen den beiden immer mehr nach dem gleichen eintönigen Muster. Sie trafen sich, tauschten sich projektbezogen aus, vielleicht gab es am Anfang noch ein Abtasten, eine gewisse Nervosität, aber diese legte sich meist schnell, und dann begegneten sie sich wie Kollegen, man lachte zusammen, man konnte zusammen auch mal einen heben, mehr aber auch nicht.

Wie gesagt, musste die Junge in letzter Zeit immer früher weg oder brachte von vornherein nur begrenzt Zeit mit. Oschätzchen wusste nicht, ob er das als gutes oder schlechtes Zeichen werten sollte. Sie hatte am Rande mal etwas von einer Eifersucht erzählt, die ihren Freund wohl gelegentlich heimsuchte, aber wer wäre nicht eifersüchtig, wenn sich die eigene Freundin wieder und wieder mit einem Außerirdischen traf, hatte sich Oschätzchen damals gedacht, aber ob besagte Eifersucht überhaupt begründet war oder nicht, stand in den Sternen.

Natürlich gab es hin und wieder auch Erfolgsmeldungen, wie wenn die Junge ihn zum Abschied ein paar Sekunden länger auf die Wange küsste oder ihm – natürlich aus Versehen, er schaukelte gerade auf den kippeligen Hinterbeinen seines Lokalstuhls – in den Schritt sah, aber vielleicht hatte er sich das ja auch nur eingebildet. Es war durchaus möglich, dass er sich überhaupt alles, inklusive der Möglichkeit eines baldigen Lebenswandels mit der Jungen, einfach nur einbildete. Dabei war gerade diese Zukunft mit ihr für ihn zu einer fixen Idee geworden.

Die Zeit kannst du dir nehmen, sagte die Künstlerin, das ist alles ganz legitim. In echt?, fragte Oschätzchen, und die Künstlerin bejahte, solange etwas dabei herauskommt, fügte sie hinzu. Und was ist mit ihr?, ereiferte sich Oschätzchen wieder, soll ich nicht lieber sie kommen lassen?, aber davon wollte die Künstlerin nichts hören, du musst kommen, sagte sie, sie kann nicht kommen, sie hat noch jemanden, und du nicht, du sitzt hier bei mir.

Sie lachte grollend. Es war Mitternacht vorbei und roch zunehmend nach Pinte. Oschätzchen öffnete die nächste Flasche Wein. Es ging gerade ums Telefonieren. Oschätzchen war bekanntlich Mitte dreißig, die Künstlerin ihm sogar eine Generation voraus, trotzdem verausgabten sich die beiden, sprachen ausgesprochen darüber, wer wen wann anrufen sollte, was für Regeln galten, über den geeigneten Abstand zwischen Telefonaten, tüftelten in Flüstertönen über neue, exotische Gesprächsthemen, die Oschätzchen das nächste Mal gekonnt einfließen lassen würde, oder einigten sich auf vorher zurechtgelegte humoristische Anekdoten. Dabei gingen sie fast wissenschaftlich vor, analysierten jedes Wort, legten es auf die Waage, hinterfragten jeden noch so beiläufigen Atemzug oder gar Wimpernschlag der Jungen, hofften auf zügige Fortschritte in dieser verzwickten Affäre.

Oschätzchen setzte die gegenwärtige Lage nämlich immer mehr zu. Morgens schlief er meist bis in die Puppen, um sich von den nächtlichen Strapazen zu erholen. Manchmal überraschte ihn das Telefon, die Junge hatte womöglich eine Nachricht hinterlassen, womöglich aber auch nicht. Nach dem Auftritt war vor dem Auftritt, sagte er sich, nach dem Treffen vor dem Treffen, und so war er stets auf Sendung. Nach einem erklecklichen Brunch, der aus viel Joghurt, Magnesium, um den Körper zu entgiften, geflockter Buttermilch und Mineralwasser bestand, badete Oschätzchen ausgiebig. Diese ganze Prozedur – Aufwachen, Brunchen, Baden – dauerte in der Regel an die zwei bis drei Stunden, sodass er den üppigen Salon der Künstlerin nicht vor siebzehn Uhr betrat. Der halbe Tag war vergangen, die Säuferlampen brannten lichterloh, aber nun setzte die Wartezeit ein. Rief sie nicht an, fiel Oschätzchen weiter und weiter in einen dieser Zustände, die man getrost nur als außerirdisch bezeichnen konnte. Zwischen den Treffen lag er auf dem Sofa oder der Gästepritsche, unrasiert, missmutig, eingehüllt in die Kleider vom Vortag. Am Boden standen leere Flaschen, und es häufte sich das Fastfood, auf das Oschätzchen abends umstieg. Ausgelaugt und ohne Hoffnung, sehnte er sich nach einem schnellen Kick, außerdem diente die fahle Pampe als notwendige Grundlage für die allnächtliche Entgleisung. Wenn er nicht schlief oder mit der Künstlerin den Absturz suchte, feilte er im Interim an seinem Projekt, welches bisher das einzige, wahre Verbindungsglied zwischen ihm und der Jungen darstellte, aber diese Arbeit ging nur schleppend voran. Und zwar nicht, weil er sich diese Liebe zwischen der Frau mit dem – hoffentlich – baldigen Neuanfang und dem Mann ohne Vergangenheit nicht bis ins kleinste Detail vorstellen konnte. Das konnte er, hatte er doch ihre Zukunft farbenfroh und in fettem Cinemascope vor Augen. Wenn sich jedoch seine Vorstellung nicht bald in der Realität widerspiegelte, hätte er keine andere Wahl mehr, müsste er, wäre er gezwungen, er wollte erst gar nicht daran denken.

An einem Projekt nämlich, dachte er sich, welches sich nur in seinem Kopf abspielte, war er nicht interessiert. An der Jungen war er interessiert, vielmehr, die Junge selbst war sein Projekt, ohne sie, aber das hatte er schon immer gewusst, hatte ihm diese Stadt nichts zu bieten, keine Geschichten, nichts zu holen, verlorene Liebesmüh. Womöglich hatte er die ganze Sache fehlerhaft konzipiert, sein Entwurf, die Idee an sich, diese arg konstruierte Beziehung, die es gar nicht gab, die ihn aber indirekt ans Ziel führen sollte, das alles war fragwürdig. Er war einfach ein mieser Protagonist, der nicht mal hier, auf der Studiobühne eines eher zweitklassigen Stadttheaters, etwas zu suchen hatte, ganz zu schweigen von den großen Häusern dieser Welt. Ans Tageslicht ging er schon lange nicht mehr, warum auch, wenn schon, dann würde er das Fenster als Ausgang benutzen, aber zu den Leiden des jungen Oschätzchens kam es dann doch nicht.

Das Telefon klingelte, und Oschätzchen startete seinen letzten Versuch. Er hatte die Junge vorher wissen lassen, dass er am heutigen Abend zu der und der Zeit da und da zugegen sein würde, dass sie natürlich auch da sein würde, das wusste er schon vorher, das hatte er via Klein eruiert, jedenfalls rief sie ihn daraufhin zurück, schön, sagte sie, schön, nur dieses eine Wort, und dann gab es da plötzlich nichts mehr zu interpretieren. Die Junge freute sich, Oschätzchen was back, und auch die Künstlerin reckte beim Erhalt der paar Buchstaben den Daumen gen Pintenhimmel.

Das eigentliche Treffen fand dann in demselben Theater statt, wo vor so vielen Monaten alles angefangen hatte. Es fiel Oschätzchen jetzt immer schwerer, in die Rolle des Außerirdischen zu schlüpfen, selbst fünfzehn Minuten intensives Spiel verlangten ihm bereits enorm viel ab. Deshalb hatte er bei der Künstlerin noch schnell eine Tüte geraucht, außerdem eine Flasche Crémant – der kleine Bruder des Champagners – geköpft und nuckelte auch jetzt an einem kleinen Bier, welches man ihm im Theaterfoyer wortlos in die Hand gedrückt hatte. Diese Medizin brauchte er, um sich in Stimmung zu bringen, die faule Repetition der Rolle während der letzten Wochen hatte ihn abgestumpft, er lief Gefahr, aufzufliegen, alles zu verspielen, sein Spiel war schlampig, ohne Charme, er durfte jetzt nicht hysterisch werden, musste sich zusammenreißen, denn heute war Premiere, und zwar nicht nur hier im Theater – nur deshalb das Gratisbier –, sondern auch für die Junge und ihn, die beiden zeigten sich nämlich heute das erste Mal zusammen in der Öffentlichkeit, ohne dass es ausdrücklich um die Arbeit ging.

Deshalb würde er cool bleiben, auch wenn er keinen Bock

darauf hatte, dass sie hier die Hälfte der versammelten Fressen kannte, während die andere Hälfte ein ständiges Auge auf sie warf, es auf sie abgesehen hatte, er würde sich nicht anlegen, sich dieses erste Mal keinesfalls nehmen lassen. Später, viel später, als alles schon, aber das ist eine andere Geschichte, würde ihm die Junge sagen, damals, in dieser Nacht, habe ich mich in dich verliebt. Wann denn?, würde er fragen, als du mich so angeschaut hast, käme ihre Antwort. Anscheinend hatte seine gewissenhafte Vorbereitung ihre Wirkung getan, denn bestimmt sprach die Junge von jenem Blick, den nur Außerirdische eben mal so spontan aufblitzen lassen konnten.

Gleich danach war Oschätzchen mit der Jungen unterwegs im Auto, als ein brauner Daimler die beiden überholte und vor ihnen am Straßenrand hielt. Die Junge fuhr, ohne zu blinken, rechts ran, und Oschätzchen, der Kleins Schlitten erkannt hatte, stieg aus, um sich von ihm seine Glückwünsche abzuholen. Sag nicht, ich hätte dir nichts gesagt, sagte dieser jedoch hoffärtig, sag ich gar nicht, erwiderte Oschätzchen, der natürlich von nichts mehr abzubringen war. Was Klein mit dieser Warnung – immerhin ganz waghalsig auf offener Straße erteilt – bezwecken wollte, ob ihm bezüglich der Jungen neue Infos zugekommen waren, an denen Oschätzchen nun augenblicklich teilhaben musste, konnte in den Wirren des Moments nicht eindeutig geklärt werden. Auf jeden Fall ging es im Schnellverfahren weiter in die YES-Bar, wo die seit Wochen und Monaten heiß ersehnte Eindeutigkeit dann auch nicht mehr lange auf sich warten ließ.

Das ist mir noch nie passiert, sagte die Junge auf einmal, danke, erwiderte Oschätzchen leise. Die beiden saßen in der

Bar ganz hinten und unterhielten sich angeregt, während ihnen der Bartender schelmisch einen spanischen Wodka servierte. Was ist dir noch nie passiert?, wollte Oschätzchen auf der Stelle wissen, diese Intimität, hauchte die Junge, diese Intimität mit einem Projektleiter, eigentlich geht das ja gar nicht, warum geht das nicht?, kam automatisch sein Konter, woraufhin sie erst mal einen Schluck Wodka nahm. Weil ich nicht mit jemandem arbeiten kann, in den ich verliebt bin, hauchte sie dann ihren Satz zu Ende.

Auf den Schreck – sie hatte gleich auf Liebe gemacht – kippte sich Oschätzchen jetzt auch seinen Wodka rein, dann küsste er die Junge auf den Mund. Vielleicht war das ja gar kein Wodka, sondern die Barversion der spanischen Fliege, mutmaßte er dabei, jedenfalls hatte sich der Bartender mit dem Gesöff keinen Gefallen getan, denn mehr davon wurde nicht bestellt, nur noch geküsst, getanzt, einmal kurz vielleicht, geredet auch nicht mehr, und Denken, dachte sich Oschätzchen noch, war auf einmal tatsächlich undenkbar geworden.

Im Nu war es zwei Stunden später. Jeder schöne Abend muss auch mal ein Ende haben, sagte der Bartender, aber mit einem derart fatalistischen Spruch konnte Oschätzchen nur wenig anfangen. Draußen regnete es. Die beiden standen noch eine Weile unter den drei roten Neonbuchstaben, die den Namen der Bar in die Nacht der Nächte hinausschrien. Sie hätten sicherlich eine gute Werbung abgegeben für das Konzept der Bar, wie sie da gemeinsam vor ihr ausharrten, überall nass tropften und immer weiter küssten. Yes!

Oschätzchen platzierte sein Knie jetzt zwischen die Knie der Jungen, das ging eine Weile lang gut, aber anscheinend sollte der Bartender nun doch recht behalten. Ich gehe jetzt hier lang, sagte die Junge ganz unverblümt, und du da lang, wobei die beiden Richtungen, die sie ihm hier suggerierte, natürlich genau entgegengesetzt verliefen, mit anderen Worten, es machte keinen Sinn mehr, sie weiterhin zu beknien, der Abend hatte erst mal sein Ende.

Welcher Bartender untergräbt mit seinen blöden Sprüchen die Aussage des eigenen Ladens?, dachte sich Oschätzchen, als er die Junge zum Abschied ein letztes Mal auf die Lippen küsste. Scheißegal, dachte er sich, als er schon im Taxi saß, aufregen würde er sich bestimmt nicht, lieber seufzte er ein paarmal vorsichtig vor sich hin, kurbelte dann das Fenster herunter. Draußen waren es mindestens fünfundzwanzig Grad, wenn nicht gar fünfunddreißig, und das im Februar. Gerne hätte Oschätzchen jetzt eine geraucht, er wusste, das war ein Moment für eine Zigarette oder, besser, für eine Nahaufnahme des Protagonisten, der soeben den Höhepunkt des ersten Aktes erlebt hatte und natürlich den allerallerersten Kuss. Die Stadt hatte ihm tatsächlich eine Geschichte geliefert, er war zum Liebhaber geworden, und das stand ihm jetzt – bei genauerem Hinsehen – bestimmt ins Gesicht geschrieben.

Und?, fragte die Künstlerin, die immer noch wach war, was hast du getrieben?, mit der Jungen geknutscht, sagte Oschätzchen nicht ohne Stolz. Die Künstlerin öffnete zur Feier des Tages noch eine Flasche des großen Bruders, Oschätzchen durfte sich ein Glas aussuchen, einen mundgeblasenen Kelch, goss ein und stellte die Flasche dann neben die, die längst angebrochen auf dem Küchentisch stand.

Sie hat gesagt, ich soll auf mich aufpassen, sagte er nach ein paar nachdenklichen Schlucken, wieso das?, fragte die Künstlerin, weil ich besonders bin, sagte er, aber hat sie so etwas in der Art nicht schon mal gesagt?, fragte sie weiter, haderte vielleicht mit der leicht pathetischen Wortwahl der Jungen, aber Oschätzchen war auf einmal woanders. Diesmal war es bestimmt ein Kompliment, sagte er noch, dann wäre er am liebsten abgetaucht, hätte lieber den Abend und die Nacht noch mal Revue passieren lassen, denn er war da anscheinend ganz offiziell irgendwo reingerutscht, schließlich spielte sich das mit der Jungen nicht mehr bloß in seinem Kopf ab.

Nur leider ging das nicht, war er doch am kommenden Tag schon wieder mit ihr zum Arbeiten verabredet, von außen gesehen ganz klar ein Fehler in der Dramaturgie, man musste schließlich alles erst mal sacken lassen, jedoch hätte die gestrige Nacht auch niemand um nichts in der Welt vorhersehen können. In seinem Projekt ging es jedenfalls gerade darum, dass die Frau ohne Zweifel dem Mann mit Zukunft über den Weg läuft, es gibt eine verstohlene Tanzeinlage, und dann küssen sich die beiden zum allerallerersten Mal. Das Leben war ihm zuvorgekommen, dachte er sich, und schon am nächsten Tag musste er mit anderen, nicht weniger schwerwiegenden Gesprächsthemen aufwarten.

Er saß mit der Jungen im Lokal. Gleich sagen, sagte er ihr, aber sie antwortete nicht gleich, roch an einer Auster. Oschätzchen hatte erst nicht gewusst, ob man das überhaupt bringen konnte, gleich volle Pulle Austern, oder dann auf der Stelle verschrien wurde als jemand, der immer gleich Austern bestellt, aber Klein beruhigte ihn allmählich dahin gehend. Jedenfalls roch die Junge dann auch an der nächsten, aber die Austern waren frisch, rochen nicht. Reinen Tisch, sagte Oschätzchen, insistierte. Die Junge nickte. Sie wusste es ja. Trotzdem hörte sie nicht auf, an den verdammten Austern zu schnüffeln, schaute Oschätzchen nicht mal richtig an, als könnte sie das alles noch gar nicht fassen, als existierte er gar nicht, als wäre er von dem gestrigen Liebhaber wieder zu dem vorgestrigen Außerirdischen mutiert und sie von einer Frau, die neu anfängt, zu einer, die jeden Tag hier im Lokal sitzt, riecht, schlürft, trinkt, ein Glas Weißwein pro Auster – aus hygienischen Gründen –, aber nie etwas von sich hergibt, alles ganz routinemäßig, bevor sie dann zu gegebener Zeit zu ihrem Freund abrauscht.

Das hatte sie Oschätzchen vorher sogar gebeichtet, ich muss heute früher weg, nicht schon wieder, aber derjenige hatte etwas gekocht, da musste sie hin, alles andere wäre grausam. Und genau das störte Oschätzchen, das war heute nämlich seine Zeit, wollte er doch gerade jetzt mit der Jungen den hochexplosiven Nachhall der gestrigen Nacht genießen, aber für so etwas hatte sie vielleicht noch kein Gespür.

Weil du besonders bist, von wegen. Er war ganz normal, dachte er sich, als er nun etwas abrupt vom Tisch aufstand, um eine rauchen zu gehen. Er wollte nur das, was alle wollten. Aber vielleicht war es jetzt ja sie, die Schauspielerin, die auf einmal gänzlich unvorbereitet vor ihm stand.

Draußen schaute er nach links, dann nach rechts, horchte, schaute nach oben, dann nach unten, wo er die Zigarette, von der er noch gar keinen Zug genommen hatte, am Boden austrat.

Wenn es zu solchen Missverständnissen kam, dann trug die Stadt eine gehörige Mitschuld. Deren Straßen waren an diesem Abend nämlich wieder einmal wie leer gefegt. Keine Szenen, kein Geschrei, keine unerlaubt laute Musik, keine

Sirenen, kein Blaulicht, nichts, was darauf hindeutete, dass einem gerade etwas bevorstand. Pause. Vielleicht hatte die Stadt einfach keine Ahnung, was sich gerade zwischen zwei ihrer Insassen abspielte, wie auch. Dementsprechend konnte man auch nicht auf sie zählen, wenn es darum ging, einen Nährboden für deren Gefühle zu schaffen. Vielleicht konnte die Stadt diese ausufernde Liebe, die Oschätzchen zweifelsohne mit seiner Zukünftigen zu leben gedachte, überhaupt nicht nachvollziehen, geschweige denn, über eine längere Zeit hinweg tatkräftig aufrechterhalten. Oschätzchen wollte es nicht darauf ankommen lassen. Er brauchte die Stadt nicht.

Ich liebe dich, sagte er sich. Ich liebe dich, sagte er ein paarmal laut vor sich hin, und als er den richtigen Tonfall draufhatte, schaute er noch kurz in den sternhagelvollen Himmel. Und ging.

DIE FAHRT INS BLAUE

Jedenfalls war Frühling, und ich saß im Zug, rauschte mit einem Mädchen durch blond gebleichte Vororte, an denen die Zeit längst nicht spurlos vorbeigezogen war.

So stellte ich mir womöglich die Siebziger vor, das Abbiegen von der Hauptstraße, das Exil. Das Mädchen neben mir war sehr jung, vielleicht zweiundzwanzig – aber damals war keiner viel älter –, sie kam mir etwas unwirklich vor, und hatte Locken. Ich hatte mich gekämmt, meine Sachen gebügelt, trotzdem saß nicht alles perfekt, aber das machte nichts. Wir beide guckten uns die ganze Zeit an, ich trank eine Pfefferminzsoda nach der anderen, während das Mädchen lachte und manchmal aufstand, sich freute über sich und über mich und über ihr nach allen Seiten ausschlagendes Blumenkleid, welches sie nur für den heutigen Tag erstanden hatte und welches hervorragend zu ihren Locken passte.

Du sollst davon nicht so viel trinken, sagte sie, wer sagt das?, fragte ich, das soll man überhaupt nicht trinken, ich möchte gut riechen, nur spülen soll man damit, nicht schlucken, ich schlucke, was ich will, sagte ich, so ging unser Gespräch hin und her.

Ich trank weiter von dem Mundwasser, auch noch, als wir am Bahnhof ins Taxi stiegen. Wir fuhren ein bisschen, stiegen irgendwo aus, gingen ein paar Minuten zu Fuß und bogen dann tatsächlich von der Hauptstraße ab, kamen bald an ein großes, leicht verwittertes Herrenhaus. Der Vater der Locke wohnte hier, die Mutter hatte sich bereits Jahre zuvor verabschiedet, der Vater wohnte seitdem allein und malte viel, war Herausgeber einer Architekturzeitung oder schwul geworden oder sonstwas. Er bot uns Negronis an und fuhr mit uns eine Runde durch die Felder in seinem weißen Rolls. Danach aßen wir zu Hause im Stehen direkt aus dem Kühlschrank und tranken direkt aus der Flasche, und unweigerlich kam es zum Eklat.

Es gab Vorwürfe von allen Seiten, das heißt, in diesem Falle hielt ich mich, wie ich damals meinte, vornehm zurück, aber im Nachhinein war das keine gute Idee, denn mit der Zurückhaltung kam ein Schluck und dann noch ein Schluck Gin – den wir mittlerweile pur tranken –, und irgendwann lag ich dann in der Küche neben dem Vater am Boden.

Das Mädchen schluchzte, ihre Locken klebten ihr an der Wange, ich liebe dich, sagte sie zu mir, ich liebe dich, und ich, warum?, und sie, weil du so – hier unterbrach ich sie mit einem bombaysapphiregetränkten Kuss –, weil du genauso trinkst wie mein Vater, sagte sie noch, dann weinte sie schon wieder, aber das bekam ich nur noch am Rande mit, während sich am Boden neben mir auch erst mal gar nichts mehr regte.

Wie das Mädchen später erzählte, tanzte sie allein auf der Veranda in ihrer Lockenkluft und später auch noch nackt in den Unkrautsträuchern rund herum um das Haus und heulte vor sich hin. Kurz danach fuhr sie nach Mexiko rüber, weil es dort in großen Dosen billiges Valium gab. Und dann kam alles nur noch schlimmer.

Ohne Worte schlimmer?, fragte Linda, der ich das alles gerade erzählte, sie zog ungeduldig an ihrer Zigarette.

Wo trifft man so jemanden?, fragte sie mich, wen?, diese Locke, sagte sie, wenn ich unbedingt so jemanden treffen wollte, wüsste ich gar nicht, wo. Wo hast du sie denn getroffen? Ich dachte nach, und plötzlich wusste ich es wieder. Im Zirkus, auf dem Mond, in der Wüste?, fragte Linda, drohte, das Interesse zu verlieren. Nein, sagte ich. Im Zirkus bestimmt nicht, so viel war mir klar, ich hatte die Locke nämlich im Ellbogenzimmer kennengelernt. Oben an der Kreuzung, wo früher noch Kim's Video stand, gab es einen Laden, wo es mittwochs immer auf unerklärliche Weise abging, und da tauchte sie plötzlich auf, stellte sich als die Cousine der kleinen Hoffnung vor, war von Anfang an zunehmend offenherzig unterwegs, sagte ich jetzt, seitdem kenne ich sie halt, sagte ich, aber Linda war, wie bereits angedeutet, nicht wirklich an meiner Antwort interessiert, hätte ihre Frage lieber so stehen lassen, jedenfalls wendete sie sich jetzt an einen der anderen Gäste.

Ich kannte Linda erst seit ein paar Tagen, aber schon saß ich bei ihren Eltern, Bekannten und natürlich Freunden im Dachgeschoss eines verkommenen Uraltbaus.

Überall standen Gläser mit Eingemachtem, mit roter, grüner, merkwürdig schwarzer Paprika. Kriegsruine, dachte ich mir und wusste, hier war ich ganz woanders, hier war nichts mit weißem Rolls und dergleichen, hier wurde gesoffen, bodenständig, Wodka statt Gin, und man hegte bestimmt auch sonst reichlich undurchsichtige lukullische Vorlieben.

Ich war geschäftlich hierher gereist, nach Sofia – das ist die Hauptstadt von Bulgarien –, und wohnte eigentlich im Sheraton, wo ich in der Lobby, ja, ich weiß, wie das klingt, aber so war es nicht, jedenfalls hatte ich sie in der Hotellobby getroffen, vor genau drei oder vier Tagen, seitdem sie und ihre Heimatstadt kennengelernt. Und lieben, dachte ich mir, sie, nicht die Stadt. So glaubte ich es zumindest zu wissen, aber vielleicht hatte ich mir das auch nur ausgedacht, stellte es mir jetzt halt so vor.

Vielleicht hatte ich in Sofia gar nicht geschäftlich zu tun, sondern war aus anderen Gründen hier, Gründen der Recherche, der Lebenslust, des Ostfiebers, der geistigen Umnachtung. Oder vielleicht war ich von Natur aus bloß Reisender, Tourist, war diesmal halt hier gelandet. Schwierig, immer alles zu vergessen. Aber wenn ich denn Tourist war, machte das Linda wohl zu einer Art glorifizierter Fremdenführerin. Ich schaute sie an, ich schaute mich um. Wie kam man an so einen Ort? Wo traf man auf solche Leute?

Eine ältere Dame, Betonung auf Dame, hatte uns vorhin die Tür geöffnet. Im Hausflur gab es die italienische Vogue, stapelweise, ein reicher Verwandter schickte sie monatlich, who knows. Die alte Mutter hatte sich gehalten, sich den Stil des Hochglanzvorbilds urbar gemacht, pflegte sich täglich mit einem dicken Stift und einer fast ungehörigen Portion Lebensfreude. Sie stieß einen Jubelschrei aus beim Erblicken Lindas, der gefolgt wurde von einem Kanon dieses Lindajubels aus der Tiefe des Raums. Ich selbst wurde spröde benickt, dann ignoriert, drückte mich gerade noch durch den Türrahmen, bevor die schwere Pforte wieder zuschlug. Ein kahler Mann erhob sich jetzt, schnoddrig attraktiv, mit Seidenschal. Er winkte Linda zu sich heran, reichte ihr die Hand, wollte sie auf seinen Schoß bugsieren, aber sie winkte gekonnt ab, küsste ihrem Vater lieber die faltige Stirn. Es schien, als hätte man sie sich schon länger ungeduldig herbeigesehnt zu diesem tagtäglichen Jour fixe. Meine Linda. Das war wieder der Vater. Mein Vater. Das war sie, die ihn jetzt wieder küsste, dann weiterging, um den Tisch wanderte, plauderte, es gab ausgiebig zu erzählen, aber Linda verharrte bei niemandem über die Zeit, es gab viele Stirnen, viele Wangen zu küssen, deshalb vermied sie auch kühn erneute Einladungen auf altbekannte Schöße, nur war niemand beleidigt deswegen. Das konnte sie einfach. Und das gefiel mir, wie sie das tat, gab jedem etwas mit, hielt den Verein problemlos zusammen, schmiss den Laden, und das gefiel mir vielleicht zu sehr, denn auf einmal bekam ich es mit dem Magen zu tun, wieder der Magen, der sich tagelang schon, wohl seitdem mir Linda über den Weg gelaufen war, übelst bemerkbar gemacht hatte.

Ich wusste so ein Gefühl – wenn es nun ein Gefühl war, nicht bloß Konsequenz eines übermäßigen Konsums – nicht zu deuten, kannte mich nicht aus. Ich fühlte mich jedoch an eine Textzeile eines der Lieblingslieder aus meiner frühen Jugend erinnert, ich weiß nicht, warum ich dich liebe, babe, aber ich liebe dich, so die, leider wenig brauchbare, Übersetzung aus dem Englischen, denn weder das lieblich Mäandernde des Liedes kam dadurch ausreichend zur Geltung noch das Gefühlschaos, welches hinter diesen Worten steckte, mit denen ich schon damals wenig hatte anfangen können.

So etwas kennst du nicht, dachte ich mir jetzt, bist schließlich bloß Tourist.

Linda stand nun am Kopf des Tisches, wo man ihr einen Teller angehäuft hatte, da saß dann auch ein strubbeliger Typ, der auffällig schultergepolstert daherkam, in einem weißen Anzug, der – das sah ich nicht, aber das wusste ich genau –

unten an den Schenkeln bestens auf einen halben Meter Hochwasser vorbereitet war. Er griente mich an, dieser Typ, während er Linda mit einer kläglich eleganten Handbewegung den leeren Stuhl anbot. Ich griente zurück. Irgendwoher konnte ich das, vernichtende Blicke zuwerfen, Blicke voll überheblicher Bedrohlichkeit, aus irgendeinem Grund hielt mein Tourist dem Grienen dieses Strubbelhaars stand. Mit dem es anscheinend etwas auf sich hatte, wovon ich natürlich nichts wissen konnte, aber Linda fing jetzt plötzlich an zu schreien.

Das kam aus dem Nichts. Alle bekamen ihr Fett ab, aber besonders ihr prospektiver Tischnachbar, den sie nun mit einer Handbewegung ihrerseits mehrmals des Tisches verwies, der sie mit fremder Zunge beschwor, aber wieso denn?, aber nicht doch, aber Linda, aber bitte, aber Linda ließ sich nicht mehr bitten, sondern nahm jetzt auf einmal meine Hand, zerrte mich aus dem Zimmer, den Gang entlang, ein paar Schritte nur, so groß war die Wohnung dann auch wieder nicht.

Wer war das?, fragte ich. Ein Buhler, sagte sie. Ich weiß nicht, was das soll, warum sie immer noch versuchen, ihn mir ans Herz zu legen, fuhr sie fort. Ich zuckte mit den Achseln. Das, was man herkömmlich Eifersucht nennt, ist den Touristen ja eher untypisch, da sie um kein Ende bangen, ständig weiterziehen, nichts wirklich besitzen wollen, vielleicht nur mal kurz gucken. Travel light, dachte ich mir.

Trotzdem beschlich mich in diesem Moment ein komisches, will nicht sagen, unangenehmes Gefühl. Wir befanden uns jetzt in einem anderen Raum, früher war das wohl ihr Kinderzimmer gewesen, überall klebten noch vergilbte Poster von Pop und Rock, damals malte man noch mit Fingerfarben, es gab ein rosa aufgebauschtes Bett, mit anderen Worten, man hatte es als junges Mädchen hier bestimmt gut aushalten können. Nur war hier keinesfalls alles beim Alten. Das Zimmer hatte man längst umfunktioniert. An den Wänden ragten Holzregale empor, Vorrichtungen zur vorschriftsmäßigen Lagerung des lokalen Rotweins, eines bestimmt äußerst edlen Tropfens aus dem Witoschagebirge, sinnierte ich, aber auf den Geschmack würde ich heute nicht mehr kommen, denn Linda hatte eine Flasche Wodka aus dem anderen Zimmer mitgehen lassen, die sie mir jetzt aufdrängte.

Wir saßen nebeneinander auf ihrem Bett, ein Schluck Wein hätte mir bestimmt besser getan, dachte ich mir, als magenschonendere Variante, aber andere Länder, andere Sitten, dachte ich weiter und nahm schnell zwei Portionen des durchsichtigen Klaren zu mir. Augenblicklich war ich benommen. Dann stand plötzlich eine Schranktür offen. Mementos, Schulhefte und dergleichen, dachte ich. Mädchenschrift, aber auf einmal kam Linda mir mit einem Fotoalbum entgegen.

Damals – weitab der Hauptstraße – hatte ich auch Familienfotos gezeigt bekommen, auf denen immerzu die Mutter fehlte, ungeschickt abgerissen, mal eben schnell, manchmal fehlte auch nur ihr Oberkörper, manchmal nur der Kopf. Dem Fotozeigen folgten damals – wie bereits erwähnt – ein Heulkonzert und eine weitere und dann noch eine weitere Flasche Gin. Aus diesem Grund zog sich mir jetzt bei dem Anblick des Albums auch der Magen zusammen, ich nahm mich unvorhergesehen zurück, mimte – und das wohl zum letzten Mal – den touristischen Beobachter, beflissen, stets aufnahmefähig, aber plötzlich mundtot, ausgesetzt auf dem

Bett seiner vielsagenden Führerin. Ich bemühte jene Rolle noch mal, obwohl sie mir, nach ein paar wenigen Spieltagen bereits, völlig abgelutscht vorkam, denn ich spürte, ich war kein Tourist. Irgendetwas in mir empfand ich als unvereinbar mit der bloßen Reaktion, irgendetwas in meiner innersten Natur widersprach dem unverhohlenen, fadenscheinigen Abwarten.

Was ist nur los mit dir?, fragte ich mich. Und dann blieb mir – diesem Touristen, der eigentlich keiner mehr war – sogar noch Zeit für eine schnelle Bestandsaufnahme. Wo bist du?, fragte ich weiter. So hatte es mir nämlich mein Shrink längst beigebracht, erst mal wo, dann mit wem, danach alle anderen äußeren Umstände, Befindlichkeiten und/oder Neurosen fein sortiert schildern. Dann abwägen oder auch nicht. Doppelpunkt.

Ich sitze also im ehemaligen Ostblock mit einer Frau, die jetzt unbedingt Fotos gucken will. Der Bauch schmerzt mir, vielleicht ist es das, vielleicht ist der Magen meine Schwachstelle, aber vielleicht rede ich mir das auch nur ein, damit ich mich darauf konzentrieren kann, als Ablenkung von allem anderen, den zitternden Lippen, den ziependen Händen, unheimlich, diese Symptome, und natürlich dieser Frau, Linda heißt sie, die gerade ihr Album aufschlägt, woraufhin jetzt noch etwas dazukommt, eine plötzliche Kurzatmigkeit, wie man sie nur aus dem Kino kennt oder der Liebe.

Weil das jedoch nicht auszuhalten ist, schalte ich jetzt urplötzlich um, hinterfrage gar nichts mehr, schlucke noch mal zwei gehörige Portionen des Klaren und berufe mich auf die simpel gestrickte Verhaltensweise des Touristen, die aus Verdrängung besteht, aus einem penetranten Nichtwahrhaben und natürlich aus bedingungsloser Vorsicht, man ist ja hier schließlich nicht zu Hause. Und?, gibt es da noch etwas hinzuzufügen? Nichts. Dann ist jetzt Ende? Ja, Ende der Bestandsaufnahme. Was haben Sie vor mit dem gesammelten Material? Ich werte es aus, denke darüber nach. Ganz genau, und jetzt? Weiter im Text. Ganz wie Sie meinen. Absatz.

Linda rückte jetzt noch näher an mich heran, ich traf ihn, ich war damals noch sehr jung, sagte sie, wie jung, das sage ich nicht, aber du siehst ja. Ich sah in dem Album nach. Vierzehn war sie, fünfzehn, höchstens, älter auf keinen Fall. Auf einem matten Schwarz-Weiß-Foto streckte sie irgendwem die Zunge heraus und lachte dabei. Das Lachen übertönte das Matte. Man hörte es förmlich, man schmeckte den zimtroten Kaugummi, so jung war Linda, so gar nicht matt. Neben ihr, auf dem nächsten Foto, dann der, dem sie die Zunge gezeigt hatte, ein bisschen älter als sie wirkte er, dennoch weitgehend unbeholfen, aber immerhin hatte er den Arm um sie gelegt, und auf der nächsten Aufnahme, einer großformatigen, welche nun den ganzen Rest der Albumseite einnahm, da küsste er schon ihre jungen Lippen, nur was weiter passiert war zwischen den beiden, das hatte keiner mehr dokumentiert.

Schade, ich war enttäuscht, denn im Prinzip hatte ich nichts gegen diese Fotos einzuwenden. Auch nichts gegen die abermalige Eifersucht, die bloß Anzeichen war von diesem fortgeschrittenen Etwas, welches nun wieder leicht säuerlich in mir gor, außerdem war das alles schon so lange her, da brauchte ich keine Angst mehr zu haben. Gerne hätte ich mit Linda noch ein wenig geplaudert, wie war es denn damals?, was habt ihr sonst noch so? – manchmal lag der Kick halt in den Details –, aber sie blätterte jetzt prompt um.

Auf den nächsten Seiten, da war sie schon etwas älter, eine ganze Fotostrecke, auf jedem der Bilder, von Anfang an, ein muskulöser Typ, wohl der Nächste, der es ihr angetan hatte, jedenfalls trug er eine knappe Badehose, ich fand, er protzte. Ich wollte weiterhin die Ruhe bewahren. Solange es nicht zum Eklat kam, wie damals, so lange war das Bett gemütlich genug, und Lindas Atem, während sie erzählte, roch so außerordentlich, sollte der Kerl ruhig protzen, ich bin hier mit ihr, und du spielst immer noch mit deiner Schaufel und deinem Wassereimer, dachte ich mir, aber die ersehnte Ruhe stellte sich nicht ein.

Ich schaute mir die Fotos noch mal genauer an, keine Frage, die Umarmungen von Linda und der prallen Hose waren inniger, die Küsse reifer, die Hände überall, ganz klar, irgendetwas war plötzlich anders. Ich war verliebt. Was? Ich war wie wahnsinnig, sagte sie. Bist du es immer noch?, fragte ich, als ahnte ich bereits, was sie sonst noch auf Lager hatte. Linda dachte kurz nach, entschied sich dann aber, die Frage zu ignorieren, erzählte einfach weiter, von feuchtem Sand nach Mitternacht, von braun gebranntem Salz auf der Haut, dann von etwas, was erst wehtat, dann nicht mehr weh, und wenn doch weh, dann nur gut weh, und dann kam noch etwas hinzu. Die Blumen.

Lindas Aussehen neben mir ließ jetzt plötzlich zu wünschen übrig. Zwischen ihren kurzen, männlich geschnittenen Fingernägeln lugte einer der Stängel hervor, die sie wie manisch in sich hinein rauchte, aber dieser war bereits völlig unbrauchbar, ein Tropfen Schweiß war Linda direkt von der Stirn getropft, hatte mitten ins Schwarze getroffen, und obwohl der Stängel schon nicht mehr glomm, zog sie immer noch daran, bis sie endlich merkte, dass da nichts mehr zu holen war, und dann blieb ihr nur noch eins, die abermalige Portion, der tiefe Zug an der glasklaren Pulle, und, nicht zu vergessen, die nächste Packung Reds, mit der sie sich wie eine Durchgeknallte auf die blanke Handfläche klopfte.

Bist du dicht?, meine Frage. Ich werde nicht dicht, ihre Antwort. Und dann erzählte sie mir von den Blumen. Ich selbst kaufte zu Hause auch mal Blumen, brachte sie einer Liebschaft als Mitbringsel mit oder hinterließ sie ihr einfach in einem schnörkellos dekorierten Hotelzimmer am anderen Ende der Welt, wo ich sie dann erwartungsgemäß auch antraf, aber Lindas Blumen, welche ihr die Hose feierlich in die Hände gedrückt hatte, waren anders.

Zitat Linda, ich blieb mit ihnen stehen, ganz lange am Strand, mit seinen Blumen, einer ganzen Umarmung voll, die stachligen Dornen taten ihr Bestes, überall an meinen Händen spross punktuell Blut, aber ich stand immer noch da, Zitat Ende.

Ich selbst konnte mit solchen Blumen, die einen am Strand festwurzelten, in diesem Moment genauso wenig anfangen wie mit Linda, die sich das alles gefallen ließ, einfach stehen blieb, mit nassroten Händen ausharrte, und dadurch irgendwelchen Allerweltsdingen eine neue, mir wenig verständliche, Bedeutung verlieh. Blumen, ja, aber das waren nicht mehr diejenigen, die ich beim Asiaten an der Ecke erstand, selbst in bunt flackernde Geschenkfolie, gesehen bei Kate's Paperie, einwickelte, um sie dann einer schön eingepackten Schnecke in einem schlichten, ganz in Teak gehaltenen Lokal als Aperitif zu servieren. Dieser unverbindliche Willkommensgruß meinerseits hatte sich auf einmal in Lindas allumgreifende Dornendinger verwandelt, die sie damals, nach einem hochschwangeren Kuss auf die wund geriebenen Lippen, auch erst mal nicht mehr aus den Händen nahm.

Und warum bist du einfach so stehen geblieben?, fragte ich sie. Ich versuche alles einmal, sagte sie mir, zweimal, wenn es mir gefällt. Und wenn nicht? Dann lasse ich es bleiben, sagte Linda, zog wieder an der Flasche und blätterte unverzüglich um. Und der Wahnsinn ging weiter. Seite für Seite. Mir war jeglicher Gedanke, anfangs vielleicht noch etwas einfältig gehegt, an eine bildlich festgehaltene Familienfeier abhanden gekommen, denn die Seiten des Albums machten allesamt keinerlei Zugeständnisse an die Familie mit großem F, sondern flirteten ganz woanders herum.

Vielleicht war es das ja, vielleicht waren die Eltern da draußen in ihrer paprikascharfen Kleinbürgerlichkeit nur deshalb so erpicht, ihre Tochter endlich an das buhlerische Hochwasser abzugeben, weil sie schlichtweg nicht mehr alle hatte, und ein verheirateter Wahnsinn, das war doch schon mal ein Anfang. Viel Glück, ihr lieben Eltern. Viel Glück, du ewiger Buhler. Denn, wie gesagt, der Wahnsinn ging weiter. Auf jeder neuen Seite kam ein neuer Mann.

Ich konnte einfach nicht anders, Zitat Linda, ich fühlte mich unendlich geborgen, Zitat Ende. Sie blätterte und blätterte. Da gab es den kräftigen Burschen im stolzen Matrosengewand. Linda griff jetzt zu einer weiteren Hundreds. Sie tolerierte kein Luftholen mehr. Da kam der Lulatsch mit passend langem Schlips, mit Nickel und Brille, der einen Lederbeutel unterm Arm trug, weißes Leder mit einer Schlinge, die an seiner Schulter hing. Auf einem der Fotos griff der Lange in seinen Beutel, auf dem nächsten steckte er Linda etwas zu, auf den folgenden schmiss sie sich etwas ein oder war schon viel zu gut drauf oder küsste ihren Arzt bereits auf seine äußerst expliziten Arztlippen. Ich kam plötzlich auf einen Gedanken.

Vielleicht war ich es ja, nicht Linda, dem schon vorher – bevor ich sie getroffen hatte – bei Tee und Gebäck in der Lobby des Sheraton ein paar Tassen zu Bruch gegangen waren, wenn nicht gleich der gesamte Schrank. Denn wer zog sich so etwas überhaupt rein? Einen harten Typ mit stahlschwarzem Lauf an der rechten Hüfte. Einen fettleibigen Kerl mit dickem Schlitten. Einen Widerling mit spitzem Zahnstocher. Eine junge Frau, anscheinend Studentin, dann gleich noch eine. Und immer weiter preschte Linda nach vorn. Ich saß mit ihr jetzt Knie an Knie, das Album hatte sie zur Hälfte auf mein Bein platziert, es bildete nun eine Brücke zwischen uns beiden, auf der sich unzählige Männer und auch ein paar Frauen eingefunden hatten, lauerten.

Ja, ich war es, bestimmt war ich es, der wahnsinnig war, aber das war wegen ihr, hatte sie mich doch schließlich und endlich dahin getrieben, denn jedes Mal, wenn sie mit mir an ihm oder ihr, je nachdem, auf der Brücke vorbeischritt, mit anderen Worten umblätterte, guckte sie für einen kurzen Moment lang neben mir genauso drein wie ihr früheres Ebenbild auf der jeweiligen Albumseite, ihr einstiges Konterfei auf der Blätterbrücke. Und ich schaute mir das alles auch noch an, ihre nun extrem beschleunigten Gesten, schaute, wie sich in ihrem jetzigen Gesicht die absurdesten Verrenkungen abspielten, gab mir sogar noch ihre rußgeschwärzte Stimme, von der ich anscheinend nicht genug bekommen konnte, erst recht nicht von dem, was sie sagte, und dann kam das Schlimmste.

Teil zwei der Bestandsaufnahme. Wie lange kennen Sie diese Person? Drei Tage, vielleicht vier. Wieso wissen Sie das nicht, waren Sie nicht immer bei Bewusstsein? Wer ist das schon? Ich, zumindest solange Sie hier bei mir auf der Couch liegen. Worauf wollen Sie eigentlich hinaus? Hat Sie jemand geknipst? Was, wer? Irgendwer, egal wer. Ich dachte nach, nein, oder vielleicht doch?, aber das würde ich doch niemals zulassen, dass mich jemand quasi bewusstlos, geistig total abwesend, auf irgendwelchen Schnappschüssen ablichtete. Gefühle hin oder her – mit diesen brachte ich mittlerweile nämlich definitiv meine anfängliche Magenverstimmung, die Schweißausbrüche, den ganzen irren Rest in Verbindung –, ich würde nicht in Lindas Album landen, der Sache auf der Stelle ein Ende machen, einen voreiligen Abgang hinlegen.

Nur vorher noch eins. Denn schon damals, als ich angefangen hatte zu erzählen, über mein kongeniales Abtauchen in die Siebziger, hatte Linda nicht wirklich zugehört. Sie interessierten meine Ausführungen nicht, jedoch an dem Dinner mit ihren Eltern, dem Hochwasser und den anderen wollte sie auch nicht teilnehmen, nein. Linda bereitete sich nämlich gerade vor, stand gedanklich noch im Off, während sie in sich ging, eigentlich ihre Ruhe wollte, sich das eigene Repertoire, die eigene Stimme, das, was gleich kommen würde, alles noch mal vergegenwärtigen. Da passten ihr meine Worte nicht, meine persönlichen Reminiszenzen, denn Linda wollte selbst auf die Bühne, und dahin ging sie dann ja auch, zerrte mich mit, setzte mich aufs Bett, füllte mich ab, tischte mir dann ihrerseits eine Story auf, und zwar die eigene, an der sie jetzt bereits geschlagene drei Stunden lang herumzimmerte. Ja, ich war eifersüchtig. Aber nicht auf ihre Männer, sondern auf sie und ihre Geschichte. Und da gab es noch ein Problem.

Ich wusste immer noch nicht, warum ich in Bulgarien gelandet war, geschweige denn, wo Sofia, im Ernstfall, auf der Karte zu orten wäre. Mein Kurzzeitgedächtnis war zudem außerordentlich schwammig, ich meinte mich an eine Loungedame zu erinnern, ich saß irgendwo am Flughafen, als sie meinte, es sei der Final Boarding Call. Fragen. Wo musste ich einsteigen? Wohin ging die Reise? Was verpasste ich, wenn ich nicht gleich einstieg, den vermeintlichen Ruf ignorierte? Ich wusste sonst nicht viel, aber eins war klar, mich gab es nicht mehr, das fiel mir ein in diesem Moment, ich war verschwunden. Zur Nebenfigur degradiert in Lindas großem Epos, hing ich mit schmalen Lippen an ihrer Titte, glaubte an sie und saugte – Got milk, Fragezeichen –, aber da kam keine Milch, ihre Nippel waren frostig, als hätte sie ein ambitionierter Fluffer noch schnell mit Eiswürfeln bearbeitet.

Sie würde nie jemanden an sich heranlassen, nicht wirklich, sie machte es sich selbst, sie machte das gut, es ging hier alles nur um sie, ich zählte überhaupt nicht. Trotzdem kannte sie mich anscheinend schlecht, noch schlechter als ich mich selbst. Ich war nämlich keinesfalls einer von denen, so wie sie sich das vielleicht vorstellte, den sie einfach so einkleben konnte in ihr Album, das war der New Yorker, dann umblättern, next please. Ich würde mich behaupten.

Und da machte es mir gar nichts, dass Lindas Geschichte so blendend recherchiert und mit ausufernder Verve erzählt war. Keine Frage, ihr bisheriges Leben würde eine unwiderstehlich geile Biografie hergeben, eine mit stark sexuellem

Unterton, sie hatte das Zeug zum Bestseller. Damit kriegte man die Leute nämlich immer, besonders die Männer. Dagegen taugte meine eigene Story wenig, außerdem lag sie schon viel zu lange zurück, in letzter Zeit war nicht mehr viel passiert, keine Frage, es musste etwas losgehen, und vielleicht war Linda da ja ein Anfang, vielleicht konnte und sollte man ihr deswegen auch dankbar sein, aber ich würde mir trotzdem ab jetzt nicht mehr das Wort verbieten lassen.

Ich würde dieser Dame, die hier bettlings neben mir saß, ganz unverblümt über das Mundwerk fahren, das entschied ich auf der Stelle. Und dann küsste ich sie. Direkt auf die Lippen. Mit sanft forschender Zunge. Sie roch immer noch gut, sie schmeckte auch, ich küsste sie noch mal. Mit so etwas bekam man sie nämlich immer, die Frauen. Als ich absetzte, war sie ganz neben sich, räusperte sich zwar, aber fand ihren Faden so schnell nicht wieder, ich jedoch nahm meinen nun endlich wieder auf, erzählte ihr meine anfängliche Geschichte erst mal zu Ende. Ausrufezeichen.

Nachdem es der Locke, man erinnert sich womöglich, lange wortlos schlimmer gegangen war, nach unzähligen Reisen über die Grenze nach Mexiko, kam sie irgendwann nachts zu sich nach Hause. Wir waren vorher noch auf einen Absacker in die Rote Bank, wo um diese Zeit gewöhnlich die Dealer im Klo ihr Unwesen trieben, hatten getrunken, sie ging kurz für nicht mehr ganz so kleine Mädchen, aber an diesem Abend durfte sie dann nicht mit zu mir hochkommen, ich musste morgens früh raus, ich weiß, das klingt blöd, aber diesmal war das keine Ausrede, musste ich doch tatsächlich aus irgendwelchen Gründen zum Flughafen. Sie war enttäuscht, ich eigentlich auch, aber wir würden uns ja bald wiedersehen, wieder und wieder zusammen anstoßen, wir hatten die Zeit der Welt, also gute Nacht.

Am nächsten Morgen schaffte ich es gerade noch zu JFK, nahm in der Lounge schnell ein Getränk zu mir, als mein Telefon klingelte. Ich wollte gerade abheben, als mir eine der Loungedamen in die Quere kam. Sir, it's your final boarding call. Ich nickte ihr schuldbewusst zu, dann nahm ich den Hörer ab. Es war die Locke. Where are you? Um diese Zeit trank sie gewöhnlich ihr erstes Bier, aber heute nicht, heute war sie zu Hause, aber nicht mehr lange, denn man würde sie nach Kalifornien verfrachten, man hatte interveniert, ihr aufgelauert – gestern, als sie frühmorgens nach Hause gekommen war, was sie sonst nie tat –, mit freundlicher Absicht natürlich, aber unter Vorspiegelung falscher Tatsachen.

Der Rest ist schnell erzählt. Seit über dreihundert Tagen oder noch länger ist die Locke schon nüchtern. Sie war gleich in Kalifornien geblieben und hatte den ebenfalls nüchternen Sohn eines Horrorfilm-Regisseurs geehelicht. Aber das wusste ich gerade jetzt, in diesem Zustand, in der Lounge natürlich noch nicht, ich stand einfach unter Schock, brauchte etwas Hartes, Kaltes, Brutales, und die blöde Loungedame stand immer noch da, mahnte mich ab mit dem dumpfen Grau ihres Rattenauges. Ich hielt meine Hand nun auf die Muschel, streifte der Locke vorsichtig über die schwitzige Stirn, dann wandte ich mich entschieden der Ratte zu, Frage, hast du nichts Besseres zu tun?

GRAF KOKS

Anderswo, im Gefängnis, irgendwo in Deutschland, aber ganz normal, keine Angst, kein Hochsicherheitstrakt, kein Stammheim.

Der Graf sitzt in seiner Zelle am Tisch, speist und trinkt. Der Tisch ist eingedeckt wie im piekfeinen Lokal. Es gibt Pfeffersteak, junge Kartoffeln und Salat, dazu genehmigt sich der Graf einen neuen Beaujolais, eiskalt, die halbe Flasche, es ist Mittagszeit.

Wenn man ihn sich so anschaut, bemerkt man zuallererst die geschliffenen Tischmanieren des Grafen, kein Fausten von Messer und Gabel, keine Ellbogen auf dem Tisch und – im Falle eines Falles – bestimmt auch kein Plädoyer mit offenem Mund. Weiter, und darüber täuscht die müde Gefängniskluft keineswegs hinweg, kommt man nicht umhin, das ausgeprägte Stilbewusstsein des Grafen zu bewundern, das heißt, unter anderen Umständen wüsste er sich bestimmt zu kleiden. Man stellt ihn sich auf der Stelle im Maßanzug vor, das seidene Einstecktuch, der weiße Kragen, das tiefblaue Hemd, die fast unsichtbaren Pinstripes, die schnörkellosen Lederstiefel aus Paris, alles eigentlich nichts Besonderes, einfache Milieukluft, gehobener Standard zwar – der Graf verschmähte längst die Marke Pennerglück –, aber Standard, denn der Graf ist kein Aufschneider. Trotzdem weiß er den Standard zu tragen wie kein Zweiter. Die Kluft schmeichelt ihm, trägt nicht zu dick auf, macht nicht unnötig auf sich aufmerksam, sondern unterbreitet einem in leisen, heiser verschwörerischen Tönen ihre Ansicht.

Toll, denkt man sich auf den ersten Blick, dieser Graf. Auch Josefine hatte schon viel von ihm gehört, lange bevor sie ihn überhaupt traf. Sein Konterfei geisterte vor ein paar Jahren aufgeregt durch die einschlägigen Presseorgane, er war überall, man kam nicht vorbei an ihm. Die Story war einfach zu gut.

Anfangs war der Graf verheiratet oder lebte zumindest in wilder Ehe und jobbte als Gebrauchtwagenhändler, trug damals schon Anzug und war brennend daran interessiert, die typische Aufsteigerstory hinzulegen, was ihm vorübergehend auch gelang. Jedoch keineswegs durch das Verchecken gestohlener Amischlitten an Deutsche, die auch mal auf Kalifornisch träumen wollten, sondern weil seine Tochter ein übermäßiges Talent besaß, sie spielte Tennis, und das in jungen Jahren bereits auf höchstem Niveau. Gehört auch Talent dazu, ein Talent zu entdecken, pflegte der Graf immer zu sagen, und sobald es so weit war, sobald er die kleine Gräfin entdeckt hatte, hing der große Kolumbus seinen Job an den Nagel und fing an, mit ihr durch die Provinz zu tingeln. Von Turnier zu Turnier. Und kam damit auch prompt in die Zeitung.

Dieses erste Foto zeigt Graf und Gräfin in dem Vereinsheim ihres hiesigen Tennisklubs. Im rustikalen Ambiente haben sie es sich gemütlich gemacht. Der Graf süffelt an seinem Minirosé, während die Tochter Shirley Temple trinkt, ein rotes, klebriges Gesöff ohne Alkohol, welches ihr trotzdem sichtlich Freude macht. Sie hat eben gewonnen, ihr erstes Finale, sie lächelt, und neben ihr lächelt der Graf, man könnte meinen, er hätte den Arm um seine Tochter gelegt, hat er aber nicht. Man guckt jetzt genauer hin und merkt auf einmal, irgendetwas stimmt nicht mit diesem Bild. Es geht dem Grafen nämlich nicht um seine Tochter, die soeben zum ersten Mal auf dem quasi heiligen Rasen reüssiert hat, sondern vielmehr um sich selbst. Zwar lächelt er neben ihr in die Kamera, man könnte sogar meinen, die Gräfin hätte sich das eigene triumphale Grinsen von ihrem Vater abgeguckt, aber bei genauerem Hinsehen sieht man, dass die Wahrheit eine andere ist.

Es ist ganz und gar ihr Lächeln, sie hat es sich ausgedacht, hat es konzipiert, perfektioniert und setzt es hier für die Fotografen auch äußerst gewinnbringend ein, während der Graf mit dem eigenen Ausdruck sichtliche Schwierigkeiten hat. Sein Lächeln wirkt aufgesetzt, es sitzt schief, denn so wie seine Tochter lächeln konnte er gar nicht. Einerseits spielte er miserabel Tennis, andererseits hatte er zu dieser Zeit auch sonst keine nennenswerten Erfolge errungen. Mit anderen Worten, der Graf war noch nie irgendwo als Erster vom Platz, hatte noch nie ein halbwegs lukratives Geschäft erfolgreich abgeschlossen oder gar jemanden mehrstellig hinters Licht geführt. Anders gesagt, der Graf war ein Loser, aber eins wusste er, das war sein Moment, auf diese paar Sekunden kam es an, er musste gut aussehen, also lächelte er. Da er sich jedoch seit jeher seiner Selbst nicht sicher war, eignete er sich kurzerhand das Lächeln der Gräfin an.

Die beiden wurden abgelichtet, es gewitterte Blitzlicht, der Graf leckte Blut, und fortan stahl er seiner Tochter ganz konsequent die Show. Er ließ sich öffentlich als Architekt des stetig anwachsenden Erfolgs der Gräfin feiern. Das Graf'sche Siegergrinsen, später noch durch eine ebenfalls abgekupferte, ziemlich unverschämte Version einer herkömmlichen Siegerpose ergänzt, machte den Grafen im Handumdrehen extrem beliebt. Er hatte etwas Linkisches an sich, war ein Underdog, das kam immer schon gut an, außerdem tat er nach außen hin alles Erdenkliche für das Wohl seiner Tochter, während er sich insgeheim als der große Max inszenierte, dem alles zu verdanken war. Trotzdem dachte niemand an etwas Böses, auch die Gräfin nicht, die von dem Schwindel gar nichts mitkriegte, denn sie war jung, wollte nur spielen, siegte und siegte, alles war paletti mit dem Sternchen, alle machten sie einen auf heile, heile Welt.

Als dem Grafen dann schließlich der Prozess gemacht wurde, man ihm für ein paar läppische Vergehen das ein oder andere Jahr aufbrummte, bekam Josefine dieses erste Foto des Grafen – und natürlich auch ein paar andere – tagtäglich zu Gesicht.

Es gab einen großen Presserummel, wir berichteten, das Ganze kam einem Skandal gleich, die Story wurde richtig ausgeschlachtet. Der Graf war plötzlich überall auf Eins. Und das gefiel Josefine.

Und ihr gefiel auch der Graf, was weniger mit seinem Äußeren zu tun hatte – obwohl er bestimmt nicht schlecht aussah – als mit seinem Auftreten, seiner ganzen Art, seinem Vibe, worüber auch nicht die mit Bedacht gewählte Marke Standard hinwegtäuschen konnte – mit der der Graf weiterhin so ziemlich alles an sich selbst zu hedgen versuchte –, denn Josefine kleidete hauptberuflich Leute ein, sie durchschaute so etwas, war fasziniert von seinem Versteckspiel und wohnte deshalb zu dieser Zeit auch stets den selbst einberufenen Pressekonferenzen des Grafen bei, in denen er sich stets etwas theatralisch zu rechtfertigen gedachte.

Herr Koks?, fragte sie von ganz hinten, aber er sah sie sofort. Sagen Sie ruhig Graf zu mir, sagte er. Herr Graf, sagte sie, und hier nickte der Graf, daraufhin schaute Josefine direkt in Richtung Podium. Und nickte auch. Es ging gerade um einen der Anklagepunkte, um einen der gravierendsten, es ging um Mexiko, dazu später mehr.

Herr Graf Koks?, fragte sie dann, der Graf lächelte – auch der dämliche Spitzname war sein persönlicher Triumph –, wie kommt man überhaupt darauf, so etwas zu tun?

Ich weiß es nicht, erwiderte der Graf, dann lächelte er erneut, diesmal eher in sich hinein, nahm aber, das hatte er mittlerweile drauf, mit seinen gespreizten Mundwinkeln nicht nur Josefine ganz hinten in der Erdnussgalerie für sich ein, sondern auch gleich den gesamten Raum.

Ich dachte halt, sagte er dann, ich dachte mir in diesem Moment, das wäre bestimmt die beste, die klügste, die schönste Idee aller Zeiten. Dann machte er eine kurze Pause – dezent reumütig jetzt, aber mit genügend Lipgloss auf den Stimmbändern –, ich wollte doch niemandem etwas zuleide tun, sagte er schließlich.

Die Versammelten gaben erst mal keinen Ton von sich, waren baff oder überlegten sich vielleicht, ob sie dem Grafen diese Performance abnehmen, ihm verzeihen oder sogar eine zweite Chance geben sollen, aber Josefine fing jetzt an zu lachen. Der Graf warf ihr vom Podium aus einen kurzen Blick zu, sie schaute sofort zurück, dann verließ sie Hals über Kopf den Saal.

Später besuchte sie ihn regelmäßig im Gefängnis, mehrmals die Woche, was natürlich sogleich einen neuerlichen Skandal auslöste, älterer Mann, jüngere Frau, obwohl der Graf gerade mal sieben, höchstens dreizehn Jahre älter war als seine Zukünftige. Ich liebe meinen Grafen, pflegte sie damals immerzu zu sagen, und als ihr jemand vorlaut entgegnete, aber warum denn?, Sie könnten doch jeden haben, lieferte sie einen dieser Sätze ab, der eine Geschichte erst definiert. Noch mal die Frage also, aber warum denn?, dann der Satz. Er lebt nach meiner Manier, sagte sie und bestellte sich daraufhin auf der Besucherterrasse des Gefängnisses noch ein Stück Butterkuchen.

Sie besuchte den Grafen um diese Zeit immer gleich nach dem Dinner, aber heute war sie schon früher dran, denn heute war ein besonderer Tag. Sie kannte den jungen Wärter, der ihr jetzt den Weg versperrte, noch nicht, er war ganz offensichtlich neu hier, wollte sie nicht zum Grafen vorlassen, ist nicht gestattet, sagte er, wir dürfen das, erwiderte Josefine, aber es half alles nichts. Dabei hatte sie dem Grafen Schokolade mitgebracht – Schokolade und Blumen –, obwohl ihre Mitbringsel beim zweiten Hinsehen gar nicht schokoladig, vielmehr äußerst unverblümt anmuteten, was dem jungen Wärter erst recht nicht gefiel, er ließ sich zu nichts verleiten.

Bis er es dann doch tat, sich verleiten ließ, aber Josefine fragte nicht nach, pfiff auf die Hintergründe, wichtig war, dass sie pünktlich zum Dessert beim Grafen in der Zelle stand, die Blumen in Form einer Flasche – mitsamt der Vase in Form eines Eiskübels – auf den Zellentisch platzierte und den Grafen fürsorglich auf die Lippen küsste. Nur darauf hatte er gewartet, der Graf war beileibe kein Kostverächter.

Sie setzte sich jetzt auf ihn, beide rauchten genüsslich die mitgebrachte Tüte in Form eines Schokoladenriegels, dann liebten sie sich ausgiebig, während der junge Wärter ganz standesgemäß das Essen des Grafen abräumte. Und Josefine hatte recht, sie durften das, sie und der Graf, aber besonders heute durften sie das – wir dürfen, tönte Josefine in dem Moment aller Momente, wobei sie das ü und das e ellenlang ausdehnte –, am Tag seiner Entlassung.

Gleich am nächsten Morgen rief man ihn dann an, bat um ein Interview. Obwohl er am Tag danach eigentlich erst mal ausschlafen wollte und ihn das Telefon jäh aus seinen noch immer blendend aufgelegten Träumen riss, hatte er sofort zugesagt. Er mochte die Journaille. Sie hatte ihn immer fair behandelt, nie gegen ihn gehetzt, ihn eher als Paradiesvogel porträtiert denn als waschechten Kriminellen, außerdem wusste er, dass es gang und gäbe war, Interviews mit schillernden Persönlichkeiten nach Einbruch der Dunkelheit abzuhalten, das hieß, für ihn würde ein sündhaftes Abendessen herausspringen. Sich wieder einmal ausführen lassen, richtig schlemmen, nicht hinter Gitter, sondern unter Leute gehen, das war schon verdammt verlockend.

Es ist also bald Mitternacht vorbei und dingfeste Realität in einem dieser Lokale, die bis in die frühen Morgenstunden geöffnet haben und in denen man bis Punkt vier Uhr früh noch quellfrische Austern und lebendige Seeschnecken direkt aus den Weststaaten vorgesetzt bekommt. Der Graf hatte das Lokal selbst vorgeschlagen. Der Laden ist dunkel, urig – die Lampen brennen auch tagsüber rot – und beglückt ein vordergründig undurchsichtiges Publikum mit gehobener Küche. Der Graf sitzt an der Bar und beißt in seinen

Toast, der mit einer glänzenden schwarzen Masse bestrichen ist. Vor ihm steht außerdem ein beschlagener, trichterförmiger Kelch, randvoll mit einer durchsichtigen Flüssigkeit, von der er jetzt einen ordentlichen Schluck nimmt. Der Graf ist siebenunddreißig Jahre alt, hat auffallend volles Haar und trägt einen brandneuen Anzug auf dem Buckel, den er sich zur Feier des Abends gegönnt hat. Die Journalistin, die man auf ihn angesetzt hat, ist nicht etwa zu spät, vielmehr ist der Graf überpünktlich, denn er vertreibt sich gerne die Zeit vor dem Eintreffen seines Dates mit ein paar trockenen Martinis.

Als sie dann, ein paar Minuten vor der verabredeten Zeit, nicht mehr auf sich warten lässt, ist sie höllisch aufgeregt. Sie hat ein neues Kostüm an, einen etwas altmeisterlichen, vielfarbigen Hosenanzug, und weiß vielleicht noch nicht genau einzuschätzen, ob ihr dieser – besonders in männlicher Begleitung – auch wirklich steht. Der Graf, dessen Martinis mit zunehmender Wartezeit immer schmutziger wurden, begrüßt sie mit einem formvollendeten Kompliment. Wie wunderschön bunt Sie sind, sagt er, woraufhin es der Journalistin zu allem Überfluss auch noch hochrot ins Gesicht schießt. Sie kann sich gerade noch setzen, dann setzt die Ohnmacht ein, und zwar die, die einen genau dann überfällt, wenn man sich eine Situation schon sehr lange ausgemalt hat und diese dann mit aller Vehemenz eintritt.

Die neu gekürte Bunte befindet sich auf einmal in einer Art Schockzustand, fühlt sich nicht mehr wie die patente Klatschspalte von eben, sondern wie eine Frau, und als solche ist ein Interview mit ihrem jetzigen Gegenüber für sie undenkbar. Daraufhin lächelt der Graf, dem das alles natürlich nicht entgangen ist, genügsam schäbig und bestellt von allem noch eine Runde. Dann präpariert er auch ihr einen Toast mit der schwarzen Masse, auf die er zusätzlich noch ein wenig gelbweiß zerbröseltes, hart gekochtes Ei, diverse Zwiebelschnipsel, viel Schnittlauch und ein paar lüsterne Tropfen Sahne türmt. Das mundet natürlich, wie auch die unwiderstehlich perlende Flüssigkeit, die der Graf aus einer bauchigen Flasche ganz plötzlich in ihr Glas zaubert. Jedenfalls ist die Bunte im Nu wiederhergestellt, es kann also losgehen, und, siehe da, sie schießt auch gleich los, geht aber noch nicht aufs Ganze.

Vielen Dank für das Kompliment, lieber Graf, sagt sie, gern geschehen, erwidert er und kommt um ein abermaliges Lächeln nicht umhin. Schon die Anrede stimmte, sie machte ihre Sache gut, er würde ihr alles erzählen.

Und so plaudern die beiden eine gute Stunde lang über die Pläne des Grafen bezüglich der wilden Hilde, seiner Ex – hier gibt es keine, denn er hatte sie schon vor seiner Verhaftung aus seinem Leben verbannt –, bezüglich seiner Tochter – hier gibt es ebenfalls keine Pläne, denn vonseiten der immer noch jungen Gräfin bestand diesbezüglich schon lange kein Bedarf mehr, die Schmach, die Hänseleien und Morddrohungen, das war alles zu weit gegangen, Nervenzusammenbruch, kein Tennis mehr, schiefe Bahn – und natürlich bezüglich Josefine, von der wir jetzt schon länger nichts gehört haben, an die der Graf aber, auch wenn er hier ganz provisorisch mit seinem Gegenüber herumflirtet, die ganze Zeit lang ganz viel denkt.

Dann fragt die Bunte den Grafen nach seiner beruflichen Zukunft. Wie fühlen Sie sich?, fragt sie, anwesend, sagt er nachdenklich. Gibt es da irgendeine konkretere Vorstellung?, fragt sie weiter, Spaß beiseite, fährt er fort, ich habe vor, in großem Stil ins internationale Drogengeschäft einzusteigen. Das kickt die Bunte natürlich, oder es ist der Alkohol, bei dem Grafen ist nämlich stets für ausreichend gesorgt. Jedenfalls verliert sie zum zweiten Mal an diesem Abend ihren Faden, alles um sie herum fängt plötzlich an zu flackern, es ist viel zu hell, sie bräuchte ihre Sonnenbrille, hat sie aber irgendwo verloren, nur mischt sich der Graf diesmal nicht ein, sondern wartet in aller Ruhe ab, bis sie sich von selbst wieder fängt.

Herr Graf?, fängt sie wieder an, immer noch anwesend, sagt er. Wo waren wir?, fragt sie. Bei den Drogen. Sie wollen sie nehmen? Verchecken, fährt er fort, in großem Stil. Haben Sie sich eigentlich immer schon für dieses Metier interessiert?, will sie wissen. Koks, sagt er lapidar. Was? Der Name kommt ja schließlich nicht von ungefähr, sagt er, daraufhin lacht die Bunte über Gebühr, steht auf und geht schnurstracks für kleine Mädchen.

Aber natürlich ist sie kein Mädchen mehr, auch kein bunter Papagei, eine Spalte schon gar nicht, sagt sie sich, während sie vor dem Spiegel ihren hippiemäßig türkisenen Lidschatten ein wenig zu dick aufträgt, aber egal. Der Graf wartet schon, als sie wieder zurückkommt. Er hatte sich in der Zwischenzeit wie ein Kind über den gelungenen Abend gefreut und die daraus, wohl oder übel, resultierende journalistische Auszeichnung auf den Titelseiten der Regenbogenpresse. Graf is back oder Koks lebt, so etwas in der Art konnte man ruhig mal über sich ergehen lassen.

Dann ein abrupter Stimmungswechsel, change the mood from glad to sadness. Erst mal ist der Graf irritiert. Denn die Frau, die sich ihm jetzt gegenübersetzt, ist zwar rein äußerlich noch dieselbe – weiterhin bunt von Kopf bis Fuß –, jedoch macht ihn irgendetwas auf einmal stutzig, ihre unverschämt blauen Augen sind es jedenfalls nicht.

Sie wurden vor drei Jahren vor Gericht für schuldig befunden, die Finalgegnerin ihrer Tochter beim Jahresabschlussturnier der besten Acht in Mexiko vor dem Endspiel in einen Ätherrausch versetzt zu haben, und wurden infolgedessen wegen Giftmischerei, Verstößen gegen das Betäubungsmittelgesetz, weitreichender körperfeindlicher Tätigkeit, Erregung öffentlichen Ärgernisses – Sie sträubten sich orgiastisch gegen die Verhaftung –, offensiver Trunkenheit, unter anderem am Steuer, Beleidigung der Staatsgewalt in pluralem Falle, allgemeiner Obszönität und grundlegend mieser Charakterzüge zu vier Jahren Zuchthaus verknackt, sagt ihm die frisch geschminkte Frau direkt ins Gesicht.

Wenn Sie meinen, erwidert der Graf, wie stehen Sie zu der Tat von damals?, fragt sie weiter, holt dann tief Luft, verschnauft und nimmt erst mal einen Schluck Wasser. Währenddessen schmunzelt der Graf. Mexiko, sagt er. Ja, Sie erinnern sich natürlich, erwidert die Bunte. Mexiko, wollen Sie mit mir nach Mexiko? Unglaublich, aber wahr, der Graf flachst mit ihr, obwohl ihn ihre Frage doch überrascht, wenn nicht sogar enttäuscht hat. Oder nicht die Frage selbst, sondern der kuriose Zeitpunkt.

Es war bald vier vorbei, und sie saßen hier schon seit Stunden, die Schleife würde bald schließen, sie hatten geschlemmt, getrunken, waren so ziemlich betrunken, und jetzt überfiel sie ihn mit so einem Quatsch, wollte ihm quasi an die Wäsche, mit anderen Worten, er sollte gefälligst – vor ihren Augen – seine schmutzige Wäsche waschen. Dabei hatte er doch wieder, das versicherte er sich zumindest, eine strahlend weiße Weste, diesbezüglich war er mit sich im Reinen. Trotzdem war ihm besagte Frage über die Jahre hinweg unzählige Male gestellt worden, aber dem Grafen, der sonst keine Gelegenheit ausließ, sich mit den eigenen Worten zu profilieren, gefiel sie nicht, griff sie doch zu sehr in seine geistige Intimsphäre ein.

Überhaupt sah der Graf das Vergiften der rundherum hünenhaften, laut kreischenden Gegnerin seiner Tochter als vollkommen lauteren Wettbewerb an. Er wollte sich jetzt nicht etwa über die Spießigkeit der herkömmlichen Bürokraten, die Verlogenheit des ganzen Zirkus an sich oder die Einheitlichkeit der Fehler im System auslassen, aber von einem war er überzeugt, nämlich, wenn einer der anderen Erziehungsberechtigten vor ihm auf den genialen Einfall gekommen wäre, hätte sich seine eigene Tochter damals tagelang die Galle aus dem Leib gekotzt, end of story.

Das war dann auch seine Antwort, und die wollte der Graf natürlich jedem, der ihn fragte, wie er zu seiner Tat stand, auf der Stelle ins Gesicht spucken, aber als er jetzt seinen Blick erhob, sich die Frau, die ihm wieder gegenüber saß, noch mal anschaute, sah er auf einmal, dass ein derartiger Vortrag gar nicht nötig war. Sie wusste bereits über ihn Bescheid. Und ehe er sichs versah, war sie auch schon ganz nahe an ihn herangerückt, sodass ihr feiner Duft ihn unwillkürlich erreichte. Sie hatte sich den langen Hals mit einem Pröbchen eingerieben, der Graf war plötzlich extrem angetörnt.

Ich bin mir sicher, lieber Graf, sagte die Bunte – denn sie hatte an dem Buntsein plötzlich Gefallen gefunden, würde sich ab jetzt als solche deklarieren –, dass Ihnen bei Ihren künftigen Vorhaben der weitere Erfolg sicher sein wird. Lieber Graf, wiederholte sie dann, stand auf, klaubte noch kurz ihre mentalen Notizen zusammen, verabschiedete sich wortlos und verließ geradewegs das Lokal.

Der Graf staunte nicht schlecht. Er dachte plötzlich nicht mehr an ein paar reißerische Zeilen, die – völlig aus dem Kontext gegriffen – mal schnell für eine hohe Auflage sorgen sollten, sondern ihm war nach einem eindringlichen – das konnte sie, das wusste er jetzt – Porträt zumute. Das Ganze hatte nett als bunter Abend begonnen, aber dann hatte er sein Gegenüber anscheinend gehörig unterschätzt, denn sie hatte in ihm etwas wachgekitzelt. Künftige Vorhaben. Der weitere Erfolg. Bestimmt sah sie ihn als jemanden, der sich ultimativ dagegen sträubte, von seiner Vergangenheit eingeholt oder gar auf diese reduziert zu werden. Demnach interessierte sie wohl auch gar nicht, was damals in Mexiko passiert war, sondern eher, was dort – unter Umständen – noch passieren könnte. Und diesbezüglich würde ihr der Graf, obwohl sie schon alles wusste, noch das ein oder andere erzählen, dachte er sich.

Eine andere Möglichkeit war natürlich, dass die unzähligen Martinis allmählich ihre Wirkung taten. Obwohl der Graf morgen bestimmt wieder alles vergessen hätte, surfte er spätnachts gern auf dieser Art wirrem Höhenflug. Als der Kellner mit der Rechnung kam, zahlte er dann auch ohne Murren.

Wo warst du denn so lange?, flüsterte Josefine, die endlich wieder mit von der Partie war. Der Graf hatte sich ganz vorsichtig neben sie gelegt, aber sie war noch wach, hatte auf ihn gewartet, sich womöglich Sorgen gemacht. Der Graf liebte sie dafür, das glaubte er zu wissen, und sagte es ihr auch. Ich liebe dich dafür, sagte er, hatte aber keine Antwort auf ihre Frage parat, warum er seine kostbare Zeit nicht lieber hier verbracht hatte, wo sein Herz schon seit geraumen Stunden lag. Ich weiß es nicht, sagte er ihr. Und plötzlich widerstrebten ihm das übertriebene Essen, die erquickende Konversation mit einer größtenteils Fremden und dann auch die ewige Selbstdarstellung, die er seit Neuestem wieder an den Tag legte. Es ging immer nur um ihn, das hatte ihn schon immer gelangweilt, genau wie ihn seine Geschichten langweilten, die er sich gezwungen sah, in immer anderen, abgewandelten Varianten zu wiederholen, um sich einreden zu können, dass die Hits einer längst vorbeigezogenen Parade, an die man sich in einer faden Endlosschleife erinnerte, immer noch zogen. Das war Rock ohne Glam, das wusste er, das tat ihm jetzt sogar ein bisschen weh, besonders, weil es jetzt nicht mehr nur um ihn ging, es ging um sie, es ging um sie beide, ich bin ja schließlich jetzt zu zweit, dachte er sich, als Josefine nun seinen Arm nahm, ihn an sich zog, seinen Körper von hinten umklammerte, ich liebe dich auch, Graf, sagte sie, sodass er genau wie früher, als er an solche Märchen noch glauben konnte, in einen augenblicklichen Tiefschlaf verfiel.

Josefine hingegen blieb wach. Bestimmt hatte sie sich Sorgen gemacht, schließlich hatte sie den Grafen bis jetzt nur hinter Gittern erlebt, wusste nicht, was er, wenn ihm plötzlich alle Türen offen standen, sonst noch so trieb, aber vielleicht gab es auch einen anderen Grund, warum sie in dieser Nacht – ganz ohne Unterlass – den Mond anbetete. Sie wusste, sie würde sich bald von einer anderen Seite zeigen als von der, die man bisher von ihr gewohnt war. Sie freute sich darauf. Der Graf würde bei ihr natürlich weiterhin an exponierter Stelle stehen, jedoch diese neue Seite, die ihr in dieser Nacht im Traum vorschwebte, war ganz die ihre.

Während der nächsten Tage und Monate, tat sich dann auch relativ viel. Josefine, die Sachen entwarf, die sich ein gut betuchter Menschenschlag im saisonal bedingten Rhythmus unter den Nagel riss, war gerade im Begriff, ihre neue Kollektion auf den Markt zu werfen. Bisher wurde sie bloß als Geheimtipp gehandelt, aber sie machte sich große Hoffnungen auf eine steile Karriere, nebenbei war sie auch noch jung, hübsch, extrem talentiert und kam aus einer guten Familie, hatte demnach genügend Kapital im Rücken, es kam also nur auf sie an, auf sie allein. Und auf den Grafen. Denn Josefine versprach sich sehr viel von ihm.

Was ihr fehlte, war, dass sie irgendwie aus der Rolle fiel. Es gab keine namhaften Exzesse, welche die Fachpresse von Alpaka bis Zwirn gehörig ausschlachten konnte, und auch ihr Werdegang war erst mal nicht der Rede wert, dachte sie sich, wie schön wäre es doch, erst arm zu sein und dann plötzlich reich und berühmt als erst betucht und dann – relativ gesehen – halt noch mehr betucht.

Pech gehabt, aber Josefine würde sich nicht lumpen lassen. Schließlich hatte sie jetzt mit dem Grafen ein Ass im Ärmel, denn dessen Story hatte den eindeutigen Belag, die Patina des ehemaligen Insassen, seine Weste war, ob er es glaubte oder nicht, ansehnlich verschmutzt, und so etwas zog in einer Branche, die – oberflächlich gesehen – so sauber war, so schneeweiß.

Josefine zählte also auf ihren Grafen, er würde ihr etwas

von sich abgeben, von seinem unterschwelligen Charme, seinem gewieften Lotterleben, sie würde sich mit seiner Verruchtheit schmücken.

Die Leute hatten sich, zumindest seitdem sie angefangen hatte, den Grafen im Knast zu besuchen, hinter vorgehaltener Hand das Maul zerrissen, das war ihr nicht entgangen. Von ihr dann klipp und klar zur Rede gestellt, brachten dieselben Leute erst mal keinen Ton über die Lippen, aber dann siegte die Neugier. Stimmt es?, ist es wirklich wahr?, fragten sie. Wovon redet ihr?, erwiderte Josefine. Über das mit dem Grafen. Mit dem Grafen?, welcher Graf? Er ist nur ein guter Freund, versicherte Josefine ihnen. Das kannst du uns doch nicht weismachen, ereiferten sich die Leute. Worauf wollt ihr eigentlich hinaus?, konterte Josefine, aber – früher oder später – konnte auch sie nicht mehr an sich halten, und erzählte den anderen in einem nicht weniger geflüsterten, zudem atemlos stolzen Tonfall, stimmt, ist wahr, sagte sie, das mit dem Grafen, mehr als gute Freunde, nicht mehr hinter Gittern, immer noch ein Paar, warum auch nicht. Dann jubelte sie ihnen die ein oder andere schlüpfrige Anekdote aus ihrem Privatleben mit dem Grafen unter und machte ihnen, als sie schon aus dem neidvollen Staunen nicht mehr herauskamen, noch unmissverständlich klar, dass der Graf persönlich bei der Präsentation ihrer neuen Kollektion zugegen sein würde. Anschließend folgte die Bitte um eine flächendeckende Verbreitung dieser höchst exklusiven Info.

Der Graf hatte indes nichts dagegen.

Er verstand es auf Anhieb, sich inmitten des ganzen Trubels, der aufdringlichen digitalen Elektronik, in einem schnittigen Zweiteiler zu präsentieren, das war alles nach seinem

Geschmack, hier kannte der Graf sich aus, jedoch bestand er gleichzeitig darauf, keine offizielle Funktion innezuhaben. Auch wollte er keine Hilfe bei seiner Rehabilitation, die ihm viele der Versammelten allzu tiefsinnig ans Herz legten, denn, das wusste er, die meisten wollten bloß spannen, ihm zugucken bei der Wiederherstellung, ihm selbstredend ein neues Image verpassen, aber er wusste bereits, wer er war, und hatte sein Rehab is for quitters-T-Shirt gleich unter dem schwarzen Schnitt an.

Mit anderen Worten, einen Job wollte er nicht. Ganz im Gegenteil, der Graf wollte einfach mal abhängen, so erschien es jedenfalls Josefine. Sie sollte ihn den Leuten vorstellen, so vielen wie möglich, was sie höllisch gerne tat, denn der Graf konnte scheinbar mit jedem, er zog die Leute fast magisch an. He's the one they call Dr. Feelgood, sagten sie. He's the one that makes you feel alright.

Der Abend wurde demnach für beide ein großer Erfolg, aber abgesehen von diesem Arrangement, welches beiden sehr wohl zugute kam, liebten sich Josefine und der Graf wirklich und innig, zu dieser Zeit hätte man niemals einen Keil zwischen die beiden treiben können, und selbst als der Graf ihr später alles, aber auch alles erzählte – er wollte ihr nichts mehr vormachen –, ließ sie nicht von ihm ab, die beiden waren ein Team, schwebten, Wolke sieben. Trotzdem war aller Anfang erst mal schwer, denn keiner von beiden hatte sich in vergangenen Beziehungen jemals direkt oder auf irgendeine erkenntliche Weise auf den damaligen Partner bezogen. Einfach keinen Bock gehabt, die eigene Schiene gefahren, das eigene Ding, alles andere war Beiwerk gewesen, schmückend oder auch nicht, und jetzt musste man sich auf einmal auf die Gewohnheiten eines anderen einstellen, Rücksicht nehmen, sich streiten, Gespräche führen, sich zurücknehmen, böse werden, sich abermals streiten, Sex haben, sich versöhnen, um dann wieder von vorne anzufangen, in abgewandelter Reihenfolge oder auch nicht.

Das tägliche Auskommen war für beide ein noch härterer Brocken, weil ihre jeweilige Vorstellung eines erstrebenswerten Tagesablaufs nicht unterschiedlicher hätte sein können. Während Josefine früh aufstand, spät ins Bett ging und sich zwischendurch einzig und allein der Arbeit widmete, ließ der Graf nachts gern die Puppen tanzen, schlief am nächsten Tag demnach wieder bis in die Puppen, bevor er sich abwechselnd heiß und kalt duschte, um den gewohnten Kreislauf wieder anzukurbeln, und dann zum Mittagstisch in der Schleife einlief, der gegen vier Uhr nachmittags eingeläutet wurde. Abends gegen zehn kehrte er gewöhnlich wieder nach Hause zurück, und erst dann fing sein Tag so richtig an. Ständig klingelte jetzt das Telefon, er koordinierte und delegierte und verließ dann manchmal zu noch späterer Stunde mit einem dezent modischen Aktenkoffer das gemeinsame Loft.

Josefine, die oft selbst eben erst nach Hause gekommen war, ließ sich durch diese quasi transatlantische Zeitverschiebung keineswegs aus dem Konzept bringen. Sie stellte dem Grafen nicht etwa nach, verspeiste lieber in aller Ruhe scheibenweise ihren rohen Thunfischbauch oder löffelte den frischen Seeigel direkt aus der Schale – dieser war ihr oft nicht cremig genug, aber auch das beunruhigte sie nicht – und verabschiedete sich anschließend ins Reich der Träume, wo sie längst immense Reichtümer durch den weltweiten Verkauf ihrer Kleider scheffelte.

Tatsächlich verkaufte sich die neue Kollektion bereits sehr vielversprechend, ihr Geschäftskonzept war aufgegangen, wegen der Anwesenheit des Grafen haftete den Entwürfen etwas Zwielichtiges, etwas Unterweltliches an, was bei ihren Kundinnen, die größten Wert auf einen weitgehend diversifizierten Lebenswandel legten, extrem gut ankam. Was sind das für Frauen – fragte mal eine von ihnen Josefine –, die Ihre Sachen tragen?

Im Traum hatte sie stets die passende Antwort parat. Frauen, die hinter sich stehen, sagte sie dann. Frauen, die auf Reisen immer am glücklichsten sind. Frauen, die auch mal bloß abhängen können, sich jedoch weiterhin selbst aushalten, mit anderen Worten, unabhängig bleiben. Unabhängen, sagte Josefine dann, denn solcherlei Wortkreationen kamen in ihrer Traumwelt stets überaus geschmeidig herüber.

Aber auch tagsüber lief das Geschäft wie geschmiert, die Anfragen häuften sich, und die Antworten, die sie ihren Kunden im Gegenzug anbot, ließen wenig zu wünschen übrig. Josefine war glücklich, mehr oder weniger, Tag und Nacht.

Sie träumte natürlich auch von ihrem Grafen, von einer baldigen Hochzeit, denn obwohl sie in letzter Zeit manchmal den Eindruck hatte, dass der Graf ihr bei der Arbeit bloß tatenlos zusah, wusste sie insgeheim, dass er etwas ausheckte, ein neues Spiel anpeilte, womöglich mit gesteigertem Einsatz, bei dem sie unbedingt mit von der Partie sein wollte, war sie doch, was den möglichen Betrag ihres Glücks oder Unglücks betraf, welcher ihr gegenwärtig zur Verfügung stand, noch längst nicht ausgelastet. Fragte sie den Grafen zu dieser Zeit, womit genau er sein Unwesen trieb, hatte er sofort eine passende Antwort parat. Geldgeschäfte, pflegte er ihr zu sagen, das sind alles Geldgeschäfte. Josefine nickte, mehr wollte sie gar nicht wissen, die beiden lebten gut, aber sie wusste, sie würden bald noch besser leben, abenteuerlicher, der Graf hatte es ihr schließlich versprochen, es kommt etwas auf uns zu.

Die beiden aßen irgendwo teuer zu Abend, hatten gerade ihre Drinks bestellt, es kommt etwas, wiederholte er, aber Josefine hatte sich schon beim ersten Mal entschlossen, ihm zu glauben. In ihrem Traum kamen jetzt erst mal die Drinks. Der Graf hatte Kalte Enten bestellt, ihren Lieblingsdrink, er war ein aufmerksamer Mann, dachte sie sich, auf jeden Fall würde etwas passieren, früher oder später, darauf kannst du Gift nehmen, sagte er ihr noch, nachdem er seine Ente auf Ex geleert hatte, und spätestens dann wusste sie, dass er es ernst meinte, schließlich kannte er sich auf diesem Gebiet ja aus. Gift nehmen.

Josefine nahm im Traum jetzt auch einen Schluck ihrer Ente. Kurz danach träumte sie davon, wie der Graf, der kein leeres Glas sehen konnte, mit einer für ihn typischen Handbewegung das eigene erst anhob, dann kurz schüttelte, um dem Kellner durch das gefällige Klimpern der Eiswürfel zu signalisieren, dass er nach Nachschub verlangte, aber wie es weiterging, bekam sie nicht mehr mit, denn plötzlich spürte sie ihn an sich. Der Graf hatte sie nicht wecken wollen, aber an Schlaf dachte sie in seiner Gegenwart anscheinend nicht mal im Traum, jedenfalls setzte sie sich jetzt auf der Stelle auf.

Wo warst du so lange?, raunzte sie ihn an, die mit ihrem blöden bunten Fummel, fügte sie noch hinzu, aber das war nicht ernst gemeint, längst hatte sie ein scheinheiliges Knie auf seine Taille platziert, ihn mit ihrem leichtfüßigen Schenkel fest umgriffen, aber auch diese rein äußerlich besitzergreifende Art wog hier nicht schwer, vielmehr war diese Position für Josefine einfach am gemütlichsten. Sie wusste von seinen Treffen mit der Journaille, hatte ihn sogar gelegentlich begleitet und hielt von dem allzu offensichtlichen Stil der blutjungen Journalistin, die sich ihrem Typen an die Fersen geheftet hatte, nicht viel, aber eifersüchtig war sie noch lange nicht. Was die Puppen anging, machte sich Josefine wenig Gedanken. Die Bunte köderte den Grafen mit ihren Kolumnen, mit denen er sich zu dieser Zeit noch abfand, damit sein vorgeschobener Ruhm als Kleinkrimineller nicht vollends verblasste, bevor er endgültig zum dicken Fisch mutiert war. Das gehört einfach zum Geschäft, sagte er jetzt, und sie spürte, wie er sich an ihrem Knie hart rieb. Keine Sorge, sagte er dann, und auch hier entschied sich Josefine, sein Wort für bare Münze zu nehmen.

Im Gegenzug fragte der Graf sie ebenfalls nicht, warum sie sich immer wieder mit einem viel zu feschen Rechtsanwalt, Finanzier, Schlipsträger zusammentat, um sich mit ihm, wie sie sagte, ein wenig auszutauschen. Erzähl doch mal, warum gerade der?, hältst du dir den etwa warm?, solche Fragen kamen dem Grafen nicht in den Sinn, infolgedessen gab es zwischen den beiden – besonders in der Anfangsphase ihrer Fusion – so gut wie überhaupt keinen Zwist. Josefines Raunen eben, ihr leicht vorwurfsvoller Ton war nur gespielt, sie provozierte halt gern, wollte noch etwas haben von der angebrochenen Nacht, das kam öfters vor, und so lagen die beiden bis weit in die Morgenstunden aneinander, aufeinander, untereinander, hintereinander und legten nicht nur deswegen – besonders anfangs – einen einigermaßen soliden Alltag hin.

Als der Graf ihr kurze Zeit später dann beichtete, er sei in großem Stil ins internationale Drogengeschäft eingestiegen, glaubte sie, ihren Ohren nicht zu trauen.

Die beiden saßen in einem infrastrukturell verarmten Schnellzug, tranken schlechten dunkelgelben Chardonnay und fuhren aufs Land, um ihre Eltern zu besuchen, Josefine musste diese schließlich von ihrer bevorstehenden Verlobung mit dem Grafen unterrichten. Und jetzt das. Die Beträge, von denen ihr der Graf erzählte, waren überhaupt schwindelerregend. Josefine schaute aus dem Fenster.

Sie war nicht weit von hier in einem großzügigen Bungalow aufgewachsen, der übertrieben southbeachmäßig überall mit weißen Holzrollos und teuren Muschelarmaturen bestückt war, und in dem ihre Eltern oft einfach dagesessen hatten, Arm in Arm auf dem Sofa, sich an der Tochter ergötzt, viel, viel Zeit totgeschlagen hatten mit ihr, dem Nesthäkchen, denn obwohl sie noch Geschwister hatte, wurde sie bis weit ins Teenageralter umhegt, weit mehr als ihre beiden Brüder, mehr als der Ältere, der bereits eine Glatze hatte und verheiratet war und vor längerer Zeit schon ins Immobiliengeschäft des Vaters eingestiegen war, als seine rechte Hand, aber auch mehr als der Jüngere, der, obwohl erst Anfang zwanzig, bereits eine Beziehung führte, die man getrost als langjährig bezeichnen konnte.

Diesbezüglich kamen sich ihre Eltern in letzter Zeit von ihr gelinkt vor. Zumindest hatte Josefine immer mehr den Eindruck, dass sie sich weitaus mehr von ihr versprochen hatten, was die Liebe betraf.

Und womöglich zu Recht, dachte sie sich, ihr hatte es schließlich nie an etwas gefehlt, an der Liebe erst recht nicht, sie hatte fast zu viel davon abgekriegt, ging damit dann auch extrem verschwenderisch um, schleppte einen nach dem anderen an, wobei die Eltern ihre Unentschlossenheit sogar bis zu einem gewissen Grade tolerierten, jedoch fingen sie allmählich doch an, sich Sorgen zu machen, weil Josefine denselben Perfektionismus, den sie bezüglich ihrer beruflichen Laufbahn bereits sehr früh an den Tag gelegt hatte, nach getaner Arbeit nutzte, um ihr Privatleben gehörig zu sabotieren.

Wobei sie dabei keineswegs zufällig vorging, sondern geradezu penibel genau äußerst fragwürdige Entscheidungen traf. Von Anfang an lachte sie sich knallhart immer den Falschen an, jeder hatte seinen ganz bestimmten Haken, das Ende war vorprogrammiert.

Als Josefine dann auch noch anfing, den Grafen im Gefängnis zu besuchen, sahen ihre Eltern das durchaus als bedrohliche Tendenz. Sie blickten einfach nicht mehr durch. Josefine hatte bisher immer auf irgendeine Weise von ihren mannigfaltigen Liaisons profitiert, was ihrem formativen Prozess, ihrer Selbstfindung, wenn man so will, natürlich zugutekam. Aber der Graf war, soweit sie es wussten, ein Giftmischer, nicht mehr, nicht weniger, wobei es den Eltern dabei tendenziell nicht um seine kriminellen Entgleisungen ging, sondern vielmehr um den ganz speziellen Grund für die eventuelle Trennung, der für Josefine wahrscheinlich jetzt schon auf der Hand lag.

Sie würde das Ganze einfach ihnen in die Schuhe schieben. Das hatte sie in letzter Zeit schon öfters versucht, aber diesmal würde sie ihr Argument bestimmt mit einem rotzfrechen Trotz, mit einer vorwurfsvollen Tragik vortragen, das konnte sie, das kannte man. Die Eltern mokieren sich, wen schleppst du denn da an?, monieren, er ist nicht gut genug, das hat keinerlei Zukunft, aber warum denn nicht? – hier kommen die Tränen dazu –, ich liebe ihn, er ist ein Ganove, Kind, etc. Und wo das bei anderen eine Phase darstellte, in der man sich von den Eltern abnabelte, um zu sich, aber später dann auch wieder zu ihnen zu finden – sobald sie recht behalten hatten, der Ganove ihr Herz gestohlen hatte und/oder ausgebüxt war –, schien es ihren Eltern, dass Josefine es selbst war, die ausbüxen wollte, schlicht, einfach, Nabel ab.

Sie würde den Grafen skrupellos instrumentalisieren, an der etwaigen Trennung wären die Eltern schuld, auf einer Welle der Empörung würde sie sich aus dem Staub machen, und zwar permanent, denn – und da kannten sie ihre Tochter nur zu gut – Josefine machte nie etwas bloß phasenweise.

Umso mehr hatten die Eltern sich gefreut, als Josefine anrief, um ihre Verlobung bekannt zu geben – bisher war es noch nie so weit gekommen – und sie witterten endlich ihre große Chance, der Tochter zu demonstrieren, dass sie voll und ganz hinter ihr und ihrem kriminellen Element standen, die Einladung aufs Land wurde somit gleich dringlichst kommuniziert. Sie kommt mir nicht mehr davon, sagte die Mutter dem Vater, während sie sich in eines der modisch betonten Teile ihrer Tochter zwängte. Obwohl ihre Worte nicht gerade elterlich rüberkamen, wusste der Vater genau, wie seine Frau das meinte. Auch er hatte sich von seinem üblichen Leinenlook Marke Südflorida losgesagt und trug – dem Anlass gemäß – ein feierliches Gangsterschwarz. An ihnen würde es nicht liegen, dass die Tochter später alleine dastand, schworen sich die beiden, das waren sie sich schuldig, sie zu verheiraten.

Folglich wurde es dann ein ausgesprochen harmonischer Abend, gegen dessen Ende der Vater dem Grafen draußen auf der Terrasse mit Blick ins Grüne eine kleine, aber feine Muschel, welche er anscheinend ständig bei sich trug, ans Ohr hielt. Hören Sie?, fragte er. Der Graf nahm die Muschel vorsichtig an sich, lauschte und vollzog dabei die einmaligen Konturen der ihm Anvertrauten mit dem Finger nach. Dann nickte er. Der Vater rückte jetzt näher. Ich bin Sympathisant, sagte er dann, woraufhin der Graf lächelte, was heißen soll?, fing er an, raten Sie mal, erwiderte der Vater, dass Sie auch gerne mal einen durchziehen, sagte der Graf, genau wie ihre Tochter, das auch, erwiderte der Vater, lachte jetzt.

Derweil hüllte die Mutter Josefine in eine Art grob gestrickten lila Umhang, der ihr auf Anhieb gut stand. Die Farbe des Wahnsinns, sagte sie. Danke, erwiderte Josefine, denn Etikette hatte man ihr beigebracht, aber sie wusste die Geste der Mutter auch sonst zu schätzen, verstand sie geradezu als Ansporn. Let's go crazy, let's get nuts, sagte sie deshalb. Die Mutter nickte zustimmend, stand wie die Tochter voll und ganz hinter dieser Maxime.

Wenn Sie mal verschwinden müssen für ein paar Tage, Wochen, Monate, sagte der Vater dann dem Grafen, stelle ich bestimmt keine blöden Fragen. Wir haben überall Objekte verschiedenster Größe und Ausstattung unter Vertrag.

Auch hier nickte die Mutter wieder, während Josefine, schön wie immer, aber jetzt halt lila, nun verträumt in die Ferne blickte.

Ich komme ohne Weiteres an Schlüssel. Da kann man einfach so untertauchen. Daraufhin bedankte sich jetzt auch der Graf, obwohl er in diesem Moment eher wie jemand aussah, der sein etwaiges Abtauchen allein, unter Ausschluss der Öffentlichkeit, planen und in die Tat umsetzen würde.

Wir müssen uns beeilen, sagte er dann, riss damit Josefine jäh aus ihren Träumen. Sie hatte sich eben gefragt, ob der Graf, wenn er auf das Angebot ihrer Eltern mal zurückkommen, sie überhaupt davon in Kenntnis setzen würde, und wollte diese Frage später im Zug auch direkt an ihn weiterleiten, jedoch mussten die beiden jetzt besagten Zug in die Stadt zurück erst mal erwischen.

Josefine!

Sie schreckte auf, der Graf war bereits aufgestanden, verabschiedete sich gerade bei ihren Eltern, dann nahm er sie an der Hand. Die Eltern winkten. Sie hatten ihre Ängste fürs Erste überwunden, denn gerade wirkten der Graf und Josefine, die baldige Gräfin, auf sie wie ein ganz normales Paar, welches sich später auch mit seinen Kindern, den baldigen Enkeln, die Zeit auf dem Sofa totschlagen würde. Und wenn sie noch irgendwo ein dunkles Gefühl plagte, dann schoben sie es auf den Alkohol, sie waren gerade mal wieder blau, vielleicht sahen sie nur deshalb alles so schwarz.

Im Zug schaute Josefine wieder aus dem Fenster, dachte an ihre Kindheit, die jetzt wohl offiziell zu Ende ging. Sie schaute sich den Grafen an, der Zeitung las, vertieft war in die Kolumne der Bunten. Trotzdem würde ihr Elternhaus für sie für immer der Nabel der Welt bleiben, denn wer hatte sonst so coole Hippieeltern, die einem potenziell Rückfälligen vorsichtshalber schon mal ein Asyl anboten, und das dazu noch auf eine so distinguierte Art alles total elegant unter der Hand, sie würde immer zu ihnen zurückkehren, die Eltern hätten sich also keine wirklichen Sorgen machen müssen.

Trotzdem, wieder trotzdem, freute sich Josefine, mit dem Grafen im Zug zu sitzen, denn sie war tatsächlich ausgebüxt, war mit dem Leben davongekommen, mit ihrem eigenen – sehr erfreut, liebster Graf, du lebst ja selbst für dein Leben gern – und jetzt trieb sie plötzlich ein schlagartiger Rausch nach vorne. Sie fühlte sich, als hätte sie auf einmal ihren roten Faden gefunden, was übrigens auch ein guter Name für ihre nächste Kollektion wäre, dachte sie sich – Roter Faden –, jedenfalls war das Verhältnis zu ihren Eltern erst mal geklärt. Sie würden stolz auf sie sein.

Josefine gähnte. Vor allem hatte sie einen Mann an ihrer Seite, der Großes vorhatte, sie war gespannt, zog sich den lila Umhang bis hoch unter die Augen, damit man ihre Lippen nicht sah, denn sie war plötzlich glücklich, und damit ging man nicht hausieren.

Nichts, sagte der Graf, er legte die Zeitung beiseite, da steht nichts über mich. Geduld, sagte Josefine. Vielleicht will sie damit nicht gleich rausrücken, wartet auf einen opportunen Moment, du weißt doch, wie das ist. Vielleicht wartet sie auf eine Entwicklung.

Ob der Graf das einsah, überhaupt einsehen konnte, wollte, Josefine überhaupt folgen konnte, schien nicht ganz eindeutig, aber sie war auf dieser Rückfahrt definitiv schneller als er.

Wenn wir schon dabei sind, sagte sie. Wobei?, fragte der Graf. Beim Thema, sagte Josefine. Der Graf schaute sie an. Wenn du mal verschwinden musst, wenn es mal so weit ist, dann muss ich unbedingt dabei sein, dann musst du mich mitnehmen. Der Graf sagte dazu nichts, aber er hatte Josefine schließlich während der gemeinsamen Zeit noch nie einen Wunsch abgeschlagen.

Zurück in der Stadt, schotteten sich Josefine und der Graf dann immer mehr ab. Selbst wenn sie mal ausgingen oder bei sich zu Hause Party machten, standen zwar immer genügend Schälchen auf den Tischen, von denen sich ein jeder reichlich bedienen sollte, um von ihrer Gastfreundschaft redlich überzeugt zu sein, trotzdem verbrachten die beiden auch diese Zeit unter Leuten vornehmlich unter sich.

Ausnahmsweise gerieten sie vielleicht mal an einen Karikaturisten, der sie zeichnete, ihren jeweiligen Zustand auf völlig überzogene Art und Weise darstellte.

Den Grafen womöglich mit starrem, grobschlächtigem Kiefer, mit breiten, strahlend weißen Zähnen und dicken Lippen – er freute sich wie ein leicht durchgeknallter Schneekönig –, mit einem losen Mundwerk, dem ständig etwas auf der Zunge lag, und schließlich noch mit einer stolzen Nase, mit einem richtigen Riecher. Bei seiner Geliebten standen stets die Augen im Mittelpunkt der Karikatur, aber mit der Zeit strahlten sie nicht mehr, Josefine hatte sie wundgerieben, sie glänzten, waren rundherum entzündet, ihr ging es plötzlich schlecht, sie fühlte sich immer mehr – und das teilte sie ihm nach einem dieser tagelangen Abende auch mit – im wahrsten Sinne des Wortes verstrahlt.

Der Graf machte sich dementsprechend Sorgen. Hat das vielleicht etwas mit mir zu tun?, fragte er sie, was Josefine zwar sofort abstritt, sie wollte ihrem Geliebten natürlich nicht zu nahe treten, jedoch hatte sie, während die Geschäfte des Grafen in dieser Zeit trauter Zweisamkeit weiterhin gut liefen, tatsächlich gelitten.

Sie wusste plötzlich nicht mehr weiter, der rote Faden war ihr gerissen, ein für sie unerträglicher Zustand, und sie konnte nicht umhin, dem Grafen nachzutragen, dass es nicht weiterging. Was war bloß los mit ihm? Wo war der versprochene Kickstart seinerseits?, fragte sie sich, denn sie war süchtig nach einer pausenlosen, chronischen Ideenzufuhr, nach unentwegter, hartnäckiger Inspiration, das konnte ihrem Strahlemann beim Betrachten ihrer großen, dunklen Pupillen ja wohl nicht entgangen sein.

Und dann, eines Tages, es fiel ein feiner Dezemberschnee, hörte Josefine auf, ihm leise rieselnde Vorwürfe zu machen. Gerade wurde überall das Fest der Liebe gefeiert, aber sie war mit dem Grafen bereits verschwunden, denn die beiden feierten ganz woanders ihr eigenes Fest. Josefine freute sich natürlich, dass es endlich losging, und obwohl sie nicht wusste, warum es den Grafen auf einmal in die Ferne trieb, zog sie bereitwillig mit, war überaus erleichtert, dass er ihr wieder einmal etwas anbot, was sich von Anfang an wie eine richtige Story anlief, das würde ihren narrativen Heißhunger stillen. Und wenn dem Grafen unterwegs noch ein paar überraschende Wendungen einfielen, dann umso besser, er sollte sich gefälligst etwas einfallen lassen, das war schließlich der Deal, oder? Über weitere Einzelheiten erkundigte sich Josefine jedenfalls nicht, sie war schon zufrieden, dass der Graf endlich die Initiative über ihre gemeinsame Story ergriff.

Natürlich war es dann die Bunte, wir berichteten aus der Schleife, die – außer dem Grafen – als Einzige über alles Bescheid wusste. Wohl auch die genauen Hintergründe der plötzlichen Abreise kannte, auch hin und wieder wusste, wo sich die beiden in Echtzeit aufhielten, demnach später imstande war, ihre Reiseroute zu rekonstruieren, was nach der Veröffentlichung ihrer Porträts über den Grafen – serienmäßig im Kolumnentakt – den Verdacht nährte, sie würde mit ihrem Sujet allzu intim verkehren, wie sollte sie denn sonst an so brandheiße, punktgenaue Infos kommen.

Laut Kolumne waren Josefine und der Graf jedenfalls direkt nach Paris, ins Ritz, wo die beiden anfangs tatsächlich das Fest der Liebe in der Stadt der Liebe feierten, ausgiebig im Bett blieben, es durchaus taten, um dann leichtlebig zu erwachen, aufzustehen, zu frühstücken, wie es sich gehörte, zu shoppen, Kaffee zu trinken in der Blume, Wein zum Steak in der Lippe, zu schlendern, zu küssen, glücklich, verträumt, wie die meisten hier, der Turm, die Seine, die verschwenderischen Gärten, was man da halt so sah, jeder verband etwas mit dieser Stadt, jeder hatte mit ihr die eigene Geschichte gelebt – was ganz klar die Konsequenz war von diesem manchmal fast unerträglich intensiven Komplizengehabe wahrer Großstädte.

Nur war der Graf hier nicht etwa auf der Suche nach einer Story, vielmehr hatte er schon eine, wartete nur noch darauf, dass sie bald anfing, es käme da irgendwann ein ganz bestimmter Moment, der sie gebührend einläuten würde. Wenn es nach Josefine ging, hätte die Geschichte ruhig mit dem Besuch beim Juwelier anfangen können, wo ihr der Graf endlich den bombastischen Klunker bescherte, der ihr gebührte. Darüber freute sie sich sehr und auch darüber, dass er sich solche Gedanken gemacht hatte um sie und alles bis ins kleinste Detail geplant und ihr nichts davon gesagt hatte und sie einfach so mitgenommen, quasi entführt hatte. Das sagte sie unaufgefordert jedem, der es hören wollte, und rieb dabei jedem, der sehen wollte, wie viel sie dem Grafen wert war, ihren Klunker unter die Nase. Sie ist bereits mitten in der Story drin, dachte sich der Graf, aber er war es, wie gesagt, noch nicht.

Als dann, Tage später, in den frühen Morgenstunden, alle dreizehn Telefone in ihrem Hotelzimmer auf einmal anfingen zu klingeln, hatte er eine sofortige Ahnung – das sagte er zumindest später –, setzte sich auf, ließ durchstellen, lauschte hier und da, bedankte sich, hängte die Hörer alle ein, blieb noch ein paar Sekunden lang sitzen, unternahm dann die Wanderung einmal quer durchs Zimmer zum Rest des Champagners vom Vortag und verlor kurz den Verstand.

Josefine, die noch müde war, wurde von dem ganzen Radau wach. Sieh mal einer an, dachte sie sich, als sie realisierte, dass der Graf gerade eben einen Glastisch zertrümmert hatte, überall waren Scherben. Das törnte sie jetzt an, aber er reagierte nicht auf sie, beförderte lieber seine gesamte Reisegarderobe aus dem Schrank aufs Bett und fing sofort an zu packen. Wir reisen ab, sagte er. Nach Hause?, fragte sie, da schaute er plötzlich auf. Nicht nach Hause, sagte er, und daraufhin nickte sie. Wusste, was zu tun war, packte also schnell ihre Sachen, allesamt Modelle aus ihrer bisherigen Kollektion, die sie jetzt schon langweilten.

Die engen Jeans mit Knackarsch, das viel zu kurze Schwarze – weil es Spaß macht, hatte damals der gewohnt doppelzüngige Pressetext getönt –, die haushohen Stilettos mit leuchtend roter Sohle, die, obwohl nicht von ihr selbst entworfen, trotzdem den gewohnt selbstbewussten Auftritt ihrer Klientel sabotierten. Sie pünktlich stolpern machte. Ihr etwas leicht Angedrogtes verlieh.

Wobei dieser Sabotageakt selbst wieder durch das rabiat Konservative ihrer Abendmode unterminiert wurde. Plüschige Galakleider mit Blumenmotiv. Aufgemotzte Roben ohne Rang und Namen. Fächer, Schals und clutchige Handtaschen. Allesamt brauchbare Utensilien, mit denen sie nichts mehr anfangen konnte.

Die bloße Pose sagte ihr nichts mehr, sie war jetzt unterwegs, on the road, und suchte demnach nach einer Mode, welche ihrer neuen Geschwindigkeit Rechnung trug.

Wir müssen, sagte der Graf, ich muss erst mal gar nichts, erwiderte Josefine. Was ist denn mit dem los?, wunderte sie sich. Es musste etwas mit dem eben empfangenen Telefonat zu tun haben, das war ihr klar, die kleine Geste mit dem Klunker war bloß die Vorhut, der Graf hatte wohl noch viel mehr mit ihr vor, wie weggeblasen war jetzt das romantische Etwas – Mann, Frau, Stadt der Liebe –, welches sie in den letzten Tagen auf Schritt und Tritt, in guten wie in schlechten Zeiten, stets begleitet hatte. An dessen Stelle trat etwas Altbekanntes, lange Vermisstes, längst wieder Herbeigesehntes, das war wieder ihr Graf, das war ihr Koks.

Im Nu war sie dann auch fertig, sie würde nichts mitnehmen, brauchte nur Handgepäck, war sich sicher, sie würde, wohin auch immer es sie als Nächstes mit ihrem Verlobten verschlug, sich bald neu einkleiden bzw. eingekleidet werden. Sie küsste den Grafen jetzt mehrmals stürmisch auf die seltsam trockenen Lippen – hatte das etwas zu bedeuten?, fragte sie sich –, aber der Graf war bereits am Auschecken, befand sich in einer heillosen Eile, gab wie gewohnt den Ton an, während Josefine sich kurz danach im Eurostar zurücklehnte, an einem großen 1664 nippte, sich erst mal berieseln ließ. Hier war es auch, dass sie sich schwor, den Grafen zu lieben, und zwar auf immer und ewig, diese Art Gemüt passte, ihrer Meinung nach, am besten zu diesem rasenden Moment.

Natürlich verflog die anfängliche Euphorie dann auch schnell genug. Zwar jetteten die beiden im Folgenden kreuz und quer durch Europa, kamen in den ersten Hotels unter, speisten in angesagten Lokalen, die als Geheimtipps galten, aber es schien, dass ihm seine ganze funkelnde Lebensart, auf der Josefine ihre erste so überaus erfolgreiche Kollektion basiert hatte, im Handumdrehen abhandengekommen war. Außer den frühmorgendlichen Telefonaten, die der Graf jetzt fast täglich führte, nach denen er in gewohnter Manier entweder vollends ausflippte, die jeweilige Unterkunft demolierte, sich die Haare raufte und auf der Stelle zur Flasche griff oder – und dabei wurde es Josefine jedes Mal ganz anders – zunehmend nachdenklich wurde, in sich gekehrt, außer den diversen Faxmitteilungen, die er, nach einem kursiven Überfliegen der paar Zeilen, irgendwo im Hotelzimmer verbrannte, passierte einfach nicht viel.

Anfangs war Josefine noch durch die jeweilige neue Stadt geschlendert – der Graf ließ sich draußen nicht blicken, das Essen kam aufs Zimmer, alles andere auch –, hatte überaus neugierig die Kostüme der Alten Welt beäugt. Aber nichts schien sie wirklich anzusprechen, sie verstand überhaupt die Art der Leute nicht, und noch schlimmer, nichts machte noch richtig Sinn, sie wusste scheinbar nicht, wo sie jetzt war und warum und auch nicht, wonach sie hier suchte, denn das, das war nicht ihr Leben. Ihr wurde diese gewiss luxuriöse Zeit irgendwann einfach zu statisch.

Wenn sie den Grafen dann fragte, was ist denn los mit dir?, ihr Ton bereits ein wenig angefressen, erhielt sie jedes Mal als Antwort, gar nichts, da ist nichts, sagte er ihr, und das in einem derart reaktionären Wortlaut, dass man fast glauben musste, er verheimliche ihr etwas. Aber das glaubte sie dann doch nicht, eher hatte sie den vagen Eindruck, dass sich der Graf wegen irgendetwas schämte. Also versuchte sie es mit sanften Säften, mit Engelszungen, aber auch das fruchtete nichts, der Sex ging zwar wie immer fulminant über die Bühne, aber zu der Zigarette danach und der damit einhergehenden, allumfassenden Beichte kam es nicht, denn der Graf stellte sich gleich danach ans Fenster und schaute nach draußen, ganz wie jemand, der sich etwas nicht traut, deshalb den Blick abwenden muss, dachte sich Josefine.

Sie entnahm der Minibar jetzt ein kleines Fläschchen, dann ein Glas, in welches sie aus dem Fläschchen eine klare Flüssigkeit goss, und es dann – nachdem sie es, wie er es ihr mittlerweile beigebracht hatte, noch mit einem Twist garnierte – austrank, um den Vorgang fast mechanisch zu wiederholen. Vielleicht ging es um Vertrauen, vielleicht ging es darum, jemandem etwas anvertrauen zu können, vielleicht konnte sich der Graf gerade dazu noch nicht durchringen, weil es ihm selber an dem nötigen Selbstvertrauen fehlte, vielleicht wollte er ja, aber konnte nicht, vielleicht war es ja ihre Schuld, nur wann hatte sie ihm je einen Grund gegeben, an ihr zu zweifeln? Sein Verhalten war streckenweise nicht mehr normal, dachte sie sich.

Der Graf stand derweil immer noch am Fenster, eisern hinter dem Vorhang, mit getöntem Blick schaute er nach unten, den Eingang des Hassler immer im Visier, um – sobald sich dort etwas Verdächtiges regte – die notwendigen Schritte einzuleiten. Im Grunde war sie ja eine ganz einfache, junge

Frau, dachte sich Josefine jetzt, während sie sich das Gesicht und die Halspartie präventiv mit La Prairie einrieb, ich will, ich brauche eigentlich nicht viel, um glücklich zu sein. Aber als der Graf in diesem Moment nicht hinter sie trat, sie nicht an den Schultern nahm, im Spiegel bewunderte und ihr sagte, was zu sagen war, beschloss Josefine, das wird dich teuer zu stehen kommen.

Sie zog sich danach immer mehr zurück. Obwohl sie sich – wie erwartet – eine neue Garderobe zugelegt hatte, kombinierte sie die Sachen bloß noch so, wie es ihr gerade in den Sinn kam, nichts passte zusammen, und diese Art Umgang mit ihrem einstigen Traum, der Mode, ließ ihren Gemütszustand dieser Tage nur unschwer erahnen. Ich kann nicht mehr, sagte sie dem Grafen ein paar Nachmittage später, sie zog sich neuerdings überhaupt nicht mehr um, trug immer dieselbe Kluft, verwahrloste zusehends, ihr war alles egal.

Der Graf legte die Arme um sie, weihte sie aber immer noch nicht ein. Als Josefine jedoch auch noch damit anfing, sich nicht mehr regelmäßig zu waschen, rief der Graf sie zu sich ins Bad, wo er gerade in der Wanne lag.

Sie nahm auf der Toilette Platz, die beiden saßen sich – nach ungefähr vierzehn Tagen, die ihr junges Joint Venture an den Rand des Ruins getrieben hatten – plötzlich gegenüber, und er beichtete ihr alles. Dass er sie heiraten wollte, ja, nach wie vor, dass der Kurztrip nach Paris von vornherein nur als Zwischenstopp gedacht war, dass er sich die Sache mit dem Ring ganz spontan ausgedacht, aber natürlich sofort ernst gemeint hatte.

Welcher Ring?, fragte Josefine daraufhin, der Klunker, erwiderte der Graf, bespritzte sie jetzt mit ein wenig Wannenwasser, was natürlich lieb gemeint war, der Klunker, sagte Josefine, den Klunker meinst du, wiederholte sie, weil sie auf dieses Wort stand, und zeigte dem Grafen dabei auch ganz spontan den Finger, an den sie sich den Ring gesteckt hatte, wischte sich die paar Tropfen Badeschaum aus der Visage und setzte sich auf den Wannenrand.

Die beiden sahen sich an, klar waren sie nervös, schließlich wussten sie, das hier war ein großer Moment. Hier entschied sich alles, ihr gemeinsames Schicksal, ihre vertragliche Zukunft, und vielleicht deshalb, weil er niemanden unnötig auf die Folter spannen wollte, kam der Graf nun direkt zur Sache. Bottom line, sagte er, wir sind, fuhr er fort, was sind wir?, unterbrach sie ihn.

Schöpfte jetzt mit der Hand ein wenig Wasser aus der Wanne, welches sie dann liebend gerne auf das entblößte, bestimmt fröstelnde Knie des Grafen plätschern ließ.

Ich bin, sagte er. Sag schon, sag ehrlich, sagte sie, schöpfte mehr Wasser auf das andere Knie, hast du geflunkert, bist du gar kein Graf?

Der Graf lachte, doch, doch, sagte er, und auf der Stelle war sie erleichtert, und obwohl er vermeintlich log, planschte sie mit der Hand in dem Wasser, tröpfelte weiter, wieder die Knie, dann auch die Schultern.

Ich bin auf der Flucht, sagte er dann. Was bist du? Der Graf tauchte jetzt mit dem Kopf unter Wasser, verharrte dort einige Momente, bis ihm Josefine beherzt in die Weichteile griff. Als er daraufhin wieder auftauchte, schaute sie ihn erwartungsvoll an. Warum hast du nichts gesagt?, wollte sie wissen. Ich sage es doch jetzt, erwiderte der Graf wahrheitsgetreu. Josefine schüttelte den Kopf, ließ ihre Hand jedoch genau da, wo sie ohnehin schon war.

Ich war nicht im Bilde, sagte sie. Der Graf schaute sie daraufhin lange an, wie sie da vor ihm saß, den Arm bis zur Schulter im Schaum. Gern hätte er diesen Moment festgehalten, aber das ging natürlich nicht, er ging unweigerlich vorbei, denn Josefine zog ihre Hand jetzt zurück.

Hast du sonst noch Geheimnisse?, fragte sie. Der Graf entspannte sich auf der Stelle. Wie kommst du denn darauf? Na ja, die ganzen Telefonate, dein ständiger Flüsterton. Das war mein Kontakt, von zu Hause, sie hat ihre Quellen, sie hält mich auf dem Laufenden, sagt mir, wo wir stehen, und ich sage ihr, was so los ist, ich meine, wo wir uns befinden. Du vertraust der? Die mit ihrem blöden Fummel. Daraufhin legte der Graf jetzt eine nasse Hand auf das Bein seiner Pyjamahose, die Josefine seit Tagen ohne Unterlass trug. Er spürte sie unter dem dünnen Stoff.

Wir sind auf der Flucht, baby, sagte er leise. Josefine blinzelte mit den Augen.

Sie hatte noch nie an der illegalen Färbung der Geschäfte des Grafen gezweifelt, aber Genaueres wollte sie darüber nicht wissen. Auch deshalb hatte das Leben des Grafen auf sie so eine starke Anziehungskraft ausgeübt, weil sie wusste, dass jederzeit etwas Unvorhergesehenes passieren konnte – plötzlich katapultierte es einen womöglich in die Happy Hour eines karibischen Eilandes –, aber dass jetzt so eine eklatante Grenzsituation auftrat, fixte sie erst recht an. Deswegen konnte sie dem Grafen die kleine Verzögerung auch augenblicklich verzeihen. Außerdem stellte sich heraus, dass der Graf sie die ganze Zeit hatte einweihen wollen, sich aber unsicher war, wie ihre Reaktion ausfallen würde, schlichtweg Angst hatte, dass sie nicht mehr zu ihm stehen würde.

Josefine streichelte ihm die feuchte Stirn, lieber Graf, mein Armer. Die ganze Zeit hatte er sich schuldig gefühlt, weil er ihr nicht ausreichend Vertrauen schenken konnte, hatte sich am Ende sogar seiner Haltung wegen geschämt, davon hatte Josefine ja bekanntlich etwas mitbekommen, aber schließlich hatte er ihr ja doch – wenn auch verspätet – reinen Wein eingeschenkt.

Fuck it, sagte sie, Schnee von gestern. Zudem, und das nahm sie gerade an sich wahr, war sie vielleicht doch ein bisschen komplizierter geartet, als man es ihr ansah. Sie stand jetzt auf und begutachtete sich im Spiegel. Sah, was sie sah, und wusste plötzlich, was sie wusste. So entstand dann in diesem Moment auch etwas, was man herkömmlich als Idee bezeichnen würde, mit anderen Worten, Josefine hatte eine, und sie wusste in diesem Moment auch, dass sie, zumindest seitdem sie sich mit dem Grafen zusammengetan hatte, nach genau dieser Art Geistesblitz ständig Ausschau gehalten hatte.

Sie klimperte jetzt selbstverliebt mit den langen Wimpern, verstand plötzlich ihre Welt. Was sie im Spiegel auf einmal erkannte, war Folgendes: eine Frau, besser, ein junges Mädchen – sie schmeichelte sich jetzt, warum auch nicht –, die, außer dem oben genannten Männerpyjama, noch eine Frauenbluse, ungebügelt, breite türkisene Streifen, weißer Wallstreetkragen, trug, dazu einen wollenen Cardigan, tailliert und begürtelt, den sie auf dem Flohmarkt, sie wusste nicht mehr wo, schnelllebig ergattert hatte, schicke lederne Mokassins und eine Brille von Dior und zuletzt noch lässige dicke Kniestrümpfe aus feinster italienischer Baumwolle, die es unten im Giftshop zu kaufen gab. Wie siehst du denn aus?, total verboten, dachte sie sich, während sie sich vor dem Spiegel noch ein paarmal um die eigene Achse drehte, aber wo, warum und vor allem wann würde man überhaupt so undiszipliniert kombinieren, so wahllos einen beschlichenen Fuß vor den anderen setzen, vor allem wann?, fragte sie sich, hörte dann auf, sich zu drehen, und kam auf ihre Antwort.

Gerade jetzt, sagte sie leise, was?, erwiderte der Graf, der ihre Gedanken von der Wanne aus nur entfernt nachvollziehen konnte. Das ist es, sagte sie ihrem Spiegelbild, welches sie daraufhin äußerst verschmitzt ansah. Man könnte diese Zeit, die sie an jenem lauen Vorabend im Frühling in Rom vor dem Spiegel verbrachte, getrost als die Geburtsstunde von Josefines Fluchtmode bezeichnen, auch wenn es wohl nur ein paar Minuten dauerte, bis Josefine imstande war, sich an den Grafen zu wenden, ihm die alles entscheidende Frage zu stellen.

Wie sehe ich aus?, fragte sie. Der Graf freute sich – nach seiner verspäteten Beichte – gerade darüber, dass er sich in Josefine nicht getäuscht hatte, sie war immer noch an seiner Seite, würde ihn, allem Anschein nach, auch weiterhin begleiten. Atemlos, sagte er ihr. Josefine bedankte sich auf der Stelle für sein Wort, welches sie zu Recht als Kompliment ansah, schaute dann wiederum in den Spiegel, immer noch in voller Montur. Der Graf hatte ins Schwarze getroffen. Sie sah tatsächlich aus wie jemand, der gerade auf dem Sprung war, außer Atem, keine Zeit mehr hatte, noch einen Kaffee zu schlürfen oder eine Brioche zu verdrücken, auch umziehen war nicht drin, man musste, und zwar sofort, raus hier, abhauen. Das hieß, man behielt das an, was man gerade trug, sie das eben Beschriebene, der Graf wohl oder übel einen hastig übergezogenen Bademantel mit typischem Hotelemblem, welches bestimmt gut mit seinen eigenen Insignien harmonieren würde, zwei goldenen, ineinander verschlungenen Buchstaben – in diesem Fall natürlich ein G und ein K.

Josefine war plötzlich sehr aufgeregt. Denn sie wusste, ihr gegenwärtiger Schlabberlock war zwar einzigartig, aber eben nur eine von vielen möglichen Kombis, die sich auf der Flucht ergeben konnten. Angenommen, man stand plötzlich auf einer malerischen Sommerterrasse im kleinen Schwarzen – dieses eine Teil aus ihrer alten Kollektion hatte Josefine aus Paris mitgenommen, gegen ein bisschen Spaß war auch auf der Flucht nichts einzuwenden – und trank aus einem hohen Kelch ein prickelndes Gesöff, in dem winzige erdbeerrote Kügelchen schwammen, die man sich auf der Zunge zergehen ließ, unbeschreiblich.

Man war irgendwo im Süden, der Sommer nahte, man amüsierte sich bestimmt prächtig.

Plötzlich meldete sich ein neidlos opportunistischer Hotelconcierge zu Wort, denn als reine Vorsichtsmaßnahme stieg man nur noch in Herbergen ab, wo sich Angestellte dieser Art tummelten. Die Carabinieri sind im Anmarsch! Sekunden später stolperte man schon in Richtung Fluchtauto, den Kelch immer noch in der Hand und vielleicht das Jackett einer wirklich famos assistierenden Kellnerin unterm Arm, aber nur vielleicht.

Wie man aussah, wenn man irgendwann – nach gelungener Flucht – total erschöpft vor den nächsten Spiegel trat, um zu gucken, was ist mit mir?, was für Spuren haben die letzten Tage, Stunden, Minuten, Augenblicke hinterlassen?, hing ganz von der genauen Situation ab, aus der man das Weite suchte. Josefine war sich darüber im Klaren, dass sie in den letzten Wochen bestimmt mehrere dieser auf einmal stark beschleunigten Situationen durchlebt hatte, aber diese – auch weil sie nicht mehr nachvollziehen konnte, was sie und der Graf überhaupt noch miteinander trieben – nicht als solche wahrgenommen hatte, um sie dann auch fluchtgemäß weiterzuspinnen. Und das als kreativer Mensch. Das musste ein Ende haben.

Graf, sagte sie, er shampoonierte sich gerade die Kopfhaut, was passiert als Nächstes? Du setzt dich mit rein. Ich meine danach, sagte Josefine, während sie anfing, sich auszuziehen. Wortlos schaute ihr der Graf dabei zu. Ich finde, dass du nackt immer besser aussiehst, egal, was du anhast, sagte er dann, spürte dabei jedoch ihre Ungeduld.

Sie sind hinter uns her, sagte er. Wir ziehen also weiter?, fragte sie, von Hotel zu Hotel? Und obwohl der Graf dazu nichts sagte, freute sich Josefine plötzlich, konnte nicht mehr anders und legte, vor lauter Freude, wie schon zuvor, am Grafen Hand an. Ja, sagte er dann, wobei nicht eindeutig war, ob sein Ja überhaupt als Antwort auf ihre Frage zu verstehen war. Er lehnte sich jetzt zurück. Seine Haare glänzten sauber. Josefine tauchte mit dem Kopf unter das schaumig trübe Wasser, teuer, dachte sie sich dabei, teuer, wusste aber nicht, warum ihr dieses verdammte Wort nicht mehr aus dem Kopf wollte, jetzt, wo alles so schön war.

Im Folgenden legte Josefine dem Grafen dann nahe, sich nicht die ganze Zeit ausschließlich im Hotelzimmer zu verschanzen. Du hast gut reden, lachte der Graf, denn er rangierte mittlerweile auf den internationalen Fahndungslisten ganz oben, wechselte fast tagtäglich die Identität, konnte oder wollte aber nicht auf einen gewissen Grad an häuslichem Luxus verzichten, obwohl die Paparazzi an solchen Adressen ständig lauerten, man könnte ihn ohne Weiteres erkennen, aber den Grafen beruhigte anscheinend das Gleichförmige der vier, acht oder sechzehn Wände, die er in der jeweiligen Suite vorfand, der exquisite Zimmerservice und die im Überfluss vorhandenen Badeutensilien.

Die Flucht an sich – oder überhaupt das Wissen darum – war also anscheinend genug, um ihn bei geistiger Laune zu halten, aber wer weiß, vielleicht träumte er ja, wenn er sich nach dem Frühstück ruhelos auf einer Tagesliege niederließ, auch von dem vollständigen Rückzug in die eigene Innenwelt, wie es ihm sein Verwandter Joris-Karl schon immer gepredigt hatte, oder er lag einfach da, rieb sachte die Fußzehen aneinander, dachte an gar nichts mehr, hatte es wohl geschafft, seine Gedanken so zu verlangsamen, dass sie ihn nichts mehr angingen.

Josefine ließ sich natürlich von alledem nicht beirren, zog mit neuem Elan durch diese oder die nächste Location, zeigte sich wieder gewohnt experimentierfreudig, denn überall, wo sie hinschaute, entdeckte sie gestalterische Elemente, die sie auf einmal einem allgemeinen Fluchtimpuls zuordnete. Ein unwirsch getragener Trench, Kaschmir mit Löchern, Inkognitoschwarz, abgelatschte Loafers vom vielen Rennen, ein gerissener Shirtkragen, weil man gerade noch davongekommen war, schweres Leder auf nackter Haut, ein gesamter Hausrat an Schmuck, dazu Pullover, hastig übergezogen, vier auf einmal, in gekonnt x-beliebiger Reihenfolge and so on.

Und im Geiste kombinierte sie diese disparaten Denkanstöße, stellte sie zusammen und entdeckte dabei verschiedenste Looks, die sie als Abbild ihrer selbst ansah, ihres ganz besonderen Gemüts.

Graf, jauchzte sie, diese Kleider werden mir selbst am allermeisten stehen.

Hatte ihr der stockende Gang durch fremde Gefilde vor ein paar Tagen noch das dunkle Gefühl abgerungen, sie befände sich im falschen Film, wähnte sie sich nun in einer Traumfabrik, in der alle unter modisch dezentem Scheinwerferlicht nach ihrer jeweilig individuellen Feder ausgelassen tanzten. Es schien ihr, als wären alle Menschen, denen sie auf ihren spleenigen Streifzügen durch Stadt und Land begegnete, vor irgendwem oder irgendetwas auf der Flucht.

Josefine ließ sich von diesem geballten Auftritt natürlich inspirieren, alledem konnte sie auf der Stelle etwas abgewinnen, alles törnte sie irgendwie an.

Nach einer Zeit konnte sie sogar unter mehreren Typen des Flüchtigen unterscheiden. Der praktisch Veranlagte zum Beispiel, der sich vorher schon die – seiner Meinung nach – fluchtgemäße Kluft zurechtlegte, diszipliniert, aber eintönig auftrat; der Glamouröse, der mit sich selbst hausieren ging, auffallen wollte um jeden Preis, eine geradlinige Scheißegalmentalität; im Gegenzug dazu der Vorsichtige, der vornehmlich graue Stoffe trug, sich bedeckt hielt, anonym; oder der oder die Spielerische – zu dieser Kategorie zählte sich Josefine von vornherein selbst –, der vollständig nach dem Zufallsprinzip vorging, völlig undogmatisch, anzog, was er halt gerade anhatte, was ihr unterwegs noch so in die Hände fiel.

Es gab in ihren Augen noch viele andere Typen, die sie im Zuge ihrer Recherche entdecken könnte, und eines fortgeschrittenen Abends holte Josefine dementsprechend auch aus und erzählte dem Grafen ihre Idee von einer neuen Kollektion, die das anscheinend meilenweit verbreitete Fernweh der ganzen Leute, welche sich ihr tagtäglich so unheimlich kontrolliert und arbeitsam präsentierten, endlich zur Schau tragen würde. Leute machen Kleider, sagte er dazu, nicht mehr, nicht weniger, und Josefine liebte ihn dafür, weil der Slogan passte wie die Faust aufs Auge, die beiden verstanden sich anscheinend blind, sie und er, was sollte ihnen jetzt noch zustoßen?

Überhaupt hatte sich der Graf gegen Ende der gemeinsamen Zeit im Ausland ein bisschen locker gemacht. Er nahm die ganze Situation nicht mehr so ernst, wetterte zwar gelegentlich noch gegen die Geheimdienste, traute sich aber, wenn es dunkel wurde, schon mal auf die Straße, war zeitweise sogar imstande, sich unter seinen Mitflüchtigen richtig wohlzufühlen.

Und so verbrachten die beiden diverse schöne Abende und verträumte Liebesnächte miteinander, undercover of the night. Und wenn mal wieder das Telefon klingelte oder dem Grafen eine eilige Mail oder ein geflüstertes Fax zugetragen wurde, genoss Josefine mit weit aufgerissenen Augen den Moment.

Obwohl sie noch nie auch nur einen ihrer Verfolger zu Gesicht bekommen hatte, wusste sie, der Tag würde kommen, an dem sich der bunte Fummel verspäten würde und sie und der Graf nicht rechtzeitig an die relevanten Infos kommen würden. Plötzlich würde es heftig an der Tür der

Suite poltern, und man würde gerade noch rechtzeitig durch einen geheimen Hintereingang des Hotels entkommen. Oder nur den rhythmischen Sound von poliertem Leder auf antikem Bordstein hören, wie er zum Fenster hereinwallte. Ganz schön eingängig, dachte sich Josefine, als sie sich das martialische Geräusch vorstellte. Sie hatte noch immer keinen Soundtrack, keine passende Tonspur, keinen hörbaren Ansatzpunkt für ihre nächste Show, aber das war doch schon mal etwas, sagte sie sich. Sie und der Graf würden natürlich auch hier gerade noch mal davonkommen, aber nicht bevor sie noch einen flüchtigen Blick durch den Spion auf die Uniform eines ausländischen Schupos geworfen hatte, ein notwendiges Utensil, welches – wenn auch abgewandelt – in einer Kollektion, welche die Flucht zelebrierte, unter keinen Umständen fehlen durfte. Da kannte Josefine auch keine Berührungsängste mit der Staatsgewalt, sie hatte überhaupt keine Angst, mit dem Grafen in eine Schublade gesteckt, oder gar davor, verhaftet zu werden, sodass dieser bisweilen misstrauisch wurde.

Bist mit denen unter einer Decke?, ätzte er dann.

Manchmal konnte er – auch mit seiner ganzen Weltoffenheit – missgünstig und provinziell wirken, ungenießbar für Josefine. Sie hatte sich bei dem Schlipsträger – wir erinnern uns: der fesche Rechtsanwalt – lediglich über ihre Optionen informiert im Falle einer Verhaftung des Grafen, ich wusste von nichts, wäre dann, wenn es tatsächlich hart auf hart käme, ihr knappes Statement bezüglich seiner Machenschaften, das stand ihr zu, das würde jeder so machen, das konnte er ihr nicht verübeln. Trotzdem. Eine ganz bestimmte Stimmung herrschte manchmal.

Dabei genoss der Graf diese Zeit und bewunderte die Coolness, die Josefine an den Tag legte, und an die Nacht. Er war noch nie gemeinsam untergetaucht, aber die Flucht mit seiner Verlobten machte ihm Spaß. Bevor er sich jedoch entscheiden konnte, ob das tatsächlich an ihr oder an dem selbstständigen Charakter der Flucht überhaupt lag, den er nach seiner Wannenbeichte wieder liebgewonnen hatte, ließ auch schon die Kunterbunte von sich hören, wunderschön pünktlich wie immer, und der Graf sah sich blitzschnell genötigt, mit Josefine aus der Blauen Bar des Sacher zu türmen.

Fakt war, dachte er sich, als die beiden gleich vor der Zauberklingel in ein wartendes Fahrzeug stiegen, sie waren ein Team, jetzt mehr denn je. Bonnie, sagte er zärtlich. Bist du glücklich?, fragte sie ihn. Er nickte. Clyde, sagte sie, war es ebenfalls.

Tage später fanden sich die beiden dann hoch über der Amalfiküste wieder.

Josefine hatte ihr schwarzes Cocktailkleid übergestreift, und auch der Graf war – wie immer – tadellos gekleidet.

Die Sonne ging gerade unter, es war mittlerweile Hochsommer, und auf einer weitläufigen Terrasse nahe Positano servierte eine aparte, junge Kellnerin den beiden einen frischen Kelch Jahrgangsbrause mit erdbeerrotem Zusatz.

Es war ein großer Tag, das hatte Josefine im Gefühl. Schickes Jackett, sagte sie der Kellnerin. Oh, bedankte sich diese schüchtern, wusste dann nicht mehr, was sagen, aber Josefine mochte sie auf Anhieb.

Der Graf stellte sich derweil mit seinem Drink nach vorne an die Reling, um die Bergstraße, die zum Hotel hochführte, im Auge zu behalten.

Bist du früher mal von zu Hause ausgerissen?, fragte Josefine die Kellnerin, als du noch kleiner warst? Die Kleine verstand nicht. Einfach abgehauen? Nein, wieso? Und jetzt, fragte Josefine weiter, willst du? Die Kellnerin wusste wieder nicht gleich, was darauf sagen, aber bevor sie womöglich noch anfing zu stottern oder sich Josefine unvorteilhaft anzuvertrauen, beschloss diese, die bei Fremden eigentlich auf eine freundliche, aber grundlegende Distanz Wert legte, sich zu ihr herüberzubeugen und sie sanft auf die Lippen zu küssen.

Als sie damit fertig war, hielt die Kellnerin ihre Augen noch kurz geschlossen. Also, willst du?, fragte Josefine gespannt. Woher wusstest du, dass ich weg will?, erwiderte die Kellnerin. Dein Jackett hat dich verraten. Das ist meine Uniform, hier im Splendido, die muss ich tragen. Es geht darum, wie du sie trägst. Nämlich nicht als Uniform. Du trägst sie als deine ganz persönliche Kluft, und du würdest sie auch mitnehmen, nicht wahr?, wenn du hier mal türmst, und woanders würden die Leute dich dann an der Jacke festmachen, würden munkeln, die ist eben von wo weg, abgehauen, weil du so etwas an dir hast, und das erkennt man – mit Kennerblick – halt daran, wie du das Jackett, wie du dich trägst, man würde sagen rastlos oder trippelnd, wenn du nicht so einen charmanten Gang hättest.

Oh, bedankte sich die Kellnerin, kam sich dabei plötzlich ganz redegewandt vor. Und so eine Jacke brauche ich, entgegnete Josefine. Die ist nämlich ein famoses Fluchtutensil, diese Jacke, wo jeder gleich sagt, überstürzt abgereist, jedenfalls darf ein Jackett dieser Art bei mir nicht fehlen.

Sie holte jetzt tief Luft, vielen Dank für die Inspiration,

sagte sie der Kellnerin, die ihre etwas abwegige Logik vielleicht nicht ganz nachvollziehen konnte, zudem nicht wusste, warum gerade ihre stinknormale Arbeitskluft plötzlich verstärkt nach Abenteuer roch, aber lächeln und nicken konnte sie noch, und genau das war es, was Josefine an ihr schätzte. Sie spürte, die Kellnerin war durchaus wissbegierig genug, sich verleiten zu lassen, und würde – unter anderen Umständen – bestimmt eine klasse Assistentin in ihrem Atelier abgeben. Danke, sagte Josefine noch mal.

Die Kellnerin stand plötzlich kerzengerade, ihr Lächeln wirkte auf einmal gekünstelt, und sie fing an, massig zu schwitzen. Josefine schaute zum Grafen hin, der mit dem Rücken zu ihr stand, gen Tal blickte. Ein leerer Kelch stand unbehelligt neben ihm. Die Sonne war fast unten. Trotzdem schwitzte auch der Graf, hatte seinen Blazer ausgezogen, was er sonst nie tat, und sein Rücken war nass

Josefine drehte sich um und sah den Grund dafür, dass das Lächeln der Assistentin plötzlich so artifiziell herüberkam, beraubt von jeglichem Funken Erotik.

Ihr Chef war im Anmarsch, dieser angestellte Opportunist, der – wie konnte es auch anders sein – gleichzeitig der überaus patente V-Mann ihres neuerdings Verlobten war – in diesem Falle stellte er womöglich das Glied zwischen dem Grafen und der verschlampten Journaille dar.

Ruhig Blut, bedeutete Josefine jetzt der Kellnerin, als der Chef an den beiden vorbei gen Reling preschte. Eine kurze Unterredung folgte, aber der Graf war schon im Bilde, hatte von seinem Aussichtspunkt aus alles bestens im Blick.

Der V-Mann zischte dann ab, ohne die Kellnerin, die einfach da stand, gebannt, vollständig aufgehört hatte zu servieren, weiter zu behelligen, so vertieft war er anscheinend in seine Zweitrolle als Nachrichtenagent. Josefine ging nach vorne, stellte sich anzüglich neben den Grafen. Auf der Bergstraße waren Staubwolken zu sehen, mehrere Fahrzeuge, Blaulicht, in einer Viertelstunde würden sie da sein, auftreten, bereitwillig kostümiert. Josefine legte ihre Hand jetzt zärtlich auf sein nasses Hemd, der Schweiß war warm, roch gut, mit etwaiger Angst hatte das wohl nichts zu tun.

Ich muss nach Hause, sagte der Graf. Die Sonne war verschwunden, ein letzter Strahl, dann fing es an, dunkel zu werden. Du willst dich stellen?, fragte Josefine, zog ihre Hand zurück. Er sah sie lange an, sagte aber nichts, bis die Fahrzeuge immer näher kamen, die leisen Sirenen.

Kommst du?, fragte er sie dann. Josefine schüttelte den Kopf. Ihr war plötzlich kalt, und auch der Graf zog seinen Blazer wieder an. Vielleicht, sagte sie. Der Graf nickte. Vielleicht, wiederholte er, lächelte, aber dann musste er wirklich gehen. Josefine lächelte ihm nach, das konnte der Graf, ein Lächeln abgeben, sodass man selber nicht anders konnte, mitmachen musste. Ihr fröstelte jetzt, aber auf einmal war die Kellnerin – ihre neue Assistentin oder gar das Gesicht ihrer nächsten Kampagne – zur Stelle. Sie hatte sich ihrer Jacke entledigt, hielt sie Josefine jetzt hin.

Vielleicht. Vielleicht, hatte sie gesagt.

Sie sah den Grafen jetzt, wie er am anderen Ende der Terrasse seinem Informanten noch etwas zusteckte, ein paar Scheine, sein Entgelt. Sie wusste, es gäbe bestimmt ein Auto, aber ihr war zum Heulen zumute.

Du musst dich beeilen, sagte die Kellnerin, bot Josefine wiederum ihr Jackett an. Diese wischte sich die Tränen aus den Augen, dann nahm sie die Jacke an sich. Ich gehe jetzt auch, sagte sie, schien jedoch auf der Stelle von den eigenen Worten überrumpelt. Sie fingerte ihre Sonnenbrille, die sie auf dem Tisch unter dem Schirm auf der Terrasse hoch über der Küste abgelegt hatte. Sie setzte die Brille auf, dann orientierte sie sich, ging ein paar schnelle Schritte, griff sich von dem Nebentisch einen lila Pullover, den einer der betuchten Senioren, die hier ihre Lebensnacht verlebten, achtlos über die Plastiklehne geworfen hatte. Josefine kam der Kaschmirpulli gerade recht, denn Fluchtnächte waren mitunter kalt. Am nächsten Tisch gab es nichts zu holen, sie schaute weiter. In der Nähe des Pools lag auf einer Liege eine Art Schwimmmütze aus feinstem Leinen, die sie sich überstreifte, dann pirschte sie weiter vor auf ihrem Weg in Richtung Ausgang.

Der Poolcleaner fand sie schon seit Tagen gut, das war ihr nicht entgangen, und hatte ihr seine alten Nikes einfach stehen lassen. Sie zog die Schuhe an, ihr schöner großer Zeh guckte vorne auf der einen Seite heraus, erwartungsgemäß, aber dass sich gerade dort ein Loch auftat, das passierte nur ganz bestimmten Frauen.

Sie folgte der verhuschten Figur am anderen Ende der Terrasse, die gerade immer mehr in der kommenden Dunkelheit verschwand. Josefine würde auch verschwinden, erst mal, aber wenigstens wusste sie jetzt – erst jetzt –, warum es ein großer Tag war. Spürte es am ganzen Körper. Dass es für sie wieder losging. Dass sie plötzlich wieder mittendrin steckte.

Monate später feierte Josefine dann ihr triumphales professionelles Comeback. Nach der Präsentation ihrer Fluchtmode tummelten sich die potenziellen Kundinnen hinter den Kulissen. Was sind das für Frauen, die Ihre Sachen tragen?, fragte man sie erneut, und sie hatte gleich eine passende Antwort auf Lager. Das sind Frauen, die alles stehen und liegen lassen, sagte sie, die keine Rückzieher machen, auf der Stelle das Weite suchen. Ihre Worte leuchteten den Frauen ihrer Heimatstadt natürlich ein, weil sie alle wussten, wovon die Rede war, und jede etwas hatte, was sie zurückhielt und was sie eigentlich hinter sich lassen wollte. Ich bin auch so eine, vertraute ihnen Josefine an, denn ihr stand die eigene Ware immer noch am besten, da war sie sich sicher. Und in kürzester Zeit entpuppte sich ihre Kollektion dann auch als der absolute Renner.

Trotzdem brodelte es an dem Abend ihrer Show wie schon so oft, seitdem Josefine und der Graf überstürzt nach Hause zurückgekehrt waren, in der Gerüchteküche. Die beiden sahen nicht gut aus. Josefine trug fette Linsen mitten im Gesicht, man erkannte sie fast nicht wieder hinter den ganzen Spiegeln. Ihre Frisur, sonst so sturmfest in Form gebracht, wirkte zerzaust. Der Graf sah aus wie immer, aber er war nervös, schaute andauernd auf die Uhr und verließ vor Josefine die Feierlichkeiten. Als sie ihm noch zur Tür nachsah, zog sie die dunkle Brille aus, sodass ein tiefrotes Blutgerinnsel in einem ihrer Augen sichtbar wurde. Die Leute – besonders diejenigen, die Josefines Fluchtmode restlos aufkaufen würden – fragten sich jetzt natürlich, was los war, kriselte es etwa zwischen den beiden, stand ihnen sogar die ein oder andere Flucht ins Haus?

Später, in dem gemeinsamen Loft, gaben sich die beiden dann über ihre jeweiligen Gefühle einigermaßen Aufschluss, oder anders, es stand ein heftiger Streit ins Haus.

Josefine warf dem Grafen – anscheinend zum wiederholten Male – vor, er sei ein Drückeberger, eine Memme. Ich selbst würde mich niemals stellen, herrschte sie ihn an, ich stelle mich doch gar nicht, erwiderte der Graf, schlüpfte in seinen Pyjama, dann unter die kühle Bettdecke. Dass du überhaupt hier bist, das ist doch dasselbe, raunte Josefine spätnachts in seine Richtung, sie werden dich kriegen. Der Graf wurde nachdenklich, wollte dazu etwas sagen, aber Josefine war voll in Fahrt. Du machst das bestimmt mit Absicht, du kannst gar nicht anders, platzte es aus ihr heraus, du wusstest doch, dass ich unterwegs bleiben wollte, weitermachen, sagte sie, und jetzt ziehst du mich hier mit rein. Sie war plötzlich den Tränen nahe. Der Graf dachte wiederum über ihre Worte nach. Stimmte es, musste er sich stellen, war er vielleicht sogar gefangen in einem zunehmend perfiden Kreislaufdenken? Wollte er Josefine durch sein Verhalten aus irgendwelchen Gründen irgendwie beeinträchtigen?, fragte er sich, wollte dann aber doch nicht so sehr in sich hineinhorchen, verwarf seine Gedanken sofort und schüttelte vorsichtshalber den Kopf.

Mach dir keine Sorgen, sagte er, am Ende gehört alles dir, wenn ich längst woanders bin, dann werden die Karten neu gemischt, dann ist das deine Geschichte, deine Flucht, dann erinnert man sich gar nicht mehr an mich, nur noch an deine Mode, das ist unausweichlich.

Josefine war empört. Das würde ich dir nie antun, sagte sie, aber hatte dabei vielleicht zwei ihrer Finger hinter dem Rücken überkreuzt.

Du hast mich schließlich zu dem gemacht, was ich heute bin, sagte sie. Trotzdem wurde man in dieser Nacht das Gefühl nicht los, dass Josefine sich ein Ende zurechtlegte. Ich kann ja schließlich nicht mit jemandem zusammen sein, der sich die ganze Zeit nur stellen will, sagte sie sich womöglich, schien davon in diesem Moment auch überzeugt. Ich meine es ernst, sagte der Graf noch, sodass sich Josefine ein letztes Mal über seine gewohnt lapidare Manier freute, jedoch hatten die beiden keine Zeit oder keine Lust mehr, ihren Streit beizulegen.

In den frühen Morgenstunden wurde der Graf dann wegen eines Steuervergehens aus einem anderen Leben, welches er längst nicht mehr auf dem Schirm hatte, verhaftet, was wohl auch als eine Art Lösung anzusehen war.

Diesmal besuchte Josefine ihn nicht im Gefängnis. Der Schlipsträger hatte ihr offensichtlich ans Herz gelegt, jeden weiteren Kontakt einzustellen, obwohl man sie ja von offizieller Seite her keineswegs belangen wollte. Warum sie außerhalb der Bürozeiten auch noch so viel Zeit mit dem feschen Anwalt verbrachte, war zu diesem Zeitpunkt noch nicht zu erkunden.

Möglicherweise hatte er Frau und Kinder und war deshalb für etwas Ernsteres nicht auf Anhieb zu haben.

Oder er war bis über beide Ohren verschuldet, weil er einen ausgeprägten Hang zum Glücksspiel hatte, zu Callgirls oder Männerurlauben in der Wüste.

Oder er hatte seit kurzer Zeit – womöglich wegen einer temporären psychischen Störung – Probleme einer intimeren Art.

Kannst du?, fragte Josefine ihn. Vielleicht will ich ja gar nicht, erwiderte er. Noch besser, sagte sie. Aber gesetzt den Fall, du wolltest, könntest du dann? Was denn genau?, stutzte der Schlipsträger.

Josefine lachte daraufhin laut auf, denn das war es nicht, da unten stimmte bei ihm alles, das sagte ihr der Instinkt. Aber woanders gab es bestimmt einen Haken, den sie später als Grund instrumentalisieren könnte, die Beziehung von sich aus schlagartig zu beenden, davon konnte man ausgehen.

Vielleicht hatte der Schlipsträger eine ansteckende Krankheit oder führte aus verwegenem Prinzip keine Beziehungen, hatte etwas gegen Frauen oder gehörte einer Sekte an und wäre schon deshalb ein Dorn im Auge der Konvention ihrer Eltern, man wusste ja nie.

Während sie jedenfalls den Rechtsweg immer weniger ausschloss, wanderte der Graf zum wiederholten Male hinter Schloss und Riegel.

Im Zuge seiner Gerichtsverhandlung wurde, neben der Beziehung zu Josefine, natürlich auch seine Korrespondenz mit der Bunten unter die Lupe genommen.

Ja, der Graf hat mir direkt vor seiner Rückkehr noch eine Postkarte geschrieben, ließ sie auf einer selbst einberufenen Pressekonferenz verlauten. Was stand auf der Karte?, fragte einer der versammelten Kollegen. Mexiko, wisperte die Bunte und fasste sich dabei an die hochroten Wangen. Als besagter Kollege sie daraufhin mit weiteren Fragen löcherte, winkte sie ab. Schließlich war sie jetzt dran. Im Folgenden machte sie dann auch mit einem anderen Gerücht, welches sich überraschend hartnäckig gezeigt hatte, kurzen Prozess, indem sie der gesamten Kollegschaft versicherte, nein, der Graf hat nie die Hand gegen Josefine erhoben, die vorher angedeuteten Handgreiflichkeiten waren strikt sexueller Natur.

Mehr sagte die Bunte dazu nicht, schien aber auch auf diesem Gebiet bestens informiert. Und ab jetzt, wo die Öffentlichkeit von dem verlorenen Heimkehrer so richtig angefixt schien, verging kein Tag, ohne dass die Bunte in ihrer Kolumne von ihm sprach. Und obwohl sie ihre Leser nicht weiter an etwaigen Intima teilhaben ließ, konnte die eigentliche Geschichte, die sich zwischen ihr und dem Grafen anbahnte, nur den Unbefangensten von ihnen entgehen. Nur war der Graf wieder einmal nicht so weit.

Warte noch, sagte er ihr mit kühlem Kopf. Er ließ sich Zeit und aß seine Pfeffersteaks, trank seinen Beaujolais in rauen Mengen, plauderte mit dem jungen Wärter, der es natürlich gut mit ihm meinte, ergötzte sich zeilenweise an seinem Verwandten Joris-Karl, und drehte wieder und wieder seine Runden auf dem Gefängnishof. Genoss – allem Anschein nach – diese Zeit ohne Richtung.

Und die Bunte vertraute ihm, ahnte sie doch, er würde sie nicht allzu lange auf die Folter spannen. Trotzdem war sie überrascht, als man ihr die Druckfahnen der morgigen Ausgabe der Zeitung, bei der sie tätig war, in die Hand drückte, wo plötzlich stand, der Graf sei ein freier Mann, davon hatte sie nichts gewusst.

Er hatte sich während der letzten Male, als sie ihn besucht hatte, nichts anmerken lassen, hatte also – es musste irgendeinen verzögerten Deal mit der Staatsanwaltschaft gegeben haben – auf eigene Faust gehandelt.

Die Bunte zögerte kurz, das kam jetzt doch sehr plötzlich, aber dann trat sie in Aktion, holte ihn ab, ließ sich mit ihm ablichten, und da sie keine Zeit oder Lust mehr hatte, darüber noch weitere Worte zu verlieren, schloss sie ihr Porträt über den Grafen mit einer äußerst scharfsichtigen Fotografie ab, die ihn und sie im liebevollen Clinch miteinander zeigte und mit einem flapsigen Untertitel versehen war: Do you want to go to Mexico with me? Die Frage von damals also, jetzt wohl ausdrücklich beantwortet.

Als Josefine sich etwas verspätet diese letzte Kolumne der Bunten zu Gemüte führte, fluchte sie lauthals, was ja keineswegs untypisch war für sie, nur der Zeitpunkt verblüffte, denn eigentlich wünschte sie dem Grafen alles Glück der Welt.

Sie verweilte gerade bei ihren Eltern, hatte ihnen den Schlipsträger vorgestellt, was zu einem Eklat führte, der viel ungemütlicher ausfiel, als sie sich das vorgestellt hatte, die gewissermaßen ausfallende Einstellung des Schlipsträgers – ja, es war die Sekte – lief mit der strengen Religiosität ihrer Eltern nicht konform, im Gegenteil, ihr Vater drohte sogar damit, sie zu enterben, falls sie mit ihm eine Bindung fürs Leben anstrebte. Da war mir der andere lieber, sagte er, der Letzte, der Kiffer. Das war kein Kiffer, du bist ein Kiffer, Papi, entgegnete sie.

Aber Josefine spürte an diesem Abend weiß Gott keine Veranlassung, die Ablehnung der Eltern als vorgeschobenen Grund zu benutzen, ihren Anwalt auf der Stelle abzuservieren. Sie dachte nämlich nicht mehr in solchen Kategorien. Versuchte in letzter Zeit, etwas tiefsinniger in die Zukunft zu blicken, was ihr jedoch nicht immer gelang.

Gerade dachte sie an den Herbst, mit dem sie so viel verband, der immer wieder kommen würde, bis dann irgendwann ewiger Winter wäre, nicht der Winter ihrer Kindheit, wo alle frühmorgens schon im Schnee tollten und große, labile Männer bauten, sondern ein anderer Winter, in dem sie sich nicht mehr ganz zurechtfinden würde, ein Winter, der entweder viel zu kalt oder viel zu warm war, um richtige Männer zu bauen. Aber jetzt wäre erst mal Sommer. Ein langer Sommer, dafür würde sie sorgen. Ein gemächlicher Sommer, in dem sie zur Ruhe kommen würde, vielleicht nicht mehr so weitermachen würde wie bisher, wer weiß, ein verflixter, ein schöner, ein leider viel zu schöner Sommer.

Was den Grafen anbelangte, wie sie heute überhaupt zu ihm stand, damit befasste sie sich erst, als sie ein paar Monate später mal wieder in einer Hotelbar hockte. Der Schlipsträger hatte wohl doch ausgedient, sie war wieder solo, hatte nichts zu tun, sah noch nicht schwarz, nur ein bisschen. So eine Stimmung zahlte sich bekanntlich immer aus, ihre Lebensgeister würden sich langsam wieder zu Wort melden, da war sie sich sicher. Und dann meinte sie den Grafen zu sehen, aber das war er natürlich nicht, konnte es gar nicht sein, sah sie etwa jetzt schon Gespenster? Also dachte sie über ihn nach, vielleicht gab es da ja noch etwas Ungeklärtes.

Sie hatte vor Kurzem gelesen, er hätte sich nach Mexiko abgesetzt, anscheinend deshalb, weil man ihm nach seiner Entlassung auferlegt hatte, sich in irgendeiner Reha für den totalen Entzug auszusprechen, geläutert und so weiter, aber da war er natürlich von vornherein nicht dabei. Josefine schmunzelte, weil er auch ihr den Mexikotrip in Aussicht gestellt hatte, jetzt aber mit einer anderen fuhr. Sie freute sich für ihn, dass er wieder unterwegs war, das passte zu ihm, das konnte sie nachvollziehen. Nur eins wurmte sie – als Geschäftsfrau, wohlgemerkt –, und zwar, dass der Graf bei der Journaille weiterhin so außerordentlich beliebt abschnitt, dass man so ausufernd und quasi hymnisch über ihn schrieb, auch jetzt noch, wo er doch schon wieder abgetaucht war. Und dass sie, Josefine, die doch eigentlich eine ziemliche Rolle im bisherigen Leben des Grafen gespielt hatte, jetzt – relativ gesehen – doch ziemlich vernachlässigt wurde, das wurmte sie, sonst gar nichts. Was wollen die denn alle von dem?, fragte sie jeden, der ihr in die Quere kam, aber auf eine Antwort kam sie nicht.

Josefine brauchte dringend noch einen Drink, hielt Ausschau nach dem Kellner. Stoff, dachte sie sich plötzlich. So würde sie ihre neue Kollektion nennen. Stoff. Darum ging es ihr nämlich, darum ging es bei ihr, nicht nur im übertragenen Sinne.

Was für Frauen diese neuen Kleider tragen würden, das fragte sie sich nicht. Ihr selbst natürlich würde die neue Kluft wie immer hervorragend stehen.

Aber sie wollte diesmal auch ein großes, ein allgemeines Publikum erreichen, sich, im wahrsten Sinne, herumtreiben. Dann stände sie dem Grafen auch in nichts mehr nach, dann gäbe es sie überall, dann wäre keiner mehr vor ihr sicher, das dachte sie sich so. Sie wurde jetzt ungeduldig, aber der Kellner kam immer noch nicht bei. Josefine trank hier ein Gesöff, welches ihr Vater ihr in jungen Jahren immer eingeflößt hatte, eine rötliche Nummer auf Eiswürfeln, einen Softdrink, den Josefine heute jedoch – und das überhaupt zum ersten Mal – mit Schuss trank, mit doppeltem. Was wollen die alle von dem?, fragte sie sich.

Wusste es immer noch nicht. Auch nicht, als sie jetzt ihr leeres Glas erhob, ein letzter Versuch, aber der Kellner reagierte nicht auf sie, wusste wohl nicht, wer sie mal gewesen war, bald wieder sein würde.

Sie hob also abermals ihr Glas, die Eiswürfel glänzten noch um die Wette, sie hatte unverantwortlich schnell getrunken, und dann schüttelte sie das Glas, wusste erst nicht, warum – hey, das Lied kenne ich doch –, aber die Würfel taten das Übrige, machten sich klirrend bemerkbar, und der Kellner war auf einmal ganz Ohr. Josefine nickte, während er ihr den potenten Shirley Temple mixte. Und dann wusste sie es, dann wusste sie es plötzlich.